無法親近的千金
SOLITARY LADY
접근 불가 레이디
AUTHOR. Kin ✦ ILLUST. 후비
Lady
IV
SOLITARY LADY

目錄

Contents

無法親近的千金

CHAPTER 023

花與災

접근 불가 레이디

深夜時分，希莉絲躺在床上，凝視著窗外漆黑的夜空，依舊難以入眠。

她還是不知道伊克西翁受傷的原因。那確實是異能造成的傷口，但目前無法得知是誰做的。

能夠與伊克西翁匹敵的應該也只有芝諾．貝勒傑特。不過，當時她正和希莉絲在一起，而且她也沒有理由傷害伊克西翁。

「難道是克里斯蒂安．帕爾韋農？」

希莉絲的眼神瞬間變得冷冽。

當然，他的異能還不及伊克西翁，但伊克西翁也有可能因為其他理由而承受克里斯蒂安的攻擊。

就好比上次克里斯蒂安．帕爾韋農惹怒伊克西翁，使他暫時失去理智，或者……兩人也有可能一起前往四季之森，在那裡遇到了王之殘痕並獲得某些情報，讓伊克西翁的內心產生動搖。

希莉絲認為後者的可能性更高，畢竟從伊克西翁在她面前展現的反應看來，他分明知道些什麼。

突然，不久前和伊克西翁的對話像梅雨季的濕氣般，在希莉絲的腦海裡蔓延。

「你和我，就到此為止吧。」

「……我不要。」

希莉絲蜷曲起身體側躺著，並閉上雙眼。

音。

「妳居然想到此為止？誰允許的？」

不過，伊克西翁的臉龐仍舊依稀浮現在眼前，耳邊似乎也能清楚聽到他的聲音。

「就算是死，我也不會放手。」

希莉絲輕咬了下嘴唇。果然還是睡不著。不過，幸好寶石還算是會察言觀色，今晚沒有發出任何聲音，這是唯一令希莉絲感到安慰的事。

隨後，門外突然隱約傳來響聲。

希莉絲的眉毛輕輕皺了一下。她睜開緊閉的雙眼，靜靜屏住呼吸，全身的感官集中在門的另一邊。

即使沒有親眼確認，好像也可以知道現在站在那裡的人是誰。

不久後，希莉絲撐起上半身坐了起來，就這樣默默聽著門外的動靜，卻又很快就忍不住走下床。

「……」

當希莉絲終於來到門口，獨自勾勒著門的另一頭可能出現的身影時，誰都無法想像她有多麼煎熬。然而，希莉絲終究還是伸手轉動了門把。

積聚在房間裡的月光從敞開的門縫流淌而出。映入希莉絲視野的那雙覆蓋著陰影的深藍瞳孔中，也滲入一絲灰暗的光芒。

「你為什麼站在這裡？」

站在門口的伊克西翁默默低頭看著希莉絲。

現在時間已經很晚了，看他穿得這麼單薄，應該已經上床睡了一覺，為什麼又突然呆呆站在她的房門前呢？

更重要的是，他現在是個傷勢不輕的患者，所以希莉絲無法再任性地對他視而不見，最後還是走出了房門。不過，伊克西翁沒有回答她的問題，只是像時間暫停般靜靜站在原地。就這樣一動不動，凝視著出現在自己眼前的希莉絲……

「我突然……」

他緩緩開口說道。寂靜的空氣中，傳來呢喃般低沉的嗓音。

「覺得妳好像消失了。」

就在那個瞬間，希莉絲不自覺地屏住呼吸。

「所以，我就想來確認一下……」

「……」

「卻又開始擔心，如果妳真的不在房間裡，我該怎麼辦？」

因此，他實在不敢敲響房門確認，就這麼安靜地站著。

希莉絲無法從他的臉上看出任何表情，拂過希莉絲耳邊的聲音也無比平靜。然而，伊克西翁說出的話，卻飽含了無法掂量的沉重情感和意義。

片刻後，他慢慢抬起手，指尖碰到了希莉絲的臉頰。

伊克西翁似乎非得確認她現在是不是真的就在眼前，雙手不停輕撫著。不知道過了多久，他才安心地低吟道：

「原來不是幻影啊。」

看到他這個樣子，希莉絲的心就像是碎成了碎片。眼前的伊克西翁，還有迴盪在耳邊的一字一句，都讓人覺得心如刀割，她卻不得不那麼做。

她到底……該拿他怎麼辦才好？

一種無法說出口卻又壓抑不住的心情，無可奈何地向外湧出。看著這樣的希莉絲，伊克西翁再次開口。

「我這麼說不是想看到妳露出這種表情。」

從伊克西翁口中發出的低沉呢喃，讓希莉絲覺得痛徹心扉。

「但是……好吧，還不如讓妳可憐我。這樣妳就不會現在就想趕我走了。」

希莉絲往後退了一步。就和剛才伊克西翁在樓梯上做的一樣，現在的她想逃離並疏遠的對象，同樣不是眼前的這個人。

然而，一旦希莉絲後退幾步，伊克西翁便會執意朝她走近幾步，再次拉近兩人的距離。不僅如此，他還抓住希莉絲的手，阻止她繼續往後退。

希莉絲覺得自己心中的想法，又再度赤裸裸地暴露在伊克西翁眼前。

「你……不要這樣對我。」

最後，希莉絲好不容易從喉嚨裡擠出的話，聽起來反倒像是埋怨。

伊克西翁俯視著希莉絲卸下防備的臉，並抬手撫摸她冰涼的臉頰。

「對不起。」

他低下頭，讓自己的額頭與希莉絲的相碰。

「我不是故意要讓妳難過。」

這句道歉是伊克西翁的真心話。不過事實上，他也在這個瞬間明白了自己內心更深處的低劣欲望為何。

「不過，其實……」

緊接著，一道無法隱藏的熱氣，隨著低沉的嗓音與壓抑的呼吸一起逸散在空氣中。

「一想到現在這張臉完全正對著我，我就覺得可愛死了。」

悲傷卻又高興；甜蜜到令人瘋狂的同時又極度苦澀。看著因為自己而快要哭出來的希莉絲，雖然伊克西翁的心彷彿要碎了，但另一方面也感受到強烈的喜悅。他似乎確定了自己的存在對希莉絲來說有多麼重大的意義，所以感到很幸福。

隨後，與那份幸福同等的絕望亦朝著伊克西翁襲來。

「那面鏡子……據說能讓妳前往任何妳想去的地方，對吧？」

寄居在伊諾亞登的期間，伊克西翁偶爾會在書房裡閱讀文獻，其中有一篇記載著關於王之鏡的說明，他也看過了。

「妳不在我身邊的時候……每次都會透過那面鏡子來到我面前。」

當時希莉絲的反應代表什麼，現在伊克西翁完全懂了。

「其實，我知道妳也跟我一樣。如果就這樣結束，我們都會留下很多遺憾。」

他直視著那雙在他眼前泛起漣漪，並微微動搖的金色眼眸。

「所以，就和我一起做吧。」

就像以前，伊克西翁要她盡情利用自己的時候一樣。

「妳待在這裡的這段期間，只要是妳想做的事，都和我一起完成吧！」

表面上看似完全為了她，實際上卻隱藏著淒涼的私心。

「就這樣平凡地、像其他普通人一樣，不管妳想做什麼，都不留遺憾，盡情做到自己覺得厭煩為止……」

只要這麼做可以讓自己待在她身邊，就算會比現在更悲慘、更狼狽，伊克西翁也覺得無所謂。

「屆時妳再選擇拋棄我，或許我也會更甘願放手。」

希莉絲啞然注視著迫切的伊克西翁……他真是太狠毒了。他說的話、做出的行動，都狠狠鑽入希莉絲的內心深處。

不知道伊克西翁為什麼總是說這種讓人揪心的話。他實在是太令人憐惜，同時也讓希莉絲深愛著他……

應該要說點什麼，奈何千言萬語混亂地糾纏在一起，讓希莉絲一句話都說不出來。

最後，希莉絲再也無法克制情緒，她伸手揪住伊克西翁的衣領，將他拉近自己並親吻他，希望自己的情感和想說的話，可以透過互相碰觸的唇瓣傳遞給對方。

或許是兩人的心意相通，伊克西翁在下個瞬間將這個吻變得更加濃烈，並抱住了她。

希莉絲順勢用雙臂環抱住他的脖子，她的秀髮也因此散落在伊克西翁的肩上。兩人很快便一同進入滿室月光的臥房。

咚！

房門應聲關上。

＊＊＊

兩人就像是初嘗禁果，而這也是在確認此時此刻彼此都在對方身邊。

緊緊相擁的身影在墜入床榻的同時，便開始瘋狂地互相索求。遮蔽兩人肌膚的衣服很快就被褪去。取而代之的是彼此熾熱的體溫，立刻在兩人之間掀起了令人暈眩的洶湧熱浪。

希莉絲和伊克西翁一刻也不想離開對方，就像末日來臨前的戀人，急迫地互相親吻、交纏，汲取著對方的溫度。

如果伊克西翁的話是真的就好了。

如果在不久的將來，他們真的會對彼此感到厭倦，就像不曾有過此刻的迫切……還不如那樣更好。

只可惜，兩人在開始之前早已明白，如果這份心意會這麼快消失，根本就不可能走到今天。

不過兩人此刻都選擇相信這句話，不願面對現實的一切。

希莉絲緊緊咬住唇瓣，硬是忍住即將脫口而出的呻吟。她就像是抓住救命稻草般，用力抓住身下凌亂的床單。

隨後，一隻青筋浮現的大手覆上希莉絲的手，十指鑽進她的指縫間緊緊握住。伊克西翁的嘴唇銜住她發熱的耳垂，輕輕舔舐著，然後順著希莉絲的脖子往下移動，同時留下熾熱的烙印，就像花瓣飄落在雪地上，形成了一條紅色的蜿蜒小徑。最終希莉絲還是從雙唇間發出了抽泣聲。

在那之後，希莉絲再也無法壓抑，這次真的達到了臨界點。希莉絲覺得自己就像被丟進了一片無盡的深海裡，每當她因為害怕而伸出手時，伊克西翁都會在那裡。

達到歡愉的盡頭後，希莉絲流下了淚水。

至今為止累積的所有情感一口氣爆發出來，內心破碎不堪。

終於把盼望已久的人擁入懷中的喜悅和滿足感，以及終究還是親手傷害了自己最想守護的人而感受到的悲傷和自責，全都亂七八糟地交雜在一起，不受控地一股腦向外湧出。

伊克西翁的感受也與希莉絲相同。他發現希莉絲淚流不止的原因，並不單純只是因為肉體的疼痛。

他終於認知到是他將希莉絲逼到這個地步，讓她不得不接受自己。所以如果希莉絲對今晚發生的事感到後悔，伊克西翁會連那份後悔也一併承受。

帶著這樣的想法，伊克西翁吻了吻希莉絲濕潤的眼角，就像是要把她的淚水都吞下。

希莉絲雖然流著淚，卻沒有推開伊克西翁，而伊克西翁明知道希莉絲現在沒有力氣，卻還是沒有停下動作。

這一夜是如此漫長，卻又短暫。

＊＊＊

伊克西翁就像在確認希莉絲的存在，不斷撫摸著她，並將身體覆上她，希莉絲也將一直以來壓抑的渴望在他面前全部釋放出來。這一晚，兩人都完全失去了自制力。

直到天色微亮，伊克西翁終於放過希莉絲，她才昏睡過去。

再次睜開雙眼，伊克西翁很理所當然地就躺在希莉絲的身邊。房間裡的明暗對比十分鮮明，只有希莉絲躺著的那一側拉上了窗簾，擋住了光線；蓋在她身上的被子下半部與床鋪另一側的牆壁上，則是充滿了明亮的陽光。

伊克西翁抱著熟睡的希莉絲，溫柔地撫摸她的頭。接著，感覺到懷中的希莉絲有細微的動靜，伊克西翁便在她的額頭上落下一吻。

「妳醒啦？」

「……幾點了？」

「下午兩點半。」

不知不覺已經過了半日的時間。

希莉絲醒來後，無法立刻從床上起身，或許是因為平時不怎麼運動的身體在昨夜被狠狠折磨，導致現在全身上下就像被打過一樣痠痛不已。

仔細想想，她在日常生活中幾乎沒有需要活動身體的事，所以體力不好也是理所當然的。

如果比較的對象是伊克西翁，那麼差距就更明顯了。不過，昨夜的希莉絲居然不自量力，和他鬧了一整夜，身體自然吃不消。

「你是什麼時候醒的？」

「剛醒沒多久。」

他已經穿好衣服，應該已經起床很久了，卻假裝和希莉絲一樣剛醒來。

還沒完全清醒的希莉絲喃喃說了一句「少騙人了」，接著又再次把臉埋進伊克西翁的胸膛。

抱。

半夢半醒間，希莉絲下意識找了個更舒服的位置，整個人鑽進伊克西翁的懷

隨後，她緩緩掀起眼皮，將手伸向伊克西翁上衣的鈕釦，卻被伊克西翁握住。

「我沒事。剛才也換過繃帶了。」

希莉絲想起昨天伊克西翁脫下衣服後，她看到他的肩膀和胸部纏著繃帶。

「傷口是不是更嚴重了？」

「我很高興妳這麼擔心我，不過這本來就不是什麼嚴重的傷。」

雖然伊克西翁表示沒有大礙，可是希莉絲卻並不相信。昨天流了那麼多血，晚上還沒能好好休息，傷口不可能沒事。

更何況，雖然現在記不太清楚，不過希莉絲很有可能在恍惚之間，不小心碰到了他的傷口。難怪他會為了掩飾傷口，刻意在她醒來之前換好繃帶，甚至穿上了衣服。

不過，伊克西翁看起來確實沒有行動不便或臉色不佳的樣子，希莉絲這才鬆了一口氣。

隨即，她心中的擔憂也開始慢慢被不同感情占據。

「只有我這麼累嗎？」

希莉絲現在筋疲力盡，連一根手指都不想動。昨夜因為伊克西翁的折磨而不斷呻吟的嗓子乾澀沙啞，再加上可能是因為流了太多眼淚，雙眼看起來也有些腫

脹。

而在她身邊的伊克西翁卻無比正常，低頭凝視著她的神情散發著一股頹廢感，讓希莉絲的心莫名開始發癢。

突然想起昨晚伊克西翁是如何看著自己、撫摸自己，希莉絲的耳朵頓時微微發熱。與此同時，一想到自己現在會是什麼模樣，希莉絲便不想在這麼近的距離面對伊克西翁。

希莉絲退出伊克西翁的懷抱，把半邊臉埋進枕頭裡。秀髮散落在另一側的臉上，在她和伊克西翁之間築起一道屏障。

伊克西翁伸手撩起希莉絲的頭髮。當希莉絲的臉從髮絲之間露出來，她便再次轉頭，把自己的臉完全埋進枕頭裡。

伊克西翁歪著頭思索希莉絲為什麼會突然這樣，他完全沒想到希莉絲是因為不想讓他看到自己剛睡醒的樣子，才會想要躲起來。這是因為在伊克西翁的眼中，希莉絲永遠都是漂亮的，就連此刻也是如此。

「難道……」

伊克西翁馬上分析起希莉絲的心理狀態。

「是因為我昨天欺負妳欺負得太過分，所以妳現在才不想看到我的臉嗎？」

希莉絲聞言悄悄轉頭看向伊克西翁。

「這樣可不行。」

伊克西翁將希莉絲的髮絲纏繞在手上把玩，輕輕吻了一下。

「因為你，我全身都在痛。」

遮掩希莉絲臉龐的秀髮後面傳出一道細如蚊蚋的聲音。

她並不是因為伊克西翁說的話才轉頭，不過希莉絲並不討厭伊克西翁顧及她的心情並試圖安慰她。況且她整晚都被伊克西翁折磨到身心俱疲也是事實。

「抱歉。」

從這麼乾脆的道歉來看，伊克西翁似乎也在反省昨晚的行為。

「以後……」

希莉絲猶豫了一下，伊克西翁靜靜注視著那樣的她，等待接下來的話。

隨後，希莉絲下定決心道：「適可而止。」

至少不是要他以後不要再做這種事，伊克西翁臉上露出淺淺的微笑。

就像是在同意希莉絲說的話，伊克西翁溫順地低下頭，將自己的唇瓣印在希莉絲的肩膀上。

然而，他接下來的回答卻完全和同意沾不上邊。

「這件事我可無法保證。」

「什麼？」

聽到和當下的氣氛完全不相符的回答，希莉絲頓時以為自己聽錯了。她下意識反問，伊克西翁卻又厚著臉皮說道：

「很抱歉，不過老實說，我沒有信心能夠適可而止。」

希莉絲只覺得荒唐，她抬起頭，還來不及開口反駁，伊克西翁的唇瓣就從她的肩膀開始慢慢往上朝著脖子的方向移動。不知不覺間，伊克西翁的手也移動到她的腰部輕輕摩娑著。

「嗯……」

雖然不想這樣，不過希莉絲的身體已經在昨晚習慣了伊克西翁，輕易就對他的動作做出反應。

一陣混雜著嘆息的笑聲從伊克西翁的唇瓣之間流瀉出來。

「妳也要負一部分責任。誰叫妳的反應這麼可愛……」

但是在他看來，以目前希莉絲的身體狀態，不能真的對她做些什麼，所以不再動手刺激她。

取而代之的是，伊克西翁用心煩意亂的眼神看著希莉絲，就和看著她喝醉後在自己面前毫無防備入睡時一樣，然後他說出了一句令人訝異的話。

「就這樣什麼都不做，好好休息，晚上應該就會恢復了吧？」

「這太勉強……」

「今天……」

希莉絲想要告訴他絕對不可能，但是伊克西翁卻朝她伸出手，在她耳邊呢喃，讓希莉絲頓時啞口無言。

「會比昨天更快樂。」

伊克西翁緩緩移動手掌，曖昧地撫過希莉絲裸露在秀髮外的耳朵和頸項。眼前的面龐浮現一抹慵懶的微笑，散發出危險的氛圍。在這種赤裸裸的誘惑下，希莉絲不禁全身僵硬。

「因為我現在已經知道做什麼動作會讓妳有什麼樣的反應了。」

伊克西翁將他的唇貼在希莉絲染上一抹淡粉色的耳朵上，悄聲道：

「所以，今天哪裡都不要去，和我待在一起吧。」

＊＊＊

正如同伊克西翁所說，當天兩人都沒有離開過宅邸。

當他們起床沐浴時，已經快要下午四點了。兩人都是第一次這麼晚才起床。不過，他們後來也沒做什麼特別的事，只是簡單吃點東西，然後什麼都不做，一起在房間裡休息，度過這天剩餘的時間。

難道是因為至今從未體驗過這樣的時光嗎？就算只是靜靜躺在灑滿陽光的床鋪上互相擁抱，他們也完全不覺得無聊。但隨後，伊克西翁突然率先開口，說他有想做的事。

「你想要做的就是這種事？」

希莉絲帶著微妙的表情問道。

「我從很久以前就想要試試看了。」

伊克西翁讓希莉絲坐在自己面前，溫柔地替她梳頭髮。他想做的事比想像中還要單純，讓希莉絲不禁輕聲笑了出來。

雖然是應伊克西翁的要求，希莉絲才把梳子交給他，但老實說，伊克西翁拿著梳子的畫面看起來有點彆扭。好在他很快就習慣，現在伊克西翁已經能有模有樣地為希莉絲梳頭髮了。

「所以，你應該比較喜歡長髮吧。」

「不是的。短髮也很適合妳。」

「……」

希莉絲沒有再多說什麼。她只有在第七世時留過短髮，而她在那一世的生命以自殺畫下句點。

伊克西翁手中的梳子輕輕滑過散發光澤的秀髮。每梳一下，甜蜜的香氣就會變得更加濃郁，輕撓著鼻尖。

希莉絲的頭髮現在有一半以上變成了深紅色。伊克西翁輕輕將頭髮握在手中，看著希莉絲的背影。

窗邊的陽光在她的頭頂上形成一片朦朧的光暈。伊克西翁緩緩在希莉絲雪白的頸上烙下一吻。

希莉絲感覺自己整個人被伊克西翁從後面環抱住，於是開口說道：

「你不是說要讓我休息到晚上嗎？」

「嗯。我只是想這樣抱著妳。」

伊克西翁的手臂一動也不動地固定在希莉絲的腰上，他的唇卻像鳥兒啄食般，不斷輕吻她的脖子，讓人感到一陣酥麻。

叩叩！

「主人，方便打擾一下嗎？」

此時，門外傳來梅依的聲音。

想到身後的伊克西翁，希莉絲正煩惱著該如何回應。但伊克西翁似乎還是沒有和她分開的想法，反而悄悄施力抱緊她，並輕輕啃咬著希莉絲的脖子，藉此默默施加壓力，要求希莉絲趕走門外的人。

「我看您最近的食量好像變得比較小，所以幫您買了您愛吃的蛋糕。」

然而，門外傳來的話引起了伊克西翁的注意。

他抬起頭，朝房門望去，然後又看向希莉絲說道：

「讓她進來吧。」

希莉絲回頭看了伊克西翁一眼，不知道他為什麼突然改變想法。

「還是……我等一下再來呢？」

「進來吧。」

總之，希莉絲還是先照著伊克西翁說的，讓梅依進了房間。

興高采烈踏入房間的梅依看到從背後環抱著希莉斯的伊克西翁後，頓時大吃一驚。

不過，她很快就調整好表情，將茶點擺放在桌上。

「那麼……祝兩位度過愉快的時間。」

不久後，梅依略顯尷尬地打完招呼，隨即離開了房間。

不知道是不是因為看到自己和伊克西翁在一起，希莉絲覺得今天的梅依明顯比平常還要安靜。

伊克西翁看了一眼桌上那些小巧精緻的蛋糕，問道：

「妳之前就喜歡吃甜食嗎？」

「還好。」

「是嗎……」

雖然希莉絲的意思乍聽之下似乎是不太喜歡，不過伊克西翁卻察覺到這句話的意思其實是肯定的。他突然覺得有點遺憾，要是早點知道這件事，他就會為希莉絲送來各式各樣的甜點了。

「看來妳想要參加德莫尼亞家的初夏狩獵活動。」

片刻後，兩人面對面坐在桌子前，喝起了遲來的下午茶。

這段期間，伊克西翁發現了恰巧放在他面前的邀請函。伊克西翁拿起信件的動作，也吸引了希莉絲的視線，她想起自己當時本來打算回覆邀請函，但最後決定暫緩回信，並隨意整理了信件。

「我們一起去吧。」

雖然不曾在貝勒傑特家看過，但是他之後一定也會收到這封邀請函。即使沒收到，只要他想去，又有誰敢反對？當然，如果希莉絲允許他同行，其中的意義就又不太一樣了。

兩人不發一語地對視了一會兒。希莉絲接著將視線看向盤子上的蛋糕，並回答：

「好啊。」

希莉絲平淡的嗓音將伊克西翁內心的煩惱通通消除殆盡，他看著希莉絲，慵懶地勾起嘴角，露出一抹微笑。

「仔細想想，我還有一件想做的事。」

希莉絲看著朝她伸來的叉子，露出不解的表情。

「你想餵我吃？」

「嗯。」

伊克西翁大方承認。

希莉絲再次沉默地望著伊克西翁，最後讓他如願以償。

也許是沒想到希莉絲真的會張嘴，伊克西翁的手不自覺抖了一下，導致希莉絲的嘴角沾上了蛋糕屑。

「什麼嘛……」

見希莉絲不滿地皺起眉頭，伊克西翁連忙伸手替她擦拭嘴角，又用有些恍惚的眼神看著希莉絲，而後微微低下頭，發出低沉的笑聲。

聽到他的笑聲，希莉絲的眉間出現了更深的皺褶。

「你在笑什麼？」

「因為……妳太可愛了。」

接著，重新抬起頭的伊克西翁又拿起叉子。

「再來一次吧。」

「算了，我不吃了。」

「真的再一次就好。」

「我不要。」

在這場短暫爭執中，最後認輸的人是希莉絲，於是伊克西翁幾乎把盤子裡的食物都餵她吃下，這才滿意地收手。

當晚，伊克西翁證明了自己說的話是對的。

比昨夜更強烈的歡愉將希莉絲吞噬，甚至讓她開始懷疑這真的有可能發生嗎。而且伊克西翁其實沒有必要連「沒有信心能夠適可而止」這句話也一併證明。

和昨日相同，兩人就像在沙漠裡發現綠洲，焦急地貪圖著對方。彼此執著地糾纏在一起，平靜的白天彷彿才是夢境。

雙方都沒有再提及昨晚的話題，卻也很清楚最根本的問題不會因此而消失。但他們此刻只想臣服於耀眼的陽光，閉上雙眼沉浸在這片燦爛中。

只有兩人存在的黑夜，卻反而是情感最豐富、最能盡情燃燒欲望的時刻……雖然有好幾次都希望不會就此結束，然而這是當清晨來臨就會畫上句點的……那種甜蜜而短暫的夜晚。

翌日，伊克西翁在自己的房間裡做好外出準備後，再次回到希莉絲的房間，靜靜看著沉睡中的希莉絲，輕輕撫摸她的臉龐。

隨後便悄然離開了伊諾亞登宅邸。

由於希莉絲連續兩天過度操勞，體力尚未恢復，所以直到伊克西翁離開時，她才緩緩醒來。

伊克西翁似乎是打算在她睡著的時候，去外面處理其他事情。根據昨天確認過的情報，他的目的地應該是貝勒傑特。

「……」

門關上不久後，希莉絲也撐起沉重的身軀。雖然很想再多躺一下，不過她還是得起床。

因為伊克西翁不在宅邸的期間，她也有些事情要做。

＊＊＊

「家主，你怎麼現在才來？」

伊克西翁一抵達貝勒傑特，施萊曼立刻上前迎接他。

「我一直向伊諾亞登那邊傳遞消息，你沒看到嗎？」

聽見施萊曼的抱怨，伊克西翁毫不掩飾自己的不悅，回答道：

「就是因為看到了，我才會過來。不然你覺得我為什麼非得挑這個時間來找你這傢伙？」

「怎麼了？你還有別的事要忙……」

因為沒能守在熟睡的希莉絲身邊，伊克西翁的心情有些低落，因此他當然不會對要求見他一面的施萊曼有好臉色。

聽了伊克西翁的話後，歪著頭朝他走近的施萊曼突然停下腳步。

「家主，你今天看起來特別……嗯。」

他或許從伊克西翁身上察覺到了什麼，表情變得非常尷尬，不知道該怎麼繼續說下去。

「我是說……看來你現在和伊諾亞登家主關係很好。如果你打算直接住在那裡的話，也把我一起帶去吧！」

伊克西翁知道施萊曼為什麼會這麼說，所以沒有對此做出反應。

「聽說母親和希莉絲見面了。」

「對，而且氣氛很微妙。」

施萊曼已經在寄到伊諾亞登的信中大致說明了情況，這就是今天伊克西翁沒辦法無視施萊曼請他回到貝勒傑特的兩個原因之一。

看到伊克西翁皺起眉頭，施萊曼笑著說道：「我們伊克西翁家主打算怎麼辦？伊諾亞登家主好像不太喜歡芝諾前家主呢。」

伊克西翁冷眼瞪向不會察言觀色的施萊曼，然而施萊曼卻沒有收起笑容，反而繼續耍嘴皮子。

「我聽別人說過，在這種時候一定要站在妻子那邊，這樣一來才能得到妻子的愛，請務必銘記在心。」

不知道為什麼，提到有關希莉絲的事情時，施萊曼的心情看起來比平常更好。相反的，看到他這副模樣，伊克西翁的心情莫名變得更差了。

「還有其他特別的事嗎？」

見伊克西翁現在不想和自己多談，施萊曼換上嚴肅的態度，再次開口：

「伊諾亞登家主有話要我轉達給你。這真的不是我在說謊，所以請您真的要相信我。」

「不要鋪陳這麼多，直接說重點。」

「我的束縛，她要你幫我再解開一個階段。」

伊克西翁的眼神微變。

「希莉絲真的這麼說？」

「是！我發誓這是真的！我絕對沒有為了一己之私而對你說謊。」

也許是擔心伊克西翁不相信，施萊曼開始滔滔不絕地證明自己的清白。但是就在下個瞬間，伊克西翁毫不猶豫地朝施萊曼伸出手。

啪！

施萊曼感覺到有一股力量瞬間出現在體內，並如泉水般湧出，他用呆愣的眼神望向伊克西翁。

「總覺得……我好像受到了嚴重的差別待遇。」

聽了希莉絲的話，如果說內心沒有一絲期待，那一定是騙人的，但是看到伊克西翁如此爽快地解除他的束縛，施萊曼卻莫名感到一陣空虛。

為了預防伊克西翁不相信他說的話，或者無法按照希莉絲說的，幫他解除束縛，他準備了一長串真摯懇切的解釋，現在卻連說出來的機會都沒有。

「一直以來我不惜抓著你的褲腳，求你幫我解開束縛，可是你總是充耳不聞，現在居然因為伊諾亞登家主的一句話就直接……」

「還是我重新把你束縛起來？」

「哈哈，我們家主果然是最棒的。一眼就看出我沒說謊。當然，比起我的話，你更應該聽伊諾亞登家主的話才對。我們家主真的是非常帥氣的男人。以後如果見到伊諾亞登家主，我一定會轉達對您的讚嘆。」

伊克西翁看著這樣的他，似乎覺得一點都不好笑，直接換了一個話題，方才還在委屈抱怨的施萊曼也隨即轉換態度。

「怪物的事呢？」

「啊，對了，這件事非常重要，必須向你報告。」

施萊曼請伊克西翁回來的另一個理由，就是不久前在東部捕獲的異形怪物。

「你把牠交接給我之後，我進行了各式各樣的實驗，這種怪物果然不容易死。」

施萊曼像是難得找到好玩的玩具般，興高采烈地笑著。

稀奇的是，這是一隻對異能有強大防禦力的怪物。比起普通武器攻擊，怪物受到異能攻擊時，身體損傷程度反而更弱，這點讓施萊曼覺得非常有趣。再加上怪物的生命力頑強到令人驚豔，也因此，他在執行這次圍剿怪物的任務時，吃了不少苦頭。

施萊曼記得殺死怪物最簡單的方法，就是用異能碾碎或徹底分解牠們。但好不容易捕獲的怪物可不能用這種方式白白浪費，於是他從怪物的四肢開始剁碎。為了不讓傷口再生復原，施萊曼還特別用異能封住。

這麼做並不代表施萊曼有拷問怪物的癖好，他只是想要找出怪物會在什麼時間點死亡，以及牠們的要害。

雖然他認為如果抓到的數量能再多一點會更好，不過獵捕行動已經結束，他也無可奈何。

總之，施萊曼覺得藏在怪物體內的某個東西好像在某個瞬間被打破了。與此同時，本來還頑強硬撐著的怪物也斷氣了。

「我在死掉的怪物身上發現了這個。」

伊克西翁冷著臉，從施萊曼的手中接過被包裹在一小塊布料裡的東西，那是破碎到幾乎快成為碎屑的碎片。

和之前在異形怪物身上發現的細小痕跡相同，只是這次發現的碎片體積稍微大了一點，足以推測出它的原型。

「我想，這和不久前我們拚命在找的東西差不多。」

施萊曼似乎也想起了同一件事，臉上勾起一抹意味深長的微笑。

伊克西翁緊緊握住手中的東西，開口說道：「該去一趟卡利基亞了。」

伊克西翁的身邊開始飄出黑色碎片，準備立刻動身。在完全消失前，他命令施萊曼：

「還有，幫我傳話下去，現在可以停止追蹤狄雅各．伊諾亞登和里嘉圖．伊諾亞登了。」

奇怪的是，似乎有人刻意清除了那兩人的蹤跡，導致目前還沒有他們的線索。然而，伊克西翁並不打算就此停止追尋他們的行蹤。

在碎片四處紛飛的黑色異能風暴中，伊克西翁的藍色雙眸閃著冷冽的光芒。

「從現在開始，我要親自去找他們。」

伊克西翁現在想要找出他們的原因與一開始不同。雖然他以前的記憶只是以片段的形式出現在他腦海中，不過那兩個人顯然為希莉絲的人生帶來了莫大的痛苦。

所以……即使希莉絲不允許，伊克西翁也不願就這樣放任他們不管。

＊＊＊

克里斯蒂安正坐在辦公室的桌子前沉思。在他腦海中浮現的是前天來拜訪帕爾韋農的泰爾佐．卡利基亞。

「竟然做出這樣的提議。」

克里斯蒂安用手輕撫著下巴，同時露出一抹邪惡的微笑。

「這件事好像沒經過卡利基亞家主和維奧麗塔同意。他現在是決定公然與她們作對了嗎？」

泰爾佐．卡利基亞表示，他願意把目前在卡利基亞內也只有極少量的眼淚，優先留給帕爾韋農，這番話多少有些令人吃驚。當然，他並不打算免費提供。

克里斯蒂安不禁笑出聲來，並向他提出疑問。

「這是卡利基亞的提議嗎？」

「是我和長老會的提議。」

泰爾佐接下來咧嘴笑著補充的話，引起了克里斯蒂安的興趣。

「以後我和長老會的意思就是卡利基亞的意思。」

雖然克里斯蒂安確實很想要卡利基亞之淚，但是泰爾佐提出的條件讓他苦惱不已。

叩叩！

「克里斯蒂安大人！」

聽見侍從急促的敲門聲及呼喚，克里斯蒂安皺起了眉頭，「什麼事？」

一聽到自己被允許進入辦公室，站在外面的侍從連忙打開房門。隨後，侍從說出的話讓克里斯蒂安瞪大了雙眼。

「伊諾亞登的家主突然來拜訪了！」

＊＊＊

「我帶您去會客室，伊諾亞登家主。」

雖然是突然來訪，帕爾韋農的管家依然不慌不忙地接待希莉絲。然而，希莉絲彷彿沒有聽到管家的話，只是面無表情地打量著帕爾韋農宅邸內部。

好久沒有來到這個骯髒的地方了。如果可以消除過去的記憶，她最想抹去那個選擇了克里斯蒂安．帕爾韋農，而糊里糊塗踏進這裡的第二世記憶。

「伊諾亞登家主。」

在管家的柔聲催促下，希莉絲也緩緩邁開腳步。不過，她的目的地並不是會客室。

原本來到這裡的目的是為了見克里斯蒂安．帕爾韋農，但是一到這裡，她就改變了想法。因為她從現在走去的方向，感知到了異能的氣息。事實上，希莉絲在來之前並沒有預料到這件事，因此這可以說是意外的發現。

「伊諾亞登家主，會客室不在那邊……」

管家緊緊跟在希莉絲後面，慌張地喊道。此時，突然有樣東西映入希莉絲的眼簾。

帕爾韋農宅邸主建築一樓，到處都裝飾著歷史悠久的貴重物品。希莉絲曾聽說過，現在在她眼前的這個藏品相當於帕爾韋農的傳家寶。

發現希莉絲的視線和腳步所向之處，保存著記錄帕爾韋農歷史的寶物，管家隨即收起驚慌的神色，露出了微笑。

「伊諾亞登家主真有眼光。其實我們帕爾韋農一向都會為訪問宅邸的貴客介紹乘載了帕爾韋農悠久歷史的寶物。」

不愧是貴重物品，裝飾在走廊上的寶物全都被存放在四四方方的玻璃箱裡，並用異能保護著。希莉絲無視背後那充滿自豪的聲音，垂眼看著面前的寶物，然後抬起手。

「現在您看到的是我們帕爾韋農第十一任家主和貝勒傑特第十二任家主打賭獲勝而得到的寶物，意義重大。這原本是第五任家主在位時，在我們帕爾韋農發現的……」

啪！

希莉絲用帶有異能之力的手指輕輕觸碰它。表面上看起來只是輕輕一碰，但其中蘊含的力量卻不容小覷。

啪啦……！

希莉絲手一揮，帕爾韋農的寶物直接掉在地上，摔成了碎片，管家不禁倒抽一口氣。

有別於驚嚇不已的管家，希莉絲的臉上並未掀起一絲波瀾。在第二世時，她也曾經打破過這個寶物。只不過當時是失誤，現在的她卻是故意為之。然而，管家的反應不管在過去還是現在，看起來都差不多。

「帕、帕、帕爾韋農的歷史……！」

他啞然失色，好像整個世界都崩塌了一樣。

「伊、伊諾亞登家主，您究竟是……」

不過，接下來管家採取的態度與以前不同。在過去，帕爾韋農的管家看不起希莉絲，所以看到她毀損寶物後，忍不住激動斥責她為何不能更小心一點。然而這一次，他實在無法對希莉絲做出這樣的舉動。

走廊上，希莉絲的目光所及之處整齊地擺放著和剛才被她打破的寶物同樣珍稀的物品，希莉絲沿著那條走廊邁出腳步。

管家用忐忑不安的眼神看著她，希莉絲則是十分樂意把他的不祥預感變成現實。

啪啦！

砰！

匡啷……！

鏘！

凡是她所經之處，皆傳來了震耳欲聾的聲響。管家已經被嚇到魂飛魄散，整個人失去了血色，只剩下一張嘴不停開闔，卻連一句話都說不出來。

希莉絲來到這裡，並不是為了和克里斯蒂安．帕爾韋農和樂融融地閒話家常。事實上，她也想過讓帕爾韋農宅邸變得和伊諾亞登宅邸一樣……現在之所以不那麼做的理由，是因為她必須先找到某樣東西。

「希莉絲小姐，妳這是在做什麼？」

終於，希莉絲想見的人出現了。他來得相當迅速，也許是從負責通報的侍從口中得知希莉絲來訪的消息後就立刻跑下樓。希莉絲回頭看向克里斯蒂安的同時，又輕輕推了一下眼前的東西。

匡啷！

就算看到宅邸主人出現，希莉絲也絲毫不收斂，這讓克里斯蒂安失聲大笑。

「作為來訪者的問候，妳這麼做是不是太誇張了？」

他似乎也覺得現在的情況荒唐得令人無言以對。然而出乎意料的是，他的臉上並未浮現出一丁點不悅或憤怒的神情。儘管看見管家懇切的眼神，他似乎也沒有責備希莉絲的想法。

希莉絲站在已經一片狼藉的一樓走廊上，而克里斯蒂安則用微妙的眼神凝視著她。希莉絲沒有事先通知就擅自來訪，並做出如此無禮的舉動，克里斯蒂安也不知道自己為什麼不生氣。

自己喜歡的類型，果然是這種隨心所欲的女人嗎？但是說到隨心所欲，加百列也差不多，可是當她這樣做的時候，只會讓克里斯蒂安覺得煩躁。這就表示對他來說，果然只有希莉絲．伊諾亞登是例外。

「如果妳是有話要說，才特意蒞臨寒舍，我們還是去會客室……」

克里斯蒂安率先開口，但是希莉絲卻無視他的話，逕自朝向另一邊走去。

「把這裡收拾乾淨。」

克里斯蒂安對至今仍無法從震撼中回過神的管家下達簡短的命令，接著跟在希莉絲身後。

「希莉絲小姐，妳知道這條路通往哪裡嗎？」

這次希莉絲依舊沒有回答。克里斯蒂安看著她走在帕爾韋農宅邸的走廊上，長髮和裙襬在他眼前輕輕晃動，不知為何，他感覺自己沉浸在一股奇妙的情感裡。

克里斯蒂安看著希莉絲的背影，想要開口喚她。然而不知道為什麼，他無法輕易說出她的名字，於是他只好閉上嘴，沒有打破走廊上的寂靜。

希莉絲踏上樓梯，來到二樓，然後在某扇門前停下了腳步。

「那裡是……」克里斯蒂安皺著眉說道。

其實希莉絲不需要他的說明，畢竟她還保有幾世前住在這裡時的記憶，大概聽說過這個房間是什麼樣的地方。

當希莉絲的手向前伸的同時，克里斯蒂安連忙走近她的身邊。

「等等，希莉絲小姐！」

啪！

比起克里斯蒂安的阻攔，希莉絲碰到門把的速度更快。

滋滋滋……！

帶有異能的手碰到門把的瞬間觸發了結界。

克里斯蒂安粗暴地抓住希莉絲的手臂，他憤怒的咆哮撞擊著希莉絲的耳膜。

「妳現在到底在幹什麼？」

與剛才看到希莉絲把一樓弄得一片狼藉時不同，現在的克里斯蒂安似乎非常生氣。但是，他會有這種反應的原因並不單只是因為希莉絲在未經許可的情況下，觸碰了帕爾韋農的祕密空間。

由於結界的反作用力，有一部分施加在門上的力量被反彈，讓希莉絲的手不由自主抽搐著。克里斯蒂安則是因為手心傳來微弱的顫抖，而產生了自己也無法理解的強烈動搖。

然而，在他顫動的瞳孔中，希莉絲的臉上依然沒有任何表情。

她毫不猶豫地甩開克里斯蒂安的手，衡量了一下目前的情況。這個結界強度確實弱得無法和四季之森相比。剛才只是輕輕一試，如果認真施展力量，應該就能打破這道結界。

只不過這樣一來，就無法避免受傷了。當然，流點血也不是什麼大事，而且這也是在希莉絲決定來這裡的時候，就已經預料到的事。

但是，如果受了傷回去，伊克西翁肯定會擔心她，這讓她有些猶豫，好在更簡單的解決方法就在旁邊。隨後，希莉絲命令克里斯蒂安：

「開門。」

希莉絲就是為了這一刻，才沒有在剛見面時就對克里斯蒂安發動攻擊。現在，克里斯蒂安也該展現他的利用價值了。

或許是希莉絲沒有刻意隱藏這份心思，克里斯蒂安不禁「哈」的一聲，露出苦笑。但他隨即板起臉，沉默地低頭看著希莉絲。她看上去並不打算輕易讓步，如果他拒絕，希莉絲很有可能立刻再次用手直接觸碰門把。這麼做的話，她說不定會傷得更重。

反正讓希莉絲看看這間房間裡的東西也不是什麼難事，與其讓她受重傷，還不如直接替她開門。儘管克里斯蒂安也無法理解，為什麼自己看到希莉絲受傷會如此敏感，他還是咬牙吞下內心沸騰的情感，將手放到眼前的門把上。

嘰咿——

開門聲在走廊上響起，同時也撩撥著他的神經。

＊＊＊

嘰咿……

希莉絲踏入眼前敞開的門。

克里斯蒂安緊跟著希莉絲走進門內，語氣冰冷地問道。

「妳現在滿意了嗎？」

「雖然不知道妳為什麼不惜這麼做也想要進來，不過妳就儘管看個夠吧！」

這句話很尖銳。克里斯蒂安對希莉絲非常生氣，自然說不出好聽話。但是對於希莉絲來說，克里斯蒂安的心情當然不值得她顧慮，於是她無視站在身後的克里斯蒂安，直接向內走去。

他們進入的房間是保管帕爾韋農「真正寶物」的地方，而希莉絲要找的東西就在其中。

散發著熟悉異能氣息的是用晚霞般的橙色寶石精雕細琢製成的飾品。雖然只有一隻，不過看起來像耳環。這是從很久以前就由帕爾韋農保管的寶物，據說是由王親自賞賜給不知道第幾代的先祖家主。

克里斯蒂安抱持著觀望的態度，雙手抱胸站在門口，當他看到希莉絲伸手向前時，再次啞然失笑。

「妳該不會又想打碎……」

啪！

然而這次發生的事與克里斯蒂安想像的不同。突然出現的耀眼光芒，讓克里斯蒂安嚇得瞪大雙眼。那件文物上難道也有和房門相同的保護結界嗎？

「可惡，我沒聽說這件事啊！」

克里斯蒂安還來不及思考便向前跑去，並朝著希莉絲伸出手臂。他突然覺得這道刺眼的光芒，和自己與伊克西翁．貝勒傑特進入四季之森時，在祭壇上看到的相似。

「……！」

就在克里斯蒂安終於觸碰到希莉絲的那個瞬間，不知道是幻覺還是什麼的場景像閃電一樣竄入他的腦海。

等光線消失後，耳環變成了一顆金色的寶石，被希莉絲握在手中。

「這是……什麼？」

克里斯蒂安用生硬的嗓音，結結巴巴地說道。不知不覺間，他的臉已經失去了血色，變得有些蒼白。

「這究竟是……」

希莉絲再次無情地甩開克里斯蒂安抓著自己的手。後者則是咬牙切齒地大聲逼問希莉絲。

「回答我！我現在看到的是什麼！」

「我沒必要回答你。」

然而，希莉絲只是冷冷說道。

完成一件臨時追加的事情後，接下來只剩她原先來到這裡想確認的事。

「問題由我來問。伊克西翁身上的傷，是你造成的吧？」

那一瞬間，克里斯蒂安的瞳孔中掀起了波瀾。他正在為剛剛眼前閃過令人難以置信的景象而動搖，而在這種情況下，只在乎伊克西翁．貝勒傑特的希莉絲又嚴肅地質問自己……一股莫名的情感湧上心頭，讓他快要窒息。

「果然沒錯，我就知道是這樣。」

希莉絲看著默不作聲的克里斯蒂安，自己得出了結論。就在那一刻，希莉絲爆發出巨大的力量。

匡噹噹……！

鏘啷……！

一陣猛烈的狂風捲起兩人的頭髮和衣角，鋒利的玻璃碎片飛向四周，其中一塊劃破了克里斯蒂安的臉頰。

不只是他們站著的地方，就連其他房間和走廊的玻璃窗都被震碎了。強烈的波動讓建築物搖晃起來，外面的人們被這場突發事件嚇壞了，發出此起彼落的尖叫聲。

不知道為什麼，面對希莉絲冰冷的金色眼眸，克里斯蒂安的手指卻動彈不得，就連最基本的防禦都做不到。

唰啦！

強烈的力量毫不留情地劃過，克里斯蒂安的肩膀和胸膛開始流出鮮血。這和伊克西翁．貝勒傑特受傷的地方是同一個部位。

「你如果敢再招惹他，下次我絕對不會放過你。」

希莉絲的眼神和嗓音冷靜得讓人不禁泛起一股寒意，克里斯蒂安更是直接僵在原地。

「當然，他不會輕易被你這種人傷害，不過我勸你還是好好做人吧。」

留下最後一句話後，周圍颳起花瓣風暴，希莉絲從原地消失了。

「克里斯蒂安大人！」

不遠處，雷諾克帶著一群人趕來。然而，克里斯蒂安卻只是茫然站在原地，目不轉睛盯著希莉絲消失的地方。

＊＊＊

「你一個人來嗎？」一見到伊克西翁，維奧麗塔便開口問道。

伊克西翁對此冷淡地回答：「不然呢？」

「我以為希莉絲小姐會和你一起來。」

因為對伊克西翁先前的回信還有一些怨氣，所以維奧麗塔的語氣也不太好。

伊克西翁一邊朝著維奧麗塔所在的玄關走去，一邊開口說：

「她很忙，妳不要打擾她。」

「真是好笑。你可以和她見面，為什麼我不可以？」

「妳也很清楚嘛，她連和我相處的時間都不夠了，沒空分心陪妳。所以妳別不識相地來打擾我們。」

維奧麗塔的臉上瞬間浮現難以置信的表情，她似乎無法決定該對伊克西翁直白到超乎想像的發言做出什麼反應。

「卡利基亞家主現在人在哪裡？」

伊克西翁無視維奧麗塔的反應，直接問道。最近蕾妮的健康狀況進一步惡化，聽說白天也經常待在臥室裡，於是他才特意確認了一下。

「聽到你來訪的消息，她已經在辦公室等著了。」

維奧麗塔和伊克西翁一起前往蕾妮的辦公室。

「阿姨！希莉絲有來……咦？」

此時，馬格從走廊的另一頭急忙跑來，出現在兩人眼前，卻在看到站在維奧麗塔身邊的伊克西翁時停下了腳步。

「您、您好。」

「你好。」

在簡短問候之後，馬格疑惑地看了看四周。維奧麗塔走到馬格身旁，輕撫他的頭。

「馬格，希莉絲小姐沒來。阿姨現在有其他的事要忙，你先回房間玩吧。」

「好……」

馬格帶著滿臉的疑惑，轉身離開。

伊克西翁和維奧麗塔再次在走廊上邁開步伐。一路上，維奧麗塔的表情瞬息萬變，最後她還是忍不住說出了內心話。

「你……雖然我早就知道了，不過你好像真的不知道什麼是羞恥。」

維奧麗塔看向伊克西翁的眼神中帶有嫌棄的態度。

「身上散發著和希莉絲小姐一模一樣的味道，還若無其事地在外面走動。如果不是親眼看到你，我也會誤以為是希莉絲小姐來了。」

馬格會以為拜訪卡利基亞宅邸的人是希莉絲，肯定也是出自和維奧麗塔一樣的原因。然而，伊克西翁的臉皮比維奧麗塔想像的還要厚。

「這為什麼是羞恥的事？我們又不是什麼見不得人的關係……」

「好吧……我早就有預感會變成這樣了，因為你從一開始就沒有把我的話聽進去半個字。」

維奧麗塔放棄般地自言自語。她沒有再對伊克西翁多說什麼，因為她知道無論說什麼他都聽不進去，而且自己也沒有資格介入他們兩人的事。

另一方面，在走廊上前進的同時，伊克西翁的表情也逐漸變得僵硬，因為他感受到一股熟悉的氣息離自己越來越近。

「伊克西翁……」

維奧麗塔突然開口打破了縈繞在四周的沉默。

「如果你信任的人背叛了你，你會怎麼做？」

伊克西翁沉默了一會兒，接著回答：「這會根據對象而有所不同吧？」

「這是理所當然的，不過在一般的情況下，如果是你，你會選擇繼續相信對方，還是一刀兩斷？」

伊克西翁似乎知道維奧麗塔為什麼會這麼問了，而且她現在想問的事情與自己的現狀有關。但是他覺得維奧麗塔是想尋求自己的建議，並非是有意試探。所以，伊克西翁如此說道：

「就照妳的心意去做吧。如果很難決定要相信還是懷疑，至少要做出不會在心中留下遺憾的選擇。」

雖然聽起來有點老套，不過這是伊克西翁能想到的最佳回答。

「如果是我，應該會選擇後者……不過我以為，你是會選擇前者的那一類人。」

維奧麗塔聞言微微一笑。那抹微笑像是會被風吹散，非常淺淡且略帶一絲苦澀。

「對……沒錯。不過事到如今，我突然覺得，這又何嘗不是我不想選擇任何一方而產生的私心呢？」

在那之後，維奧麗塔似乎在獨自思考著什麼，因此伊克西翁也不再多言，只是默默地移動腳步。

「家主，貝勒傑特的伊克西翁家主來了。」

見伊克西翁和維奧麗塔來到辦公室門前，守在門前的傭人敲了敲門，通報了伊克西翁的到來。

「進去吧。」

維奧麗塔留在門外，伊克西翁則是獨自進入了蕾妮的辦公室。

坐在椅子上的蕾妮起身迎接伊克西翁。

「你來啦，貝勒傑特家主。我正在等你。」

＊＊＊

「您最近過得如何？」

「我很好，謝謝關心。」

兩人坐在辦公室中央的座位上。蕾妮今天能夠像這樣走出臥室，親自來到辦公室處理工作，看來她的身體狀態似乎還不錯。

「我在不久前捕獲的變異怪物體內，發現了這個東西。」

簡短問候後，伊克西翁立即切入正題。看到伊克西翁拿出來的東西，蕾妮的眼神頓時變得銳利。

「雖然現在還不能確定，不過根據我的推測，這應該是卡利基亞之血。」

蕾妮緩緩伸出手，將放在桌上的碎布拉到自己前面。冰冷的眼眸俯視著那些紅色碎片。

不久後，蕾妮緊再次張開緊閉的唇。

「在我看來，這是卡利基亞之血沒錯。」

蕾妮的反應比想像中還要沉著。

「貝勒傑特家主認為，在突然出現的變異怪物體內發現這個只是偶然嗎？」

「我認為現在下結論還太早，但是這個問題非常值得探討。」

「你說過這次捕獲的變異怪物只有一隻，我可以親眼看看嗎？」

「如果您不介意只有屍體的話，我可以把它運來卡利基亞。」

「有沒有可能捕獲更多活體？」

聽到蕾妮的問題，伊克西翁陷入了暫時的沉默。

「當然，如果有需要，卡利基亞也會派搜索隊過去支援。」

就像蕾妮說的，在出現大量變異怪物的東部地區，的確可能還殘存著少數活體。不過，該地已經被貝勒傑特的搜索隊掃蕩過一次，所以伊克西翁認為這種可能性非常小。

這時，腦海中突然閃過前陣子因為希莉絲的事而暫時被拋在腦後的記憶。伊克西翁想起了曾經和希莉絲一起透過鏡子前往的地點——似乎被飼養在地下密室的變異怪物，以及宅邸內忽然傳來的里嘉圖．伊諾亞登的聲音……他要找的人和蕾妮要找的東西之間正好有關聯。

片刻後，伊克西翁再次開口。

「雖然目前還不能告訴您詳情，但是有可能會在比想像中更近的地方發現其他變異怪物的活體。我們不需要增援，卡利基亞只要像現在一樣，努力追蹤卡利基亞之血即可。」

此後，他們又針對相關事項討論了一段時間。

「雖然實在對貝勒傑特家主很不好意思，不過我有兩件事情想拜託你。」

在兩人的對話大抵結束後，蕾妮靜靜凝視著伊克西翁的雙眼說道。

「我有預感，卡利基亞內部遲早會颳起一場動盪的風暴。」

伊克西翁悄聲問道：「這是用卡利基亞之眼看到的預言嗎？」

「究竟是這隻眼睛看到的預言，或只是命不久矣的病人在杞人憂天，在未來真的發生之前，沒有人知道。」

蕾妮很快就將臉上的淺笑斂去，用認真的神情看著伊克西翁。

「我知道貝勒傑特家族向來忌諱介入其他家族的事。」

貝勒傑特在很長一段的歲月裡，是四大家族中擁有最強大力量的家族，不干預其他家族是他們一直以來默認的處事方法。就是因為知道這一點，蕾妮此刻不是把伊克西翁當成貝勒傑特的家主，而是將他視為維奧麗塔的好友，對他提出請求。

「既然如此，身為我女兒的老朋友，如果有一天我無法繼續保護維奧麗塔和馬格，請你至少保護他們免於受到傷害。」

伊克西翁沒有回答，只是沉默地看著蕾妮。雖然蕾妮今天能下床與他面對面討論事情，不過她的臉上還是看得出病容。接著，伊克西翁開口：

「我希望卡利基亞家主可以盡可能撐到最後。」

蕾妮聽到意料之外的回覆，訝異地看著伊克西翁。

「但是，如果您說的那天真的來臨，屆時我會盡我所能完成您的請託。」

聽見伊克西翁的話，蕾妮閉輕輕閉上雙眼。

「謝謝你。」

「另一個請求是什麼呢？」

伊克西翁想起剛才蕾妮說自己有兩個請求，於是主動問道。蕾妮這次拿出一個小巧的盒子，交給了伊克西翁。

「請幫我把這個交給伊諾亞登家主。」

伊克西翁露出僵硬的表情，緊盯著放在桌上的盒子。

「這是卡利基亞保管的祖先遺物。」

伊克西翁抵達卡利基亞的瞬間就感受到的異能氣息，明顯是來自於他眼前的這個東西。

「昨晚我作了個夢。今天早上一醒來，總覺得應該把這個交給伊諾亞登家主。」

聽到蕾妮平靜地說出這句話，伊克西翁不自覺地咬緊牙關。

「那個……是關於什麼的夢？」

「我不知道。」

蕾妮對於他的問題只是搖了搖頭。

「一覺醒來就記不清楚了。只是覺得把這個交給伊諾亞登家主，可以償還先前欠下的人情。」

伊克西翁壓抑內心的躁動，用力握緊拳頭。

「不知道為什麼，我覺得今天你會來這裡也不是偶然。」

蕾妮也感覺到了殘留在伊克西翁身上的希莉絲氣息，並把桌上的盒子推向他。

「所以請務必把這個轉交給她，貝勒傑特家主。」

＊＊＊

片刻後，伊克西翁帶著蕾妮交給他的小盒子離開了卡利基亞。

喀啦！

一打開蓋子，盒中的懷錶隨即映入眼簾。就算不是親眼所見，也能感受到這個東西確實蘊含王之氣息。

「結果最後還是得由我親手把這個交給希莉絲嗎？」

伊克西翁用力捏著盒子，連手上的青筋都浮現出來。

在離開伊諾亞登宅邸前，只要希莉絲在他面前，他就可以把最重要的問題全都忘得一乾二淨。但事實上，他很清楚那段平靜的時光是建立在不知何時會破裂的薄冰上。

結果不到一天的時間，他就必須再次面對現實，伊克西翁突然覺得自己彷彿被人掐住了脖子。不管用什麼詞彙形容，這個東西最終都會讓希莉絲永遠消失在他面前。

腦海中傳來了吶喊聲，要伊克西翁立刻摧毀這個可怕的東西。然而，伊克西翁卻只是閉上雙眼，安靜地闔上箱子。

颼颼颼！伊克西翁發動異能，動身去找希莉絲。

＊＊＊

當伊克西翁抵達伊諾亞登宅邸時，希莉絲已經回到了房間。她穿著舒適的居家服，坐在沙發上回覆之前收到的邀請函，就像不曾出門般。

「希莉絲。」

「回來啦？」

伊克西翁敲了敲房門，希莉絲隨即抬頭看向他。伊克西翁站在房門口，靜靜看著她的身影。不知道為什麼，有希莉絲在的景象，莫名給人一種揪心的感覺。

「我回來了。」

伊克西翁朝希莉絲走去，接著低下頭，輕吻她的臉頰，希莉絲則是悄悄垂下視線。不管是誰看了，都會覺得這是非常平凡的場景，但這種平凡對兩人來說卻很特別。

「你比我想的還要晚回來。」

聽到希莉絲的話，伊克西翁伸手輕撫她的臉，同時露出淺笑。

「妳等我很久了嗎？」

「嗯，我一直在等你。」

希莉絲的話，讓伊克西翁停下了動作。

他正為了壓抑心中如海嘯般瞬間襲來的情感而掙扎著，最後他終於成功輕輕勾起唇角，露出一抹微笑。然後，他故作輕鬆，輕聲對希莉絲說：

「既然如此，也順便對我說妳很想我吧。」

希莉絲出神地看著伊克西翁。不久後，她又緩緩張開唇瓣，悄聲對伊克西翁說出他想聽的話。

「我好想你，伊克西翁。」

就在那瞬間，伊克西翁的雙唇粗暴地覆上希莉絲的唇瓣。他似乎要將她現在說出的真心話，還有能夠證明她此時此刻就在伊克西翁眼前的溫暖氣息和體溫，全都吞噬得一乾二淨。

直到彷彿會撼動靈魂，短暫而強烈的這一吻結束後，伊克西翁把某個東西塞進希莉絲的手中。

「我帶了個禮物給妳。」

希莉絲將視線緩緩往下移，俯視著手中的小盒子，她已經知道盒子裡面會有什麼了。因為在伊克西翁來找她的那一刻，希莉絲便從他的身上感覺到一股熟悉的異能氣息。

「卡利基亞要我把這個轉交給妳。」

希莉絲努力不去想伊克西翁是用什麼樣的心情，把這件物品拿給自己。如果對此稍加揣摩，希莉絲覺得自己一定無法繼續留在這裡面對伊克西翁。

「伊克西翁。」

然而，就算這樣她還是無法抑制自己的情感，所以希莉絲把視線從盒子移向伊克西翁並開口說：

「我很想你。」

看著伊克西翁逐漸掀起波濤的雙眸，希莉絲再次輕聲呢喃：

「我真的很想你。」

這次伊克西翁沒有刻意要求，希莉絲就像是只會說這幾句話一樣，沒有任何遮掩或隱瞞，只是懷著無比坦誠的心意對伊克西翁說：

「伊克西翁，我……」

不過，還沒說幾句，她就又說不出話了。充斥著內心的猛烈情感彷彿下一秒就會爆發，希莉絲覺得自己就快要窒息而亡。

希莉絲咬著唇瓣，終於低聲說道：

「我希望你現在可以再吻我一次。」

伊克西翁毫不猶豫地按照希莉絲說的去做。希莉絲被比剛才更火熱的熱氣吞噬，腦袋也停止運轉。

盒子從希莉絲手中掉落，裡頭的懷錶摔落在地毯上。

滴答滴答……

很久以前就停止的懷錶傳出幻覺般細微的指針走動聲。這似乎在提醒他們往後的時間已經所剩無幾……而希莉絲和伊克西翁只能更加迫切地汲取彼此相互交融的溫熱。

＊＊＊

銀白色月光從少了窗簾遮蔽的窗外灑進屋內。那晚，希莉絲直到深夜時分都還是無法入眠，於是靜靜地從床上坐起。視線一轉，伊克西翁的背立刻映入眼簾。

原本一直抱著希莉絲的伊克西翁從剛才開始就轉身背對她，希莉絲知道他也沒有睡著，而且她能猜到伊克西翁為什麼暫時放開她。

片刻後，希莉絲拿起一旁的長袍披在身上，悄悄來到桌子前，拿起稍早伊克西翁帶回來的盒子。

喀啦。希莉絲打開蓋子，默默看了一會兒停止轉動的懷錶，然後把手伸進盒子裡。

啪！

當她的指尖碰到懷錶，剎那間，眼前突然出現一道光芒。緊接著，那道光芒變成了一顆金色的寶石。

「**萬物的父母，偉大的王啊！**」

與白天在帕爾韋農宅邸觸摸寶石的時候不一樣，但與上次在貝勒傑特宅邸時相同，希莉絲眼前出現了幻影。

「**我知道祢賜福於宇宙之初的期限已經到了。**」

上次流著眼淚，把長矛插進「希莉絲」胸口的紅髮女子正跪在祭壇前。

「**祢的力量，讓大地得以豐饒，人類能夠繁榮昌盛，身爲深知這份恩惠的奴僕，怎能懷抱更加貪婪之心呢？**」

女子謙遜地低著頭，看似誠心服從，但是她身上卻散發著不輕易屈服於任何存在的氣息。

「**但是，我的王啊！我體內萌生了新的生命。**」

所以當她伏低身軀，將額頭貼在地面時，輕微的情感被她驚動得泛起了漣漪，以祭壇為中心向外蔓延開來。

「**當祢在約定之日收回祝福，就等同於連無辜的生命也要一併收回。**」

希莉絲能感覺到，現在面對著女子的人十分動搖，因為那種情感就像是屬於她一樣，鮮明地傳達到她心中。

「所以，我斗膽像這樣跪求祢。正如卡利基亞和帕爾韋農也曾經向您哀求的那樣，我不奢望能獲得接近永恆的人生和操縱萬物的力量，只是希望這個新生命能夠綻放，看一眼這個世界的曙光。如果祢願意答應，以後就算要把我的肉體和靈魂分解成九十九塊，我也會感謝祢的慈悲。」

悲痛的嘆息聲隨即傳到了祭壇上。

「親愛的孩子，伊諾。宇宙之初的誓言是神聖的。」

最終，「希莉絲」開口說道。

「我可以理解妳的心情，但是任何理由都不能推遲履行承諾的時間。」

雖然對紅髮女子無比惋惜，並感到痛心，卻也沒有其他的方法，只能真心許諾她舒適的安息。

「但是我答應妳。當妳和妳的孩子過完一生，便不會再有痛苦。」

聞言，低頭伏在祭壇前的女子散發出深深的絕望，那股情感慢慢變成劇毒般的憤怒，朝著「希莉絲」流去……

展現在希莉絲眼前的場景到此結束。耀眼的光芒已在不知不覺間熄滅，只留下黑暗。

希莉絲垂眼看著放在盒子裡的金色寶石，想起了稍早看到的情景。這似乎也是王在這世上只剩下痕跡之前的記憶。

突然，希莉絲感覺到從背後傳來的溫暖。不知何時，伊克西翁悄悄走到希莉絲身後，將她緊緊環抱在懷中，他的頭也輕靠在希莉絲的肩上。

希莉絲感受著伊克西翁的體溫，同時伸手拿起寶石，原本放在盒子裡的寶石，隨即消失在紅色唇瓣之間。雖然這是兩人為了專注於眼前的現實而做出的選擇，卻也令人感到心酸。

寶石很快就被吸收至希莉絲體內，就像不久前吞下帕爾韋農的寶石一樣，身體沒有感覺到任何異常，只是偶爾從心裡傳來的寶石聲音消失得無影無蹤。

希莉絲的身體漸漸放鬆，她把背靠在身後的伊克西翁身上，伊克西翁的唇立即在她的脖頸落下一吻。

「妳的身體好冷，我們回床上躺著吧。」

伊克西翁的手向下滑動，覆上希莉絲的手背，接著將手指插入她的指間。希莉絲的手指稍稍施力，然後張開雙唇說：

「好，我們一起回去吧。」

夜深了，和對方在一起的時間總是非常短暫。希莉絲和伊克西翁希望這一天永遠不要結束。

＊＊＊

加百列深深陷入了夢境中。不，這也許不是夢，只是為了說服自己現在身處的現實不是真的，而想辦法拚盡全身的力氣而已……

「嗚……嗚嗚。」

加百列因為無法戰勝恐懼而哭泣。自己到底像這樣被監禁多久了？被綁住的手腕和腳踝疼痛不已。關押她的這間房間連窗戶都沒有，所以加百列不知道現在是白天還是晚上，也不知道為什麼自己要遭受這種折磨。

明明她跟著被希莉絲趕出伊諾亞登的狄雅各和里嘉圖離開……後來還是覺得這樣下去不是辦法，所以打算懇求希莉絲接受自己而跑了出來。然後，接下來的事她就不記得了。

因為害怕而不停哭喊著父親和哥哥，但是沒有任何人來救她。哭到累了就睡著，醒來之後加百列會啜泣著吃下像是野獸飼料的食物，接著睡意又會再次襲來，而且加百列總是會作夢。

很久以前，加百列曾經見過有人像現在的她一樣，被關在房間裡，可是加百列卻對那個人視而不見。有時候她會因為好奇而偷偷去找那個人，卻被那人變得難以辨識的醜陋模樣嚇到，甚至落荒而逃。所以這就是她的懲罰嗎？

夢像永無止境般不斷持續著，彷彿在告訴加百列，現在她眼前的可怕現實也會一直延續下去。

「父親……哥哥……希莉絲姐姐……」

從睡夢中醒來的加百列，今天也哭得很傷心。

嘰咿……

就在這時，她的眼前出現了一道亮光。加百列被淚水浸濕的臉頓時一愣。

咯噔。有人走進被打開的房門。雖然那個人背對光線站著，加百列看不清他的模樣，不過大致看得出來他是一名體格高壯的男子。

隨後，帶著一股冷意的低沉嗓音傳入加百列的耳中，「加百列．伊諾亞登？」

這聲呼喚對她來說就像是一束光。

無法親近的千金

CHAPTER 024

狩獵季節

접근 불가 레이디

轉眼就到了初夏。在春天綻放的花朵落下一片片花瓣之處，開始長出了清新嫩綠的葉子。

夏天的狩獵祭不知不覺間也已經近在眼前。每年最大活動之一的狩獵祭原先是由四大家族主辦，隨著時間流逝，如今變成由他們麾下最高階的家族負責。

伊諾亞登麾下的德莫尼亞家族至今已連續三年主持初夏狩獵祭，因為德莫尼亞家族的現任家主平時以狩獵當作消遣，所以對狩獵祭也很感興趣。

而在狩獵祭結束後，還預計舉行克里斯蒂安．帕爾韋農的家主繼任慶祝宴會，因此這次活動格外引人矚目。與加百列．伊諾亞登解除婚約後，克里斯蒂安在五十二個家族間，理所當然地被認為是最令人渴望的配偶人選。但是，在今天這個眾人聚集的場合，最引人注目的並不是克里斯蒂安。

「那個傳聞應該是真的吧？」

「沒錯……」

人們一看到希莉絲和伊克西翁出現在狩獵場，便開始竊竊私語。

初夏狩獵祭將在兩天後開始。在活動正式開始之前，五十二個家族的貴族們會先參加德莫尼亞家族舉辦的聚會。

狩獵祭是為期近半個月的大型活動。除了可以利用異能自由行動的幾名四大家族成員，其他人都必須事先做好長期留宿在外的準備，並且在活動開始前抵達舉行狩獵祭的地點。因此，除了有特殊原因的人外，所有參加者在狩獵祭開始的三天前抵達邀請函上註明的地點，被認為是一種禮儀。

然而不知道為什麼，身為四大家族一員的希莉絲，居然在狩獵祭開始之前就出現了。人們推測，或許是因為主辦狩獵祭的是伊諾亞登麾下的德莫尼亞家族。

總之，突然出現的希莉絲似乎對於和其他人交流不太感興趣，於是挑了一張位置最偏遠的空桌子，一個人托著下巴坐了下來。金色的雙眸漫不經心地緩緩掃視著四周的光景。

颼颼颼——

這時，伊克西翁·貝勒傑特也伴隨著一陣黑色風暴出現。他看都不看其他人一眼，直接朝希莉絲的方向走去。因為兩位四大家族家主的無預警出現而感到驚慌失措的其他貴族們這才回過神來，雖然應該要去問候希莉絲和伊克西翁，但下一秒在他們眼前上演的畫面，阻止了眾人的動作。

伊克西翁走近希莉絲，站在她身後並摟住她的肩膀，接著他把臉貼近希莉絲耳邊，低聲細語。不過希莉絲的表情依然沒有變化，所以人們根本猜不到他們說了什麼。

接下來，希莉絲抬起手撫摸伊克西翁的臉，就像是在描繪他的臉部線條，人們見狀全都下意識倒抽了一口氣。女人白皙纖細的手指掃過男人的臉頰和下巴，這幅景象莫名吸引人們的視線。更令人驚訝的是，被希莉絲觸碰的伊克西翁，嘴角竟然露出了溫柔微笑。

五十二個家族中，沒有人敢在看到這樣的情景後，還厚顏無恥地打擾兩人。然而事實上，希莉絲和伊克西翁之間的對話，並不如他們想像的那麼私密。

「我去看過了，這次的風景也不怎麼樣。」

「是嗎？我去看的地方也不怎麼樣。看來要找其他地方了。」

雖然有些突然，不過最近伊克西翁和希莉絲正在尋找風景最優美的大海，而一切的起因要追溯到一週前。

「我明天要去一個地方。說不定離這裡比較遠。」

和伊克西翁一起喝茶時，希莉絲突然想起一件被自己忘記的事，並且對伊克西翁說道。伊克西翁停下了端起茶杯的手。

「……是嗎？妳要去哪裡？」

希莉絲想去做什麼？還有，如果要去遙遠的地方，究竟有多遠？會離開多久？是不是要做什麼危險的事？伊克西翁心裡有很多疑問，可是他不知道自己能不能問清楚這些問題，只好把即將溢出喉嚨的疑問吞回肚子裡。然而，希莉絲平靜的回答，與他預想的非常不同。

「你可能會覺得有些莫名其妙，不過我想去趟海邊。」

「海邊？」

「和馬格還有維奧麗塔一起。」

「馬格和維奧麗塔？」

「幾天前，我去卡利基亞拜訪的時候，馬格正在讀的那本畫冊裡出現了大海。但是他說自己從來不曾親眼看過海，所以很好奇。」

「……但是為什麼妳也要去呢？」

「因為用異能去的話，更快更簡單。」

也就是說……希莉絲的意思是，她要利用異能帶著卡利基亞的孩子去看海。

伊克西翁的眉間出現了明顯的皺紋。雖然他自己也知道追究這種問題會讓他看起來很小氣……不過他很想問清楚，為什麼他們兩個都還沒一起去看過海，她現在卻要先和別人一起去看？而且要跟她同行的人，居然是每次看到希莉絲都會臉紅、無法掩飾感情的小鬼。最令人不快的是，希莉絲似乎根本沒想過要帶他一起去。

「如果是第一次看海……那就讓他看看最漂亮的風景吧？不是每個地方的大海都是一樣的。」

伊克西翁知道自己這樣很幼稚，卻還是忍不住開口了。

「所以，我覺得還是多比較幾個地方，再帶他去看吧。」

「是嗎？我沒想過這點，說不定這麼做更好。」

希莉絲似乎被他的話說服了，於是一邊擺弄著茶杯，一邊表示贊同。

「沒錯。兩個人找的話會更快，我也一起幫忙吧。」

就這樣，伊克西翁神不知鬼不覺地成功介入了希莉絲的計畫。兩人開始尋找最美麗、最值得帶馬格去看的海邊。

後來，他們發現這次想去看看的海邊正是德莫尼亞家族在邀請函上提及的地點附近。反正狩獵祭期間在眾人面前露個臉，還能順便減少日後的麻煩，於是希莉絲和伊克西翁說好各自去探訪其他地方後在這裡見面。

「可是，一定要像這樣分開行動嗎？」

「這樣比較有效率。」

伊克西翁對於和希莉絲各自去探訪海邊一事感到不滿，因為這和他一開始想像的不一樣。不過，希莉絲漫不經心的回答卻像是不懂他的心情。

隨即，伊克西翁像是在對希莉絲發牢騷似地把頭靠在她身上，坦率說出了心裡話。

「但是這樣一來，我和妳在一起的時間就會變少。」

希莉絲沉默不語。就像不久前伊克西翁說過的，她想要在死之前，把那些過去幾世沒能完成的事情都試著完成。即便如此，她也不可能把其他事情看得比伊克西翁還重要。

片刻後，希莉絲伸手摸了伊克西翁的臉。

「好吧。從現在開始，我們一起行動。」

終於得到自己想要的回答，伊克西翁露出了微笑。在一旁看著這幅光景的人則都在竊竊私語。

「這樣一來，就是傳承高貴血統的兩大家族的結合。」

「而且兩位都是現任家主，還罕見地擁有強大的異能……這種事實在非常少見。」

不管是誰看了，都會覺得希莉絲和伊克西翁關係匪淺。而且他們看起來也不打算隱瞞這個事實，所以即使在兩人離開後，這個消息還是在人們之間留下一陣騷動，久久無法平息。

＊＊＊

伊克西翁沒有和希莉絲一起行動的時候，依舊非常忙碌。他今天也反覆回想過去，就像一直以來做過的無數次那般，摸索著蛛絲馬跡，把他在意的地點全都翻遍了。

「總覺得今天感覺還不錯。」

施萊曼抵達某棟空無一人的大樓前，笑嘻嘻地說。他很快就對於監視芝諾的任務感到厭煩，因為無聊得發慌，最後被伊克西翁允許可以跟著他一起行動幾天，所以他現在非常興奮。

只要可能發生有趣的事，施萊曼的雷達就會啟動，所以這次他也有預感會發生有趣的事。

「不要輕舉妄動，好好調節力量。」

伊克西翁毫不留情地潑了施萊曼一盆冷水。

「哎呀，我現在已經很擅長調節力量了。很快就會追上伊克西翁家主，敬請期待。」

「廢話少說，設好結界。」

「是！」

伊克西翁嘖了一聲，率先走進建築物。裡面沒有任何動靜，伊克西翁一眼就能看出這裡不是上次去過的那座有鹿頭裝飾的宅邸，不過，就像施萊曼剛剛說的，他也有一股強烈的預感，覺得這裡會有什麼東西。

「我去左邊看看。」

「好，如果有什麼發現，隨時叫我。」

伊克西翁和施萊曼各自走向左右兩側。

砰！

不久後，門板掉落的聲音在空無一人的建築內響起。聽見這聲巨響，伊克西翁不禁皺起眉頭。明明沒有必要破壞房門，施萊曼處理事情的方式今天也依舊誇張。

在經過一段時間的探索後，伊克西翁發現了一扇與其他門不同，被鎖緊緊封住的門。

喀喀！他一碰，門把和鎖頭就同時碎成了粉末。

嘰咿咿……咯噔。

於是伊克西翁邁開腳步走進敞開的房門。而他在那裡發現的人，可以說是自己至今追查的事情的線索。

＊＊＊

房門被打開後，看到從光芒中出現的人，加百列感到無比喜悅。

「加百列．伊諾亞登？」

這個人的體格和聲音，都和負責送食物的人不一樣。應該……應該是來救她的吧！加百列沉浸在激動的情緒中，不停啜泣著。

此時，那個人又朝著被綁住四肢、無力倒在地上的她走近了一步。

「妳一個人被關在這裡嗎？」

加百列稍微適應了光線，男人的長相在她眼中也變得更加清晰。

「啊！」

就在她看清的那瞬間，加百列不停顫抖，甚至倒抽了一口氣，就像受到了很大的驚嚇。出現在她面前的不是前來拯救她的天使，而是可怕的死神。

「啊……咳、咳咳！」

加百列使出全身的力氣，像蟲子蠕動般拚命爬行，最後將自己的身體緊緊貼在後方的牆上。

「加百列．伊諾亞登。」

在夢裡聽見的那個令人毛骨悚然的冰冷嗓音，再次清晰地傳入她的耳朵。

「如果按照我的想法，我現在就想殺了妳，可是我不會那麼做。」

伊克西翁帶著想要立刻掐死她的強烈殺意，用力勒緊她的咽喉，那種感覺至今還無比鮮明。

「妳必須當著眾人的面，親口澄清殺了馬格卡利基亞的人不是她。」

「我真的會死……這個人真的會殺了我！」

他那雙冷酷的眼眸充斥著憤怒，毫無一絲慈悲和溫度，加百列只覺得自己快要因為恐懼而窒息，所以不斷大口喘著氣。

「如果這次又撒謊，那些話將成為妳最後的遺言。」

男子就像是丟掉什麼髒東西般，放開了加百列的脖子，並且在最後發出令人不寒而慄的警告。

「如果妳直到最後都不肯開口，妳就好好期待吧，我一定會盡可能讓妳以最痛苦的方式死去。」

夢中的場景好像真的變成了現實，發生在加百列眼前。

「嗚……嗚嗚……」

加百列緊貼在牆上的身體可憐地顫抖著，斗大的淚珠不斷落下。看到她這個樣子，伊克西翁皺起了眉頭。

「咦？怎麼回事？這不是加百列．伊諾亞登嗎？」

此時，察看完其他地方後，來找伊克西翁會合的施萊曼在門口發出了一聲驚呼。

「其他地方呢？」

「我找到了一個人。不過，他一直想逃跑，所以我先將他關了起來。你待會親自去看看吧。」

伊克西翁冰冷的視線再次投向房間裡的人。加百列依舊蜷縮在角落裡哭泣，任誰看了都會覺得她很可憐。只是，伊克西翁對眼前的情景不但不感到同情，連一絲可憐她的感覺也沒有。

「你打算怎麼辦？」

施萊曼瞥了一眼加百列，然後向伊克西翁問道。後者則是邁開腳步，朝著在角落發抖的加百列走去。

「加百列．伊諾亞登。」

「嗚嗚、嗚……」

「狄雅各．伊諾亞登和里嘉圖．伊諾亞登在哪裡？」

「嗚……嗚。」

「妳還記得把妳關在這裡的人是誰嗎？」

然而，加百列似乎聽不見伊克西翁說的話。

「好像沒辦法跟她對話。」施萊曼站在後面看著他們，嘖了一聲。

最後，加百列昏了過去。伊克西翁看著癱軟在地上的加百列，再次皺起眉頭。

「我們先離開這裡。今天在這裡發生的事，不要向任何人透露。」

「我知道了。」

對施萊曼下達命令的伊克西翁立刻轉身。

「你負責把這個女人搬出去。」

「啊，我嗎？」

施萊曼反問道，不過伊克西翁沒有回答便走出了房門。

施萊曼之搔了搔後腦勺。仔細想想，這種雜事讓他來做也是理所當然的，不知道為什麼剛才卻一瞬間對此產生疑問。他走上前，把加百列背上肩，然後緊跟著伊克西翁離開。

＊＊＊

施萊曼用異能束縛住在宅邸裡發現並抓住的那個人，並將其關押在附近的房間裡。宅邸裡沒有其他人留下的痕跡，看來一直都只有他一個人負責監視加百列。

伊克西翁像剛才對待加百列那樣，靠近在地上拚命掙扎、蠕動的人。他用異能消除塞在那人嘴裡的東西後，低下頭與他對視。

「狄雅各．伊諾亞登和里嘉圖．伊諾亞登在哪裡？」

「我、我不知道。」

「他們和把加百列．伊諾亞登關在這裡的人在一起嗎？」

「我……我只是覺得一個年輕女孩在街上遊蕩很可憐，才會把她帶回來，想要好好照顧她……」

面對伊克西翁的提問，那個人結結巴巴地回答道。

「可能是因為我把她綁在房間裡，讓你誤會了。我在外面發現她的時候，她不知道吃了多少苦，已經精神失常，總是會做出一些具有攻擊性的行為，所以我也是沒有辦法了……」

他就像是在朗讀事先準備好的臺詞。雖然這是預料中的事，不過還是讓伊克西翁感到很不悅。

「其實我……」

伊克西翁冰冷地看著眼前的人，緩緩開口。

「聽說你在知道有人入侵後，不是選擇馬上結束生命，而是試圖逃跑，這樣一來我就放心了。」

沙沙沙……伊克西翁腳下的陰影，開始像黑色的蟲子般四散開來。

「現在也是，居然能夠臉不紅氣不喘地在我面前說謊，真讓我放心。」

那些黑影最先觸碰到的是那個人鬆開的鞋帶。

「不過，幸好你還知道性命可貴。」

一瞬間，黑影吞噬的部分被分解消失，沒留下一點痕跡。伊克西翁眼前的人嚇得倒抽了一口氣，同時猛然抓住自己的腳。隨即，他膝蓋附近的衣角也碰到了黑影。

啪沙沙……黑色異能將膝蓋也吞噬掉了，並接著朝向散落在地上的髮絲爬去。眼看每個被黑影觸碰到的地方都瞬間化成黑色灰燼，那個人顫抖的眼神中充滿了恐懼。

「我剩下的時間不多了，託你的福，我的耐心一天比一天更快耗盡。」

密閉的房間裡，伊克西翁低沉的嗓音讓人覺得肅靜，如冰霜般的冷冽眼眸在黑暗中發出冷光。

「我會先從你的手指開始，一根一根拔掉，直到你願意回答我的問題為止。」

沙沙沙！黑色的碎片瞬間猛然撲向獵物。

＊＊＊

嘰咿。

扛著加百列站在門口等待的施萊曼，用奇怪的微笑迎接走出房間的伊克西翁。

「家主也真是的。沒必要弄髒自己的手，直接叫我去做不就好了？」

再次見到施萊曼的伊克西翁，表情比稍早前更冷漠了，他無視施萊曼的話，逕自向前走。

「南邊的別墅，現在是空著的吧？」

「應該沒錯，要先把她帶去那裡嗎？」

「記得管好傭人們的嘴。」

「那當然。」

施萊曼點點頭，表示自己知道了。他在門外聽得一清二楚，大致知道裡面是什麼狀況，也聽到那個人受不了拷問，在失去意識之前親口吐出的名字。

只不過，這件事需要再仔細確認。雖然這種可能性很低，但是被逼到極限的人有可能在精神失常的狀態下胡言亂語，或是為了避免眼前的痛苦而說謊。

伊克西翁全身上下散發著寒氣，走過施萊曼身邊時，他用下巴指了指剛才自己走出的房間。

「他還有呼吸，你把他一起帶走。等他醒了，我要再審問一次。」

伊克西翁又交代了施萊曼一句，等加百列．伊諾亞登醒來之後，也要問問看有沒有其他消息，接著便從原地消失了。

他前往的地方正是五十二個家族齊聚的狩獵場，這也是不久前，從他耳邊一閃即逝的那個名字主人的所在之處。

＊＊＊

與此同時，希莉絲也在伊克西翁不在時獨自行動。雖然和伊克西翁在一起的時間很珍貴，但是希莉絲從未因此忘記自己該做的事。

她前往的地方，是不久前從四季之森的文獻中獲得線索的地點之一。

從花瓣之間現身的希莉絲，正站在盛開著不知名紫色花朵的樹林裡。

啾啾！

頭頂上響起了清脆的鳥鳴，前方瀑布濺起的水花如珍珠般閃閃發光，從茂密的樹葉之間灑落的陽光，讓視野亮了起來。

明明是足以媲美極樂世界的美景，不過希莉絲注意到的並不是四周的風景。她往旁邊一看，感受到隱約傳來的異能氣息，她知道自己找對地方了。

沙沙……

希莉絲朝著散發出異能方向走去。白色的衣角像被微風吹起般在紫色的花朵和綠葉之間輕輕晃動。因為是經歷一次徒勞後才獲得的發現，所以希莉絲更加高興。

根據四大家族祖先的遺言，古代遺物分別被埋葬在不同的神聖地點，而希莉絲目前已經找到了其中的三件。那些東西含有王之氣息，只要希莉絲伸手觸碰，就會變成金色的寶石。

但偶爾也有撲空的時候。有些神聖地點只能找到很久以前被人挖掘過的痕跡，沒有留下任何能夠被稱為遺物的東西。因為已經過了非常久遠的歲月，在這些段時間裡被後人發現，並移往別處也不無可能。

「原來在這裡。」

幸運的是，這裡留有熟悉的異能痕跡。希莉絲用異能清除遮蔽視野的茂密草叢並挖開下面的泥土，出現了一個像是用象牙打造的箱子。希莉絲彎下腰，將它拿了起來。

喀啦。一打開蓋子，箱子裡的東西隨即映入眼簾。一開始希莉絲以為只是個普通的裝飾品，仔細一看，她才發現那是一個香爐。

啪！

希莉絲一伸出手觸碰，它就變成了金色的寶石，這次同樣也有一段過去的殘影短暫閃過希莉絲的腦海。

希莉絲認為，含有王之氣息的遺物很有可能是王去世時，身邊的四大家族家主們隨身攜帶的物品，或是當時王宮裡的物品。這陣子透過金色寶石看見的場面，讓她幾乎可以確定這項推測。

貝勒傑特家族保管的矛，是身為首任伊諾亞登家主的那名紅髮女子，在刺穿王心臟時使用的物品。在帕爾韋農宅邸發現的耳環，則是屬於幻影中一閃而過的那名銀髮女子的首飾。另外，伊克西翁從卡利基亞帶回來的懷錶，也是王去世時，從站在祭壇上的那名男子的口袋裡掉出來的隨身物品。

而希莉絲在亞美利耶宅邸看到的那幅畫，是從王宮偷運出來的……也許那幅畫也曾被祖先埋在地下，後來被後代發現，才又回到了原來的位置。希莉絲吞下手中的寶石，讓它與體內的其他異能交融在一起。

啾啾！

突然傳來的鳥叫聲讓希莉絲不自覺抬眼一看。此刻她的眼中充滿了濃密的綠蔭和燦爛的陽光。

沙沙……下一刻，一陣貫穿樹林的風吹來，樹葉間蔓延的陽光在眼前搖曳著，空中的林濤聲亦清楚地傳入她的耳中。

並不是每次吸收寶石都能感受到明顯的身體變化，但希莉絲覺得現在的五感比以前更敏銳了。希莉絲歪著頭，不知道為什麼，周圍的樹木、花朵、小草蟲和掠過臉頰的風似乎正在歡迎她。

總覺得四周的風景比來時更清晰了。或許就是因為這樣，花和天空、光和青草多采多姿的美麗又更加突出了。

「真想讓伊克西翁也看看。」

但是，如果他知道希莉絲在這裡找到蘊含王之氣息的東西，並吸收了力量，他也許又會再次感到悲傷。他當然會像往常一樣，完全不在希莉絲面前表現出來，但是希莉絲並非毫不知情。

她閉上眼使出異能，就像出現時那樣，一轉眼就消失無影蹤。

＊＊＊

希莉絲去了王宮。五十二個家族的貴族都在舉辦狩獵祭的地點，所以整個王宮非常安靜，沒有任何聲響。

雖然聽起來有點淒涼，不過希莉絲反倒覺得這才是她熟悉的舒適感。這個沒有多餘的噪音的地方才適合休息。希莉絲朝空中伸手，勾起眼前閃閃發光的異能線。

鏘鎯……

光線互相碰撞，發出了清脆的聲音。希莉絲將錯綜複雜的異能線重新編織，變成了全新的組合。

啪！

成千上萬條閃亮絲線間的風景碎片開始重塑在她眼前，此時薄膜破碎般的聲音不斷在耳邊響起。眼前的王宮碎裂成一片片拼圖，在空中隨著光一起爆炸。糾纏在一起的光線就像是在與此共鳴，如同水波般盪漾。

唰唰……不久後，希莉絲出現在四季之森。這裡依舊充滿神聖的氣息，神祕的金色樹葉如波浪般搖曳擺盪。現在她一個人也可以出入四季之森了，這也許是希莉絲吞下的那些寶石帶來的改變。

希莉絲的目光投向前方的潔白的祭壇。那裡放著上次她獨自前來時放上去的聖杯。為了進一步尋找有關遺物的其他線索，她打算前往文獻保管室，不過在此之前，還有其他事要做。

滴答。

希莉絲走到祭壇前，割傷自己的手。當她將紅色的鮮血滴在聖杯上，祭壇便發出強烈的光芒。

「妳又來了，伊諾亞登的孩子。」

光線消失之處響起了平靜的聲音。

＊＊＊

「希莉絲什麼時候會來？」

馬格一臉沮喪地問道。維奧麗塔輕輕撫摸著馬格的頭，就像在安慰他一樣。

「大概明天或後天就能見到她了吧？嗯……說不定最快今晚就能見到面了。」

自從昨天聽到希莉絲前往狩獵場的消息後，馬格一直悶悶不樂。

在希莉絲和伊克西翁短暫停留的期間，維奧麗塔和馬格也來到了德莫尼亞家族舉辦聚會的地點，這次狩獵祭是馬格的第一次正式外出。

事實上，馬格依舊抗拒人多的地方，所以他們盡量不去其他貴族的聚集地，在抵達狩獵場後，他們就一直待在房間裡。

在這之間，聽說希莉絲也來過這裡的消息後，馬格便感到很沮喪。當初他堅持要來這裡的理由，就是為了見希莉絲一面，如今卻錯過這個機會，會覺得難過也是理所當然的事。

希莉絲和伊克西翁的出現短暫且突然，兩人掀起軒然大波便離開了。在他們離開之後，兩人的事依舊在狩獵場裡被傳得沸沸揚揚。維奧麗塔聽到這個消息後，想起了之前看過的伊克西翁的樣子。

這次不用看也知道，他一定是像當時那樣泰然自若又厚顏無恥地行動，絲毫不在意他人的視線。維奧麗塔忍不住咂嘴。

「馬格，阿姨要出去一趟。需不需要幫你拿些喝的回來？」

她讓堂兄弟文森守在馬格身邊，打算去外面查看外頭的狀況，於是如此問道，然而馬格似乎有比這個更重要的事，所以一臉嚴肅地搖搖頭。

「阿姨，我很好奇……那個大哥哥……」

「那個大哥哥？」

「就是貝勒傑特家主哥哥……」

「你說伊克西翁啊。嗯，那個大哥哥怎麼了？」

「我從以前就很好奇，為什麼貝勒傑特家主哥哥身上，會有希莉絲的味道？」

看到馬格純真無邪的雙眼，維奧麗塔頓時不知道該怎麼回答。

「那個……因為貝勒傑特家主哥哥和希莉絲關係很好。」

思考了一下該怎麼向馬格解釋後，維奧麗塔小心翼翼回答道。然而，馬格似乎還是無法接受這個答案。

「阿姨和我也與希莉絲很親近，可是我們身上卻沒有花香。」

維奧麗塔有點尷尬地看著將鼻子貼在自己手臂上用力聞的馬格。

「因為馬格和我只是偶爾見到希莉絲小姐而已。」

「那麼，貝勒傑特家主哥哥比我們更常見到希莉絲嗎？」

從馬格的眼神中，看得出他受到了衝擊。一想到比起自己，希莉絲可能更親近伊克西翁，他心裡似乎受到了不小的打擊。事實上，兩人幾乎算是一起住在伊諾亞登宅邸，不過如果把這件事說出來，馬格可能會更加受挫。於是維奧麗塔下意識辯解道：

「嗯……不管怎麼說……因為他們兩個都是家主，所以才會比其他人更常見面吧？」

瞬間，馬格臉上出現釋然的表情，他似乎有了重大的領悟。

「原來如此。因為是家主……」

反覆思考著維奧麗塔的話，馬格終於冷靜下來。

「所以，他們和上次貝勒傑特家主哥哥因為公事來見外婆的情況差不多。我有學過，即使不是為了公事，家主是家族的最高掌權人，如果前往其他家族的宅邸拜訪，或是在外面見到面，一定要先向家主打招呼才符合禮儀。所以，希莉絲比我更常和貝勒傑特家主哥哥見面，也是理所當然的。」

「嗯，沒錯……」

維奧麗塔第一次看到馬格滔滔不絕的樣子，所以有些慌張地點點頭。

「我懂了。那麼妳回來的時候，請幫我拿杯牛奶吧。」

「好。」

維奧麗塔因為馬格沒有進一步追究而暗自鬆了一口氣，卻又有點不知所措地離開了房間。

「維奧麗塔小姐。」

來到走廊上時，正好有人找維奧麗塔。一看清來人，維奧麗塔便換上冰冷的表情。

對方是自己派去狩獵場裡監視泰爾佐的人，他走上前，在維奧麗塔的耳邊悄聲報告。她半掩的暗綠色眼眸立刻閃過一絲冷酷。

「是嗎？泰爾佐他……」

據說，至今看似安分的泰爾佐出現在貴族們聚會的地方，剛從馬格房間出來的維奧麗塔也正好想去那裡看看。

「我現在就去看看。你守著馬格。」

「遵命。」

維奧麗塔離開了馬格的房間，向外面走去。

＊＊＊

「妳又來了，伊諾亞登的孩子。」

希莉絲冷漠地看著在光線緩緩減弱後，出現在前方的人。像往常一樣，王之殘痕帶著一臉無趣的表情，出現在雪白耀眼的祭壇上迎接希莉絲。

一看見那副嘴臉，希莉絲的心裡又有點不高興了。但是她並沒有浪費時間整理自己的情緒，而是為了達到目的開始行動。

啪滋……！鏘！

希莉絲大步走向祭壇，把手直直伸了出去，耳邊隨即響起劃破空氣的尖銳聲響。

起初還能感受到一股微弱的力量在抵抗。不過，當希莉絲手中凝聚異能的瞬間，阻擋她的無形屏障便立刻被打穿。希莉絲的手終於碰到了坐在祭壇上的王之殘痕。

咻咻。

然而，她的指尖卻直接穿過眼前的人影。

「妳現在是在做什麼？」

王之殘痕俯視著希莉絲穿過自己肩膀的那隻手，平靜地問道。希莉絲把沒有任何感覺的手抽回，然後泰然自若地回答道：

「我在想，祢會不會也是我必須找到並吸收的王之氣息。」

即使不是有形體的物品，說不定殘留在這個祭壇上的王之殘痕，也是神性的一部分。因此希莉絲想要確認祂被自己觸摸後，會不會變成寶石。

「但是，我的手沒有觸摸到任何東西。」

不管怎麼看，她的假設似乎是錯誤的。希莉絲冰冷的雙眼俯視著比剛才更靠近的王之殘痕，下個瞬間，希莉絲的身體爆發出強烈的異能。可惜的是，連異能也對王之殘痕產生不了作用。

在確認完一切可能後，希莉絲毫不留戀地後退，再次回到原位。

「不被攻擊影響，也是因為沒有形體嗎？」

面對一連串的突發事件，王之殘痕的眼神沒有一絲動搖，依舊直直盯著希莉絲看。

「上次妳來的時候，好像很生我的氣。所以妳這是在出氣嗎？」

聽到眼前的存在拿前幾天的事諷刺自己，希莉絲自嘲道：

「什麼出氣？那麼做有什麼意義？」

王之殘痕說的是不久前她獨自拿著聖杯來到祭壇前的事。當時，希莉絲知道了王之殘痕和伊克西翁見面的事。王之殘痕甚至若無其事地告訴她，自己當時和伊克西翁聊了些什麼。因此，那天希莉絲會感到憤怒也是理所當然的。

「只是覺得如果有辦法可以除掉祢，試看看也不錯。」

當然，即使不是因為伊克西翁的事，希莉絲也沒有理由對王之殘痕抱有好感。

「現在在這裡的我只是個實際存在，卻又不存在的時間紀錄。對於這樣的我來說，沒有『死亡』的概念。」

「很遺憾，祢說的好像沒錯。」

嘖嘖……希莉絲決定不再理會王之殘痕，於是操縱異能離開。既然想確認的事情已經全部完成，她也沒理由繼續留在這裡了。現在希莉絲可以隨意穿梭在各個空間，自然也沒有必要等待王之殘痕送她離開。

然而，她還沒有找到進來這裡的路，所以每次都還是要使用聖杯，讓她覺得非常麻煩。王之殘痕所在的風景開始粉碎成碎片朝四方散去，光線也從碎片的縫隙中滲透進來。

「孩子，如果妳真的想除掉我，就先把我分散到各處的神性全都收集起來吧。」

倒塌後重新建構的空間另一頭，傳來了毫無生機的平淡嗓音。希莉絲的目光投向散發光芒的祭壇。

「如此一來，妳的願望就會變成我的願望。」

或許只是錯覺，比平時更加奇妙的回音在腦海中響起。金色的波浪籠罩著身體，希莉絲走出了王之殘痕停留的神祕空間。

＊＊＊

吱喳。

明媚的陽光灑落在樹林裡，這裡依舊圍繞著和平的氣息。希莉絲稍早為了尋找埋藏在地下的遺物而來到此處，她離開後，美麗的風景也沒有改變。

突然，棲息在樹枝上吟唱著和平之歌的鳥兒們瞬間停止了鳴叫，像是被什麼東西追趕似的，飛上了天空。

啪沙沙……

像紫色海洋一樣覆蓋著大地的花朵開始慢慢枯萎，失去了色彩。草木乾枯，沿著岩壁流淌的瀑布水流也逐漸消退，最終完全消失。

就連蟲鳴聲也都消失無蹤，樹林變成了只剩下枯瘦樹枝的貧瘠土地。如死亡般的安靜寂寥沉重地降臨在那片土地之上。

＊＊＊

草木一片翠綠，陽光明媚的正午戶外有些悶熱。人們三五成群，在樹下的陰涼處各自天南地北地聊著。

「歡迎妳來，維奧麗塔小姐。」

「好久不見。大家都過得好嗎？」

維奧麗塔一出現，隸屬高階家族的人們率先從座位上起身迎接她，維奧麗塔也主動向其他貴族們打招呼。

包括主辦狩獵祭的德莫尼亞家族在內，高階家族中，有五個家族聚在這裡。

「因為您去年沒能參加，有很多人為此感到遺憾，很高興今年能見到您。大家都很期待在這次的狩獵祭，也能看到您有好的表現。」

「我也非常期待。前年由德莫尼亞準備的狩獵祭也特別精彩。」

「您過獎了。不過……馬格大人不是跟您一起來的嗎？我還以為今天可以向他打聲招呼呢……」

「等到狩獵祭正式開始，你應該就能見到他了。」

維奧麗塔一邊和幾位家主打招呼，同時打量著四周。隨即，她發現柯黛莉亞坐在其中一張桌子前。蒙德納家主似乎待在房間裡，所以維奧麗塔並未看到她的蹤影，反而看到柯黛莉亞代為出面和其他貴族們交流。

在四目相交的瞬間，柯黛莉亞用眼神向維奧麗塔打了聲招呼。她從座位上站了起來，一副要朝著維奧麗塔走來的樣子，但是維奧麗塔抬手阻止了她，接著朝反方向走去。

「你們在聊什麼？看起來好像很開心。」

穿過陰影的清晰嗓音，打斷了幾乎是竊竊私語般的低聲對話。聚集在一起的人們瞬間將視線集中到維奧麗塔身上。

「您好，維奧麗塔小姐。」

「好久不見了。」

他們都面帶微笑向維奧麗塔打招呼，但是維奧麗塔卻察覺了對話中不自然的停頓，嘴角的笑意更深了。

泰爾佐在人群之中，臉上帶著和維奧麗塔相似的微笑，並轉頭直視維奧麗塔。

「維奧麗塔，我還以為妳和馬格在一起呢，妳怎麼來了？」

就像從未做過虧心事一樣，他的臉色和語調無比坦然。

走近泰爾佐等人的維奧麗塔用嚴肅的視線掃視了周圍。奇怪的是，聚在泰爾佐身邊的都是中下階級的貴族。維奧麗塔認為他若要和其他貴族接觸，就會以擁有一定實力的高階家族為對象，因此她感到有些意外。但就算如此，她也不認為眼前這群人只是單純想建立友誼才聚在一起。

「我路過的時候正好發現大家聚在這裡，就順便過來看看。而且我們分頭前來狩獵場之後，也還沒打過招呼吧？」

撐著下巴坐在椅子上的泰爾佐聽到維奧麗塔的話後，把頭轉向了一旁。

「不過，這裡難道是我不該來的場合嗎？總覺得各位好像不是很歡迎我。」

聽到維奧麗塔狀似不經意說出的話，有幾個人悄悄做出了反應。正當他們打量著泰爾佐和維奧麗塔的臉色時，泰爾佐率先開口了：

「既然妳這麼想，我覺得妳現在就安靜地轉身離開，也是個不錯的辦法。」

周圍的沉默變得更加窒息，維奧麗塔為此差點笑出聲。泰爾佐的語氣和表情依然很親切，可是口中說出的話卻並非如此。難道他再也不想拚命隱藏自己的真面目了嗎？

維奧麗塔仔細觀察著在場的每一個人。

「原來如此。在場的各位都是一樣的想法嗎？真令人傷心。」

「不、不是的，維奧麗塔小姐。」

維奧麗塔的嘴角仍掛著淡淡的微笑，但是眼神卻像冰霜般寒冷。有人一直保持沉默，也有人慌張地否定維奧麗塔的話，不過他們說完之後，又急忙打量起泰爾佐的臉色。

維奧麗塔很好奇泰爾佐是用了什麼樣的花言巧語，才成功迷惑了他們。而且，他到底是為了什麼才刻意接近這些權勢低弱的貴族，這點也令維奧麗塔感到不解。

仔細一看，聚集在此處的貴族有一個共同點——他們與擁護四大家族的保守派立場大相逕庭。

維奧麗塔瞇起冷漠的雙眼。

「泰爾佐……」

在旁人看來，兩人之間形成了極為不尋常的氛圍，他們相互對視著，正當維奧麗塔準備開口時——

颼颼颼！

一旁突然出現了一股強大的異能漩渦。透明的冰塊在陽光的照射下，閃爍著刺眼的光，一名散發如雪花般亮白光芒的男人隨即出現在其中。

踩在綠色草皮上的克里斯蒂安，因為從頭頂上照射下來的強烈陽光，立刻皺起了眉頭。

「糟糕，這個天氣好像不太適合聚會。」

在他現身的瞬間，周圍的空氣如同被凍結般，陷入一片寧靜。這是不久前剛成為家主的克里斯蒂安・帕爾韋農首次亮相。

這也是維奧麗塔繼上次希莉絲的慶祝宴會之後，第一次看到他。四大家族的家主露面本身就足以引起人們的注意，而克里斯蒂安與以往不同的氣息又更加引人注目。

然而，當維奧麗塔敏銳地察覺到克里斯蒂安改變的並不是什麼氣息時，她的臉色瞬間發白。

克里斯蒂安．帕爾韋農在向自己投射而來的無數目光中，悠閒地向前走近維奧麗塔和泰爾佐所在的位置。維奧麗塔用表情僵硬地看著克里斯蒂安，然後將目光轉向身旁出現的動靜。

「樹蔭下比較涼，快來這裡吧！」

從位子上站起來的泰爾佐親切地笑著，並朝著克里斯蒂安走去，準備迎接對方。

「就算陰影處再涼快……咦？維奧麗塔小姐也在這裡啊？」

克里斯蒂安只有簡短問候了維奧麗塔，接著就在泰爾佐的帶領下，逕直從她身邊走過。他就是要讓任何人看了，都只會認為他和泰爾佐關係非常密切，於是他跟著泰爾佐坐在陰涼處的上座。

在場目睹這一切的其他人不斷偷瞄站在原地且表情冰冷的維奧麗塔。然而，此時充斥維奧麗塔腦中的，並不是對他人的視線或自身顏面的顧慮。

眼淚……卡利基亞之淚……

克里斯蒂安．帕爾韋農的異能之所以可以突然變得如此強大，分明是因為他吃了卡利基亞之淚，否則這絕對不可能發生。四大家族中，只有伊諾亞登可以透過數次開花喚醒更強大的力量。

「但是，他怎麼會……？究竟是透過什麼管道？」

維奧麗塔一提出疑問，馬上就可以推測出答案。事實太過明顯，答案不就正在眼前嗎？

泰爾佐．卡利基亞。

那一刻，憤怒瞬間湧上維奧麗塔的心頭。她現在必須馬上確認，泰爾佐是否外流了目前正由卡利基亞祕密保護的寶玉？維奧麗塔帶著一身的寒意直接轉身離開。

＊＊＊

伊克西翁抵達了狩獵場。他身上仍然流露出一股銳利且具威脅性的氣息。他站在原地，思考著要先去建築物內的住所，還是要先確認活動地點。接著，伊克西翁似乎是為了讓自己冷靜，他閉上眼睛，遮住冰冷的瞳孔。

可能監禁了加百列．伊諾亞登，並帶走狄雅各．伊諾亞登和里嘉圖．伊諾亞登的人……還有，之前透過鏡子和希莉絲一起前往的那座宅邸裡，其中一道聲音的主人……

雖然是因為剛剛從負責監視加百列的手下口中聽到那個名字，而暫時回到了狩獵場，不過，現在要立即對泰爾佐．卡利基亞進行追查其實有點勉強。

並不是顧慮其他貴族的視線或是家族的立場，只是如果現在伊克西翁在五十二個貴族聚集的此處親自採取行動，消息當然也會傳入希莉絲耳中。他不想讓希莉絲知道他正在尋找那兩個失蹤的伊諾亞登。

若是證據確鑿，還可以趁機偷偷抓住泰爾佐．卡利基亞進行審問，可是目前只有從負責監視的人口中聽到的一句話及自己的心證。而且他可以肯定，像泰爾佐．卡利基亞這樣的人，拷問是行不通的。

「伊克西翁！」

此時，伊克西翁聽到有人在呼喊自己的名字，於是他張開了眼睛。

維奧麗塔在遠處發現他的身影後，急忙跑過來並對伊克西翁說道：

「幸好在這裡遇見你。你現在才到嗎？不好意思，我想借用你一些時間。」

「有什麼事？」

「我希望你能帶我回去卡利基亞。」

伊克西翁挑眉，「怎麼了？卡利基亞家主出了什麼事嗎？」

能夠讓維奧麗塔這樣急著回到卡利基亞，除了家主蕾妮的事，伊克西翁想不到其他可能了。聽到伊克西翁的問題，維奧麗塔露出僵硬的神情並咬住了自己的嘴唇，一副欲言又止的樣子。

「不，不是那樣……只是有件事情，我想要盡快確認一下。」

「是嗎？」

在得知維奧麗塔不是因為自己的母親蕾妮才想回去之後，伊克西翁不情願地點頭表示了解。然而，這不是接受的意思。

「那麼，我找一個可以和妳一起移動的傢伙過來，妳等我一下。」

「為什麼？你現在很忙嗎？」

「雖然不忙，但若是立場交換，我覺得我也不應該去做一些會讓她心情不好的事。」

「那是什麼意思？」

「總而言之，妳沒有必要非得和我一起去吧？」

「雖然是這樣沒錯……那麼，可以一起移動的人是你現在隨叫隨到的嗎？」

「我現在就去找有空的傢伙，快的話傍晚，慢的話要等到晚上。不過，絕對比書信往來更快，所以妳還是不會吃虧。」

伊克西翁說得沒錯，不過問題是，維奧麗塔的心情可沒有那麼悠哉。

「是和『寶玉』有關的事。」

結果，維奧麗塔咬牙勉強說出的話，讓伊克西翁停下了腳步。

「卡利基亞之淚很有可能已經外流了。所以，拜託你現在就幫我這個忙吧！」

一瞬間，伊克西翁的眼神變得銳利。

「泰爾佐．卡利基亞？」

維奧麗塔沒有回答伊克西翁刻意壓低聲音提出的問題，不過，光憑這個反應就足以回答了。

「那麼……」

伊克西翁剛開口，不合季節的春花突然一朵一朵出現在視野中飛舞，讓人感覺到頭上的樹木和腳下的綠草好像在跳動般微微擺動。

颼颼颼！

希莉絲不久後就出現在熟悉的花叢中。

＊＊＊

希莉絲離開王宮後，先回到了伊諾亞登，打算明天再前往舉行狩獵祭的地點。

「歡迎回來，家主。」

管家和傭人們一如往常地在門口迎接她。片刻後，當希莉絲在梅依的協助下換衣服時，隱約有股力量觸動了她的五感。

「您怎麼了，主人？」

雖然很微弱，不過她明顯感知到那是伊克西翁的異能。希莉絲的頭微微轉向異能傳來的地方。

「是狩獵場的方向嗎？」

這是希莉絲第一次在如此遙遠的距離感受到伊克西翁的存在。

「大概是因為多吃了一顆寶石吧？」

看到希莉絲突然停止行動並陷入沉思，梅依有些不安地詢問起原因。

「那個……請問是不是我做錯了什麼……」

「沒有。妳先出去。」像平時一樣，希莉絲冷淡地讓梅依離開房間。

因為是從相當遙遠的地方隱約捕捉到的感覺，所以無法得知異能發動的確切地點。希莉絲想知道自己現在感應到異能的地方，是否真的是伊克西翁的所在之處。因此，她在衝動之下使出異能，前往感受到伊克西翁異能的地方。

＊＊＊

颼颼颼！

希莉絲抵達的地方和她預測的一樣，是在狩獵場的伊克西翁身邊。

「希莉絲小姐？」

與伊克西翁在一起的維奧麗塔瞪大了雙眼，她因為希莉絲突如其來的出現而嚇了一跳，伊克西翁則是朝著在逐漸減弱的風中落地的希莉絲走去。

「希莉絲，妳怎麼會來這裡……」

然而，在近距離與她對視的瞬間，伊克西翁停下了腳步。伊克西翁本能地察覺，現在的希莉絲與今天上午看到的她又不太一樣了，而唯一能讓希莉絲發生如此變化的就只有寶石了。所以，希莉絲一定是趁他不在時，找到了另一個王的氣息，並將其融入自己體內。

伊克西翁又再次覺得自己的心臟正在被人用熊熊烈火炙燒，快要喘不過氣了。但他還是像之前一樣，非常熟練地壓抑住這種感覺，並鬆開了緊抿著的雙唇。

「原來你在這裡，伊克西翁。」

當希莉絲開始開口說話，伊克西翁感受到的那股異樣情緒，也隨之逐漸淡化了。

「我突然有件事想弄清楚，才會過來確認一下，沒想到你會和維奧麗塔小姐在一起。」

希莉絲首先回答了伊克西翁的疑問，接著轉過頭凝視著站在她眼前的人。

「妳好，維奧麗塔小姐。」

「妳好，希莉絲小姐。我以為最快也要等到今天晚上才能見到妳……是因為在狩獵場有其他事，才提前過來一趟嗎？」

面對希莉絲，維奧麗塔不由自主地露出了尷尬的微笑。明明不久前還在卡利基亞宅邸和她見過一面，今天卻令人莫名感到陌生。當然，她和希莉絲見面時，經常會有感覺到微妙情感的時候。只不過，不知道為什麼，今天這種感覺尤為強烈。

「是的，可以這麼說。不過，我好像妨礙了兩位聊正事。」

希莉絲分別看了看維奧麗塔和伊克西翁的臉，她可以感覺到兩人直到剛才還在進行著什麼重要的對話。

「不，反正我們也差不多談完了。」

聽見希莉絲的話，伊克西翁搖搖頭說道。

「沒錯，也不是那麼緊急的事……只是我想回卡利基亞一趟，所以想拜託他幫個忙。」

「卡利基亞？」

希莉絲因為那句掠過耳邊的話而歪了頭。

「可是，為什麼要拜託伊克西翁……啊，妳是想用異能移動吧。」

希莉絲問到一半就自己得出答案，隨即點點頭表示理解。

「妳打算現在出發嗎？」

「越快越好……如果可以……」

尚未從伊克西翁口中得到確切答覆的維奧麗塔，像是在確認意願般瞥了他一眼，只見伊克西翁對現在的狀況感到不悅而皺起了眉頭。事實上，如果是以前的他，應該會毫無顧忌地接受維奧麗塔的請求，但是，在有了和希莉絲一起使用異能移動的經驗後，他便不打算和其他人做同樣的事。

因為讓自己從頭到腳都被他人的異能包裹著，甚至連體內最隱祕的每個角落都被入侵的感覺實在很讓人震驚。

當然，伊克西翁也知道，如果一起移動的對象不是希莉絲，在同樣的情況下，他不僅不會覺得害羞，反而會感到不悅。要是現在把這些話告訴希莉絲或維奧麗塔，她們一定會對他嗤之以鼻。

尤其是希莉絲平時對每件事都很冷漠，她和伊克西翁不一樣，到目前為止從未對這種瑣事表現過嫉妒之類的情緒。因此，不管伊克西翁是否要和其他女人一起移動，他總覺得希莉絲應該一點都不在乎。

正如伊克西翁所料，在這種情況下，會在意對方的似乎只有他自己。希莉絲則是依舊一臉平靜地看著維奧麗塔。所以，當他在下一秒聽到希莉絲口中說出了令人意想不到的話後，他突然覺得有些驚慌。

「那我和妳一起去卡利基亞吧，維奧麗塔小姐。」

維奧麗塔似乎也對希莉絲的話感到意外，於是驚訝地反問道：

「和希莉絲小姐一起嗎？」

「如果妳沒有非得和伊克西翁一起去的理由……」

「沒、沒有。沒那回事……」

「把手給我吧。」

希莉絲直視著維奧麗塔的雙眼，向她主動伸出手，而維奧麗塔則是糊里糊塗地握住了那隻手。伊克西翁看著兩人的動作，不禁困惑地說道：

「希莉絲，妳剛才不是說有其他的事要辦嗎？妳不用特意這麼做……」

「那麼，你是要和維奧麗塔小姐一起移動嗎？」

或許是錯覺，伊克西翁總覺得有一道略為冰冷的視線，觸碰到了他的臉龐。面對散發著寒氣的希莉絲，伊克西翁只是呆呆地咧著嘴笑。

「你自己跟上，不然就待在這裡，等我和維奧麗塔小姐回來。」

颼颼颼！

跟剛才出現時一樣，希莉絲揚起芬芳的花瓣，和維奧麗塔一起消失了。只留下伊克西翁在原地，抬起手遮住自己無法妥善管理表情的臉。片刻後，情緒稍微穩定下來的伊克西翁也使出異能，跟著希莉絲和維奧麗塔前往卡利基亞。

＊＊＊

聚會結束後，大部分的人都前往宴會廳或回到各自的房間吃晚飯，泰爾佐卻獨自走在走廊上。看見走廊的另一頭出現一道人影，泰爾佐臉上掛起淡淡的微笑，主動向對方打招呼。

「蒙德納家主，您怎麼會在這裡？」

黛博拉．蒙德納原本想說些什麼，只是一想到這裡是四周開放的走廊，可能會有人躲起來偷聽，她選擇平靜地回應了泰爾佐的問候。

「我剛才和柯黛莉亞去找文森打招呼。」

「原來如此。所以，蒙德納千金現在和文森在一起嗎？」

「是的，我還沒有不識相到硬要插足年輕人的飯局，所以我就自己提早離席了。」

泰爾佐的堂兄弟文森和黛博拉的女兒柯黛莉亞，兩人的婚約幾乎已經確定了，他們現在正在和睦地聊天、吃晚飯。在那之後，泰爾佐和黛博拉又進行了一段平淡得恰到好處，又有適當距離感的簡短對話。

「那麼，請慢走，蒙德納家主。」

「泰爾佐先生也好好休息吧。」

然而，在兩人互相道別後，擦肩而過的瞬間，黛博拉用只有泰爾佐聽得到的音量，在他耳邊冷冷低聲說道：

「你應該再謹慎一點。」

聽到這句像是忠告，又像是警告的話，泰爾佐的視線移向了身側。

「重要的時刻就在眼前，你是不是太不小心了？」

她是在指責泰爾佐剛才在聚會上的態度。因為泰爾佐比起他們計畫好的，還要更早對維奧麗塔展現出明目張膽的排斥。然而，泰爾佐卻泰然自若地笑著說：

「這件事難道不是按照各自的作風行事就好了嗎？」

他隨即又補充了幾句話，讓黛博拉的眼神變得更加鋒利：「我相信您不可能不知道，您沒資格對我發號施令。」

「……」

「不過，既然我們的目標一致，您也不用如此心急，蒙德納家主。」

一看到黛博拉的眼神變得更加犀利，泰爾佐一副自己剛才不曾刺激過她的樣子，最後低聲安撫了幾句後，便直接離開了。不過他的背後，依舊緊跟著一道灼人的目光。

＊＊＊

「泰爾佐．卡利基亞……！」

泰爾佐回到房間後不久，有人猛然打開房門闖了進來。一轉頭，便對上一雙充滿殺氣的眼眸。

「你究竟做了什麼好事？」

因為知道維奧麗塔差不多該來找自己了，所以泰爾佐並不驚慌。

「妳對堂兄說晚安的方式也太無情了吧，維奧麗塔。」

他把剛從展示櫃裡拿出來的酒杯放在桌上，用平靜到令人心煩意亂的嗓音說道：「如果妳覺得我們會談很久，可以坐下來。我正好打算一個人喝一杯。」

看到他那張不論何時都帶著淡淡微笑的臉龐，維奧麗塔不禁氣得咬牙切齒。

「況且，我也沒有理由不給親愛的堂妹一個酒杯。」

「你現在居然還有臉說這種話……！」

因為急著趕過來，維奧麗塔沒有多餘的心思整理凌亂的頭髮，而是直接走向了他。一看到泰爾佐的眼神，守在房門前的傭人便安靜地關上了維奧麗塔走進的那扇門。

「你憑什麼把寶玉給外人？而且還是馬格的……！你明知道那是他在什麼情況下流的眼淚，你憑什麼……混蛋！」

啪！

終於來到泰爾佐跟前的維奧麗塔揚起手，但是她沒能如願賞泰爾佐一巴掌。

「我不懂妳為何那麼生氣，維奧麗塔。」

泰爾佐勾起嘴角微微一笑，抓住維奧麗塔的手腕成功阻止了她。只見維奧麗塔的手因為憤怒而不停發抖。

「混蛋做混蛋會做的事，我認為這是天經地義。還有，妳這麼快就做出這種反應……」

泰爾佐俯視著眼前深綠色的眼眸，用緩慢的語調低聲道：「可是我什麼事都還沒做耶？」

這與泰爾佐至今時常在維奧麗塔面前，用裝傻的態度開玩笑的意義不同。相較之下，更像是在嘲笑維奧麗塔還不知道他能做到什麼程度。意識到這件事的瞬間，維奧麗塔內心燃燒的怒火反而開始冷卻下來。

「泰爾佐．卡利基亞，這就是你的選擇嗎？」

「沒錯。」聽到維奧麗塔的疑問，泰爾佐毫不猶豫地回答道。

「不管是妳還是我，事到如今，我們都隱忍對方很久了。只不過可惜的是，先做出決定的不是妳，而是我。」

不知道是維奧麗塔先甩開泰爾佐的手，還是泰爾佐主動放開維奧麗塔，兩人再度拉開了距離。

「對付完我之後呢？難道就像你當初覬覦卡利基亞之淚一樣，下一個就輪到眼淚的主人馬格嗎？」

維奧麗塔那雙冰冷的眼眸緊盯著泰爾佐。

「萬一真的是這樣，給我記得清楚了。要是你敢動他一根手指，我絕對不會原諒你。就算賭上我的一切，我也一定會讓你用世界上最痛苦的方法死去。」

維奧麗塔留下了不知是決心還是誓言的話後，立即轉身離開他的房間，似乎不想和泰爾佐待在同一個空間裡。

泰爾佐靜靜凝視著維奧麗塔消失的門口。她離開的地方隱隱殘留著熟悉的花香，因此，他不難發現維奧麗塔剛才和誰在一起。

「本來以為她會和伊克西翁・貝勒傑特一起行動，沒想到居然是和希莉絲・伊諾亞登。」

不過還是有點奇怪。雖然伊諾亞登會藉由開花變強，但沒想到她能留下如此濃烈的異能香氣。

事實上，昨天希莉絲・伊諾亞登短暫出現在狩獵場時，泰爾佐也在遠處依稀見到了她的身影。希莉絲・伊諾亞登似乎比上次在卡利基亞宅邸見面的時候更強大了。

陷入沉思的泰爾佐瞇起了雙眼。看來他需要重新思考希莉絲・伊諾亞登究竟會造成什麼程度的變數。

＊＊＊

希莉絲看著窗外的夜空，回想著白天發生的事。

維奧麗塔得知被保管在卡利基亞金庫的眼淚消失的事實後，臉色隨即變得蒼白。雖然希莉絲早就知道泰爾佐・卡利基亞會奪走卡利基亞之淚，不過這件事發生的時間，比預料中要早很多。

而且吃下的人不是狄雅各或里嘉圖，而是克里斯蒂安・帕爾韋農。

「妳在想什麼，想得這麼專心？」

這時，一道低沉的嗓音在希莉絲的頭上響起。同時，站在身後的人將下巴抵在了希莉絲的頭上，讓她覺得頭頂沉甸甸的。

「是因為白天的事嗎？」

希莉絲輕輕吐出了一口氣，把身體靠在她身後的伊克西翁身上。

「沒什麼。」

「沒什麼？」

伊克西翁搭在希莉絲腰上的手臂把她往自己懷裡拉，讓她更加貼緊自己。伊克西翁低頭看了希莉絲一眼，試圖猜測她的想法。不過，現在這個姿勢看不到她的臉，伊克西翁只能利用從懷中的人散發出的感覺，來掌握希莉絲的狀態。

不久後，伊克西翁也隨著希莉絲的視線望向窗外。雖然外面很暗，但是房間裡的燈光映照在玻璃窗上，依稀可見他懷中人的面容。伊克西翁突然想起蕾妮不久前對他說的話。

「以後卡利基亞的確可能會鬧得雞飛狗跳。」

「我想也是。」

希莉絲也贊同伊克西翁說的。按照前幾世的經歷，距離事件實際發生，還有半年左右的時間。但是這次事件卻比想像中還要早發生。

「我不覺得這需要在意。」

離開卡利基亞，再次回到狩獵場時，克里斯蒂安已經不在了，因此他沒能確認維奧麗塔的話是不是真的。

「因為沒有親眼看過，所以不知道克里斯蒂安．帕爾韋農在卡利基亞之淚的作用下變得多強大……但是就算變強了，他依然是個不重要的人。」

伊克西翁移開了抵在希莉絲頭頂的下巴，繼續說道：

「就算克里斯蒂安．帕爾韋農拿走了卡利基亞之淚，我還是比他更強。」

接著，伊克西翁似乎不想再談論克里斯蒂安．帕爾韋農，他像是在搔癢般用鼻梁蹭了蹭希莉絲的脖子，看起來就像一隻想引起主人注意的大型犬。

希莉絲抬起手，輕輕撫摸伊克西翁的頭髮。

「我知道。他當然比不上你。」

希莉絲的臉上浮現連自己都沒想到的微笑。伊克西翁感受著希莉絲的撫摸，也開始回想起今天經歷的事。只不過，他的腦海中浮現的是前往卡利基亞宅邸前，和施萊曼在空無一人的宅邸裡，找到加百列．伊諾亞登的記憶。

伊克西翁猶豫了一下是否應該告訴希莉絲這件事，不過，他最後還是決定暫時先不要告訴她，而是說出從剛才開始就想告訴她的其他事情。

「剛才的事，其實在妳出現之前，我已經拒絕了維奧麗塔的請求。」

希莉絲放慢了撫摸伊克西翁髮絲的動作。

「所以，我希望妳不要誤會。」

「我不懂你在說什麼。」希莉絲自然地放下手臂，並開口說道。

「一起移動也沒有什麼特別的意義，我怎麼可能因為區區一點小事就變得那麼敏感？你當初其實不必拒絕。」

然而，與現在一副毫不在乎的樣子不同，剛才希莉絲在往返卡利基亞宅邸的路上，都是親自牽著維奧麗塔的手一起移動。伊克西翁似乎也想起了這件事，於是他用有些懷疑的語氣，在希莉絲耳邊悄聲說道：

「哦，是嗎？」

「沒錯。」

「那下次我會按照妳說的，發生這樣的事情時，我不會拒絕。」

希莉絲抓著靠枕的手開始出力。不知道為什麼，伊克西翁的話讓她的心情變得有點——真的只有一點——不好。她又不是傻瓜，不可能不知道自己為什麼會有這種感覺。

希莉絲已經意識到自己今天表現得有些幼稚，於是更不想在伊克西翁面前展現她現在的情緒。因此，現在兩人之間的談話對她來說似乎毫無意義。

伊克西翁假裝不知道希莉絲的想法，在她的背後忍不住輕笑出聲。

＊＊＊

「總覺得有點奇怪。」

馬格坐在窗邊看書，突然朝門的方向瞥了一眼。守在門口的護衛感覺到視線後，也回頭看了他一眼。馬格輕輕顫抖了一下，又再次埋首於書本中。

他從昨晚便敏銳地察覺到周圍的氣氛好像不太尋常。昨天答應馬格在回來的時候，會幫他拿些飲料的維奧麗塔最後卻空手而歸。在那之後，她還多次叮囑馬格，今後無論在何時何地都絕對不要單獨行動。

聽到那句話，馬格不明所以地歪了頭。因為至今為止，馬格身邊一直都有蕾妮、維奧麗塔，還有她派來跟在自己身邊的護衛陪著。

但是光憑這些，現在似乎還不足以讓維奧麗塔放心。就連原本負責保護維奧麗塔的護衛也開始跟在馬格身邊，如今就算只是暫時去上個廁所，也一定要帶著護衛行動。

馬格再次抬眼，向護衛問道：「叔叔，阿姨什麼時候會回來？」

「狩獵祭馬上就要開始了，她很快就會回來。」

護衛知道馬格從剛才就未曾翻閱手中的書，而是一直停留在同一頁，於是他用相當和藹的語氣回答了馬格的問題。

「難道發生了什麼不好的事嗎？」

「不是的，馬格少爺不必擔心。」

最近維奧麗塔散發出來的感覺與平時不同，這讓馬格感到有些介意，於是小心翼翼詢問了護衛。不過對方似乎想要安撫馬格，只是笑著搖搖頭。

然而，馬格在那個瞬間發動了能力，讓他發現護衛在對自己說謊的事實。

馬格繼續等待維奧麗塔回來，最後他闔上了書往窗外看。放在窗框上的手臂托著下巴，比以前圓潤不少的臉頰被壓得扁扁的。

和昨天一樣，今天的天氣非常晴朗。一直待在房間裡的馬格頓時覺得很鬱悶，突然有一股想出去的衝動。

但是，現在要馬格去面對陌生人，還是讓他有點害怕……更重要的是，由於無法隨心所欲調節力量，只要他去了人群聚集的地方，就會莫名感到頭疼，所以他現在還很排斥外出。

叩叩。

此時，門外傳來了敲門聲和傭人說話的聲音。

「馬格少爺，伊諾亞登家主來訪。」

一聽見有人來訪的消息，馬格立刻興奮地跑到房門口。

「希莉絲！」

「馬格。」

剛開門走進房間的希莉絲，抱住了朝著自己懷裡撲來的馬格。

「歡迎妳來！我好想妳！」

當初馬格之所以願意離開卡利基亞，千里迢迢來到這麼遠的地方，唯一的目的就是見希莉絲一面，因此現在馬格的臉頰漲紅，掩蓋不住喜悅之情。

「因為我還有些事要忙，所以比較晚到，抱歉。」

「沒關係！我知道希莉絲很忙。」

「你過得好嗎？」

「嗯，我有乖乖聽阿姨的話，努力用功讀書，也有乖乖吃飯，當個好孩子。」

希莉絲輕輕撫摸著馬格圓潤的頭以示稱讚。雖然馬格的個子還是比同齡人還要矮小，但是他段期間因為維奧麗塔特別用心照顧而逐漸長胖，看起來比以前好多了。

「你一個人都在做什麼？」

「就看看書，偶爾也看看窗外。」

聽到他說的話，希莉絲瞥了一眼窗戶。溫暖的陽光正一點一點滲入房間。她還記得稍早見到的維奧麗塔說過，馬格自從來到狩獵場後，就一直待在房間裡。

「維奧麗塔說，她會晚一點回來。如果你想要出去走走，要我現在陪你一起去嗎？」

「外面？現在可以出去嗎？但是……」

馬格因為希莉絲的提議而陷入苦惱。希莉絲也知道馬格為何猶豫不決，大概是因為沒有經過維奧麗塔的許可，而且他還無法控制真實之眼。

「維奧麗塔要我按照你的想法去做。如果你不想出去，也沒有必要勉強自己。」

「不是的，雖然我也很想出去……」

第一個問題已經解決了，剩下的只有無法控制真實之眼的問題。但是無所謂，雖然不知道理由，不過希莉絲莫名地有信心，如果是現在的她，一定可以解決馬格的不安。

「如果跟我一起去，就不會有事。」

這麼說的同時，希莉絲向馬格伸出手。馬格的視線在希莉絲朝他面前伸來的手上短暫停留後，又回到她的臉上。

和第一次見到希莉絲時一樣，這次馬格也在親自向他伸出的手面前，做出了自己的選擇。

「好，我想要和希莉絲一起去。」

馬格直到剛才還非常不安的心莫名穩定了下來，於是他握住了希莉絲的手。

今天正好是狩獵祭開始的日子，也是夏天真正的開始。

＊＊＊

守衛馬格的護衛沒有攔住兩人，只是悄悄跟在他們身後。

維奧麗塔為了篩選馬格的新護衛一事，正與貝勒傑特家主——伊克西翁會面。經過昨天的事，她認為很難繼續用現在的方法保護馬格。因此，維奧麗塔希望盡量讓能夠使用異能的人守在馬格身旁。

四大家族中，在這方面人力充足的只有貝勒傑特，因此她向貝勒傑特的家主伊克西翁提出交易是再自然不過的事。兩人預計在談話結束後，立刻前往狩獵祭活動地點。

「希莉絲，妳今天不忙嗎？會在這裡待很久嗎？」

馬格一邊走在安靜的走廊上，一邊問希莉絲。雖然今天的日程還沒有決定好，不過看到馬格充滿期待的眼神，希莉絲立刻下定決心。

「今天應該會一直待到狩獵結束為止。」

「真的嗎？」

希莉絲的回答讓馬格的臉亮了起來。

走出戶外，溫暖的陽光灑滿大地。雖然是白天，但因為還吹著涼爽的風，所以實際感覺並不熱。

馬格久違地展現出像孩子的一面，興奮不已。他好久沒有來到這麼廣闊的戶外了。而且最重要的是，現在希莉絲在他身邊。

然而，因為狩獵祭即將開始，看見原先就在戶外的人三三兩兩地聚集在一起，馬格的興奮之情也逐漸消退。

「那個……希莉絲……」

馬格不安地抬起頭看向希莉絲。希莉絲聽到了馬格在叫她，於是轉頭與他對視。就在那個瞬間，馬格的瞳孔微微晃動，隨後又充滿前所未有的強烈決心。

「不，沒什麼。」

馬格沒有繼續把話說完，就把頭轉了回去。越是靠近人群，馬格就越感到害怕，但是他不想在希莉絲面前表現出軟弱的樣子。

「馬格。」

這時，希莉絲的聲音從他的頭頂上傳來。被這聲呼喚吸引的馬格再次抬眼，與帶著神祕光芒的金色雙眸對視。

「你不用擔心，現在不會有事的。」

聽到她充滿自信的嗓音，馬格感到不安而緊張的心情，瞬間開始神奇地平靜下來。於是，他又看了一眼聚集在前方的人群。就像希莉絲說的，面對他人時總是吵鬧的腦袋裡，現在竟然寂靜得令人驚訝。

馬格略為緊繃的身體慢慢開始放鬆。在希莉絲呼喚他之前，馬格竟不由自主抬起之前微微低著的頭，緊緊牽住希莉絲的手，主動走向人群。

發現希莉絲和馬格的人陸續停下了交談。並不是所有人都會在狩獵祭時，親自進入森林打獵。今天要參加狩獵的人，從服裝上就能看出不同。他們都換上方便移動的騎馬服，其中有些人親自拿著狩獵工具，而有些人則讓跟在後頭的隨行人員拿著。

四大家族的成員也可以參與狩獵，但是他們被禁止使用異能捕捉獵物。而那些不打算進入森林的人們，會待在主辦方事先準備好的地方聊天，增進彼此的情誼。其中也會有人打賭，看誰帶來的獵物最好。

雖然以前在狩獵祭時，人們曾經為了祭祀而將捕獲的獵物獻給王，不過現在那都是只存在於文獻中的往事了。

馬格因為突然聚集在自己身上的目光而躊躇不前。不過，他很快就發現，就算面對這麼多人，他的「眼睛」也不會發動。這說不定是因為希莉絲正牽著他的手，於是馬格驚訝地望著她。希莉絲也朝著馬格微微一笑，讓馬格的臉頰泛起了紅暈。

「希莉絲家主……」

「希莉絲小姐。」

包括狩獵節的主辦者——德莫尼亞家族的家主在內，所有想要問候希莉絲和馬格的貴族皆朝著他們走來，其中走在最前頭的是克里斯蒂安．帕爾韋農。為了搶先跑到希莉絲面前而猛然從位子上站起的諾頓．佩拉諾超越了所有人，卻在看到克里斯蒂安後猶豫了。

「沒想到在狩獵祭第一天就能見到妳……有點令人驚訝呢。」

他絲滑的嗓音摻雜著初夏的空氣傳入希莉絲的耳中。其他貴族看到克里斯蒂安走近希莉絲後，都紛紛識相地停下了腳步。

或許是不打算參加狩獵，克里斯蒂安今天穿了正裝出席。他俊美的外貌不僅在宴會廳，就連在狩獵場也很引人注目。

克里斯蒂安抵達狩獵場後，先問候了高階家族的貴族們。在希莉絲和馬格出現之前，克里斯蒂安是唯一出現在狩獵場的四大家族主要人士，因此他自然獲得了眾人的注目。

更重要的是，克里斯蒂安不再只是帕爾韋農的繼承者，而是已經成為家主，所以貴族們對他的興趣只增不減。克里斯蒂安坐上了原本屬於戈提耶的位子後，享受著眾人的目光。

「看來妳今天選擇了一位小紳士擔任妳的男伴。」

不知道為什麼，他等待已久的希莉絲不是和維奧麗塔一起出現，而是親自將卡利基亞的孩子帶在身邊。

聽到克里斯蒂安對他的稱呼，馬格皺起了眉頭。但是克里斯蒂安的眼中，早就沒有馬格的存在了。

「真的變強了啊。」

希莉絲用冷淡的目光打量著朝自己走來的克里斯蒂安，從他身上隱約流出的氣息都被希莉絲看在眼裡。她認為現在的克里斯蒂安就像維奧麗塔說的那樣，一定是利用了卡利基亞之淚使異能增幅了。

當克里斯蒂安走到她面前，希莉絲緩緩開口：「克里斯蒂安．帕爾韋農，我分明說過，要你好好做人。」

克里斯蒂安頓時停下腳步，默默看著希莉絲的臉。但很快，他的嘴角浮現了一絲笑意。

「我不知道妳在說什麼，不過我好像不曾做過什麼有辱希莉絲小姐的事。」有別於悠閒的嗓音，克里斯蒂安用略微焦急的眼神看向希莉絲。

「比起那個，我們不是有話要談嗎？」

自從上次希莉絲造訪帕爾韋農，並把宅邸變成一片廢墟後，他的腦海裡就只想著希莉絲。

當時希莉絲碰觸了帕爾韋農的藏品後，藏品隨即幻化成寶石。無意中觸摸寶石而看到的怪異場景，總是在克里斯蒂安的腦海中揮之不去——在那個不知道是幻影還是什麼的畫面中，他和希莉絲看起來分明就是一對戀人。

然而不知道為什麼，克里斯蒂安認為那不只是單純的幻影。雖然聽起來像是在胡言亂語……不過那個場面就像真的曾經在某個地方發生過一樣。

「是嗎？我不知道你和我之間有什麼話要談。」

看到希莉絲依舊漠不關心的態度，讓克里斯蒂安更加著急。

「不，妳一定知道我的意思。」

克里斯蒂安的眼底閃過一道銳利的光芒。無論如何都要從希莉絲口中聽到真相的想法，讓著急到忍無可忍的克里斯蒂安朝希莉絲伸出了手。這完全不像他會做的事，此時此刻，他全然忘了自己曾經引以為傲的理性，以及四周正在注視著這一切的無數目光。

啪！

然而，就在這時，有一隻無情的手從一旁凶狠地拍開了克里斯蒂安的手。

「希莉絲已經說了，她跟你沒有事情要談。」

站在希莉絲旁邊的馬格正惡狠狠地盯著克里斯蒂安。克里斯蒂安因為這個意外的阻礙，嚇了一跳。希莉絲也同樣沒有料到馬格的行動，詫異地轉頭看著他。馬格則繼續用凶狠的目光盯著克里斯蒂安，就像一隻豎起尖刺的刺蝟。

「沒有希莉絲的同意，不要隨便碰她。」

馬格不只是拍掉克里斯蒂安朝希莉絲伸來的手，還給了他一句犀利的警告。隨後，他直接站在兩人之間，就像是要阻止克里斯蒂安接近希莉絲一樣。

雖然和克里斯蒂安相比，年幼的馬格身形矮小很多，但是他銳利的雙眼中，卻有著不屈不撓的決心。看到這個情景，克里斯蒂安不禁失笑出聲。

「你的名字叫作馬格嗎……希莉絲小姐，現在看來妳是帶了一名護衛在身邊呢。」

這是克里斯蒂安對於現在的情況感到荒謬而說出的話，卻反而激怒了馬格。

「沒錯，我會守護希莉絲，所以絕對不會原諒欺負希莉絲的人！」

克里斯蒂安皺著眉頭看向緊緊牽住希莉絲，還對著自己大吼大叫的馬格。從剛才便一直默默注意他們三人的貴族們，則是在一旁竊竊私語著。

「馬格少爺看起來很聽希莉絲家主的話。」

「當初把馬格少爺帶回卡利基亞的人也是希莉絲家主，這也是理所當然的事。」

「你們有聽到他剛才對克里斯蒂安家主說的話了嗎？」

「雖然現在還小，不過卡利基亞果然是卡利基亞。」

「真是可愛。」

如果馬格再年長個五歲，情況可能會變得更嚴重。畢竟不管背後的原因為何，從表面上看來，現在就是克里斯蒂安和馬格為了希莉絲而產生了衝突。不過現在的馬格實在太過嬌小可愛，就算像這樣瞪著克里斯蒂安，反而能夠稍微緩解不久前還有點尖銳、冰冷的氣氛。

最後，克里斯蒂安像是洩氣般，從嘴裡吐出淺淺的嘆息。不管怎麼說，他仍然保有一絲理性，所以他不會允許自己和馬格這種乳臭未乾的孩子較真。

更何況，面對孩子直視著自己的圓滾滾大眼，讓克里斯蒂安莫名覺得自己變成了壞人。從看到希莉絲的瞬間就開始沸騰的腦袋也漸漸冷卻下來。

「卡利基亞的監護人到底在做什麼？怎麼會把孩子一個人留在這裡？」克里斯蒂安不滿地嘀咕著。

希莉絲看到克里斯蒂安眉頭深鎖的表樣子後，再次把視線下移看向為了守護她而擋在前面的馬格的背影。孩子潔白的髮絲在陽光的照射下，籠罩著一層溫柔的光暈。希莉絲的臉上依然沒有變化，完全沒有一點表情。但是她接下來摟住馬格肩膀的手卻非常溫柔。

「我就在旁邊，怎麼能說馬格沒有監護人呢？」

克里斯蒂安的眼睛閃過一絲不解。但他敏銳地察覺到希莉絲現在說的話是什麼意思。

「……原來如此。妳的意思是，今天不是單純的臨時同行嗎？」

希莉絲的意思是，馬格．卡利基亞正受到她的庇護。

對於大致了解卡利基亞現況的克里斯蒂安而言，這讓他不得不在意。況且，他還為了接收卡利基亞之淚，與泰爾佐進行了交易。但他也不想為了卡利基亞的問題，而與希莉絲結怨。

克里斯蒂安的腦袋開始瘋狂思考。他先是承認了在馬格出手前，自己對希莉絲犯下的錯誤，並向她道歉。

「剛才因為太心急，我差點就做出失禮的舉動了。如果讓妳感到不快，我向妳道歉。但是，我的請求依舊沒有改變。」

「真是遺憾。現在我的答覆也一樣沒變。」希莉絲如此回應道。

克里斯蒂安用銳利的目光凝視著眼前的人。然而，希莉絲的臉上卻依舊帶著漠不關心的表情，彷彿在嘲諷克里斯蒂安的焦慮。而在她的身前，馬格正瞪大雙眼看著克里斯蒂安。

考慮到眾人的視線，克里斯蒂安決定今天就此作罷。

「原來如此。如果妳現在沒空，那也沒辦法。不過狩獵祭才剛開始，我也不著急。」

「原來你喜歡懷著沒用的期待嗎？不過這也不關我的事。」

希莉絲丟下一句無情的話後，便帶著馬格從一臉嚴肅的克里斯蒂安身邊走過。然而克里斯蒂安晃動的眼神，卻緊緊黏在她的背影上。

「那個……希莉絲……」

將克里斯蒂安留在原地，跟著希莉絲一起離開的馬格，悄悄抬頭觀察希莉絲，他的雙眼同時充滿著不安和期待。

希莉絲抬起放在馬格肩上的手，輕輕撫摸他的頭。隨即，馬格的雙眼就像在茂密的樹葉間閃爍的陽光般閃閃發亮。他仰起頭，臉上洋溢著自信的光芒，並抬頭挺胸走在希莉絲身旁。

「希莉絲家主！」

其他貴族一個接著一個，朝兩人走來。

「諾頓．佩拉諾向兩位高貴血統的主人問好。」

「恩里克．佩拉諾向您問好。」

最先走上前的是剛才被克里斯蒂安擠到後頭的佩拉諾家主——諾頓。他的兒子恩里克也緊接著向希莉絲問好。

「兩位都好久不見了。」

希莉絲也向許久未見的佩拉諾父子打了招呼。包括主辦此次狩獵祭的德莫尼亞在內，其他伊諾亞登麾下家族的成員也來到了希莉絲身邊。

「歡迎您，希莉絲家主。很榮幸您能參加充滿紀念意義的狩獵祭。這是犬子凱薩。」

德莫尼亞家主向希莉絲表示歡迎，並向她介紹了自己的兒子。

「您好，我是凱薩．德莫尼亞。很高興有機會可以親自向伊諾亞登的新家主致意。」

凱薩．德莫尼亞和奧斯蒙德．馬里貝爾一樣，是和里嘉圖關係密切的貴族子弟之一。不僅是出身，他們的外貌也很優越，凱薩當然也長得很俊秀。他似乎對希莉絲相當感興趣，於是帶著會讓人產生好感的微笑看著希莉絲打招呼。

其他貴族們也抱著姑且一試的心態，想把與他們一同來到狩獵場的家族成員介紹給希莉絲。

但是希莉絲只是微微點頭，沒有對他們之中的任何人表現出特別的關心。反而是希莉絲身旁的馬格有了一些反應。馬格用警戒的眼神看著圍繞在希莉絲身邊的人，其中也包含幾名與希莉絲年齡相仿的貴族子弟。

「這樣看來，我還是第一次這麼近距離見到您。」

過了一會兒，人們的視線再次轉移到馬格身上。馬格被人們陸續投來的目光嚇了一跳。他下意識地想要躲在旁人的身後，不過很快就想起身邊的人不是蕾妮或維奧麗塔，而是希莉絲，這才好不容易停止自己慌亂的行為。

馬格的嘴唇動了一下，難以掩飾內心的無措。雖然很想逃跑，但是希莉絲就在身旁，他絕對不想在希莉絲面前表現出那種難看的樣子。

此時，包覆在馬格手上的溫度深深滲進皮膚。馬格一抬頭，便與希莉絲四目相對。她俯視著馬格，嘴角淺淺勾起就像在鼓勵緊張的他。馬格也從那抹輕淺的微笑中得到了力量。

「你好……初次見面，我是馬格。」

隨後，他緊緊握住希莉絲的手，努力讓自己平靜下來，並向人們致意，眾人也用微笑回應馬格的問候。因為這是馬格第一次站在這麼多人的面前，所以還有點不安。不過，現在他的身邊還有希莉絲在。

當他握著希莉絲的手，即使看到別人的臉也不會頭暈，所以他可以試著鼓起勇氣。

「和上次在卡利基亞宴會上見到您的時候相比，您成長了很多。」

對馬格說話的人，是不曉得何時來到希莉絲與馬格身邊的黛博拉．蒙德納。一旁還跟著她的女兒，柯黛莉亞。兩人擁有同樣的青紫色秀髮和瞳孔，五官長得十分相似，一看就知道是母女。黛博拉雖然給人一種更保守、固執的印象，不過現在她溫和地笑著，看起來和女兒柯黛莉亞更像了。

柯黛莉亞溫柔地微笑，蹲下來配合馬格目光的高度。

「您好，馬格少爺。上個月我們在卡利基亞宅邸見過一面。您還記得吧？」

「啊！是阿姨的朋友……」

「是的，我叫柯黛莉亞。」

馬格看到柯黛莉亞後裝作一副與她熟識的樣子。這時，柯黛莉亞也對他回以微笑，說很高興他還記得她。

柯黛莉亞既是維奧麗塔的朋友，也是即將與維奧麗塔的堂兄弟訂婚的人。因此，與其他貴族相比，她可以更自由地出入卡利基亞宅邸。

「因為衣服的關係，剛才一下子沒認出來。」

不過，或許因為對方是認識的人，馬格似乎也比先前放鬆許多。

「沒錯。我今天也打算參加狩獵，所以換上了方便行動的衣服。」

正如柯黛莉亞所說，現在的她將長髮簡單束起，身上還穿著狩獵服。

柯黛莉亞在貴婦和千金之間雖然是以社交手腕聞名，不過她騎馬和狩獵的能力也非常出眾，維奧麗塔也是如此。因此身為閨中密友的兩人時常騎著馬，穿梭於樹林或田野之間。

「您有喜歡的動物嗎？我幫您抓回來。」

「我嗎？」

「對。雖然不是很貴重，不過就當作是我送您的禮物。」

在馬格和柯黛莉亞談話的時候，希莉絲一直看著站在後方的黛博拉‧蒙德納。卡利基亞擁有真實之眼的事尚未對外公開。在同為四大家族的成員之中，只有極少數人知道這一點，更遑論這是嚴禁對沒有高貴血統的其他貴族提及的祕密。

但是，黛博拉方才站在馬格面前時，並未和他對視，可見她絕對知道卡利基亞擁有真實之眼。如果不是泰爾佐‧卡利基亞，那就一定是芝諾‧貝勒傑特告訴她的。相反的，柯黛莉亞毫無顧忌地直視著馬格的眼睛，表示她一定對卡利基亞之眼一無所知。

「看來她還沒把女兒牽扯進來。」

這是非常理所當然的事。柯黛莉亞經常會遇到維奧麗塔或馬格，如果告訴她，黛博拉要承擔的風險也會增加。

「希莉絲家主。」

此時，恩里克‧佩拉諾在一旁呼喚了希莉絲。一轉頭，他便禮貌地對希莉絲說：

「這次的狩獵祭，我會把我抓到的最珍貴獵物獻給希莉絲家主。」

果然不出她所料，這很符合每次見面都會對希莉絲展現追求態度的恩里克‧佩拉諾的作風。因為實在太久沒有見面，再加上她和伊克西翁之間甚囂塵上的傳聞，所以希莉絲還以為他終於放棄了，沒想到恩里克的態度卻始終如一。

「我也會把最好的獵物獻給希莉絲家主。」

聽了恩里克的話，凱薩・德莫尼亞的眼神摻雜著領悟和戒備，不服輸地向前站了一步。其他人之中，有幾位也像是事先說好般，採取了相同的行動。

馬格與希莉絲握著的那隻手下意識地握得更用力。同時，他也激動地看著眼前的情況。

「我、我也……」馬格似乎也下定決心，抬頭看向希莉絲。

「我也要去狩獵！」

希莉絲低下頭，看著馬格的雙眼。

「太危險了，不行。」

「但是，我也想向希莉絲……」

「你有這份心意，我就很感謝了，馬格。」

希莉絲的語氣非常堅決，於是馬格沮喪地低下了頭。

「沒錯，馬格少爺。您現在想參加狩獵還太早了。」

「但是說到夏季的狩獵祭，絕對少不了卡利基亞，所以馬格少爺再過幾年，應該會成為維奧麗塔的接班人吧？」周圍的人笑著說。

「怎麼了？為什麼會提到我的名字？」

就在此時，維奧麗塔出現了。

「維奧麗塔小姐。」

就像希莉絲和馬格登場時一樣，貴族們紛紛向維奧麗塔打招呼。其他卡利基亞族人也陸續出現在維奧麗塔身後，讓狩獵場變得更熱鬧了。

「希莉絲小姐，謝謝妳幫我照顧馬格。」

維奧麗塔走近希莉絲，並向她致意。看來她和伊克西翁的談話進行得很順利。

「馬格，你的頭會痛嗎？如果累了就不要勉強，可以回去休息。」

她憂心忡忡地對馬格低聲說道。聞言，馬格握緊希莉絲的手，並搖搖頭。

「不，我現在沒事。我要跟希莉絲繼續留在這裡。」

維奧麗塔的臉上出現一絲不易察覺的尷尬。

「但是馬格，希莉絲小姐很忙……」

希莉絲俯視著馬格懇切的表情，然後對維奧麗塔說：「讓我再陪他一下吧。」

「這樣沒關係嗎？」

「是的。」

維奧麗塔似乎被希莉絲的話嚇了一跳，不過她也馬上點點頭，對希莉絲表達了感謝與歉意。不久後，伊克西翁和幾位貝勒傑特族人也來到狩獵場。

「參加的人比想像中還多呢。」

伊克西翁似乎是刻意與維奧麗塔一前一後抵達，他穿過人群，徑直走向希莉絲。而希莉絲和馬格正坐在專門為四大家族準備的休息區。

「你遲到了。」

「抱歉，妳等很久了嗎？」

和兩天前一樣，無數的視線集中在希莉絲和伊克西翁身上。

「你好……」

伊克西翁走到希莉絲身邊，下意識低下頭，想要用平常的方式向她打招呼，卻在聽到一旁傳來的微弱聲音後停下腳步。或許還是覺得面對伊克西翁有點不自在，馬格怯生生地看著他。

「你好。幾天沒見，你的個子好像又長高了。」

伊克西翁回應了馬格的問候，並伸出手輕輕揉了馬格的腦袋。他這句話，讓馬格豎起了耳朵。

伊克西翁坐在希莉絲旁邊，上半身傾靠在她身上。然後，他壓低嗓音，對希莉絲說起悄悄話：

「我要去個地方，所以會暫時離開狩獵場。」

「貝勒傑特？」

希莉絲問他是不是為了剛才和維奧麗塔談論的事，要去物色合適的人選來擔任馬格的護衛。而伊克西翁也給出肯定的答覆。

於是希莉絲點點頭，說道：「你去吧。」

「我很快就回來。」

伊克西翁在希莉絲的臉頰上輕輕留下剛才沒能完成的問候，接著從座位上起身。兩天前沒有親眼看到希莉絲和伊克西翁的人，在目睹眼前的情景後，無不大吃一驚。

這些人之中也包括馬格。馬格呆呆地張大了嘴，同時來回看著坐在自己身邊的希莉絲和漸漸走遠的伊克西翁，他的瞳孔也因為巨大的衝擊而劇烈晃動。

伊克西翁在與人們所在的地方拉開一段距離後，隨即使出異能移動。然而，他的目的地並非希莉絲以為的貝勒傑特，而是施萊曼和加百列・伊諾亞登的所在之處。

＊＊＊

「你打算往哪個方向前進？」

當然人們開始成群結隊進入樹林的時候，泰爾佐也和自己事先安排的人一起行動。他原本對狩獵沒有興趣，但這次狩獵祭，他打算親自進入森林，只不過，他的目的不是打獵。

泰爾佐沒有回答同伴的問題，只是繼續環顧著四周。見狀，一旁的人們開始自顧自商量了起來。

「應該沒有人會從第一天就進入西邊的樹林，大部分會分散到東邊和南邊，所以那裡人煙罕至……」

咻！

然而就在這時，一支箭朝他們射了過來，以細微的差距，從泰爾佐的身邊擦過。泰爾佐的眼中閃過一道異樣的光芒。

「啊！你沒事吧？」

「是誰在哪裡！是哪個傻子這麼不會用箭？」泰爾佐身邊的人激動地大呼小叫，並環顧四周。

「哎呀，對不起。大概是因為太久沒射箭，所以射歪了。」

出現在他們眼前的是一名身穿狩獵服的女子，一頭金色長髮被整齊紮起。

「卡利基亞小姐？」

維奧麗塔微微一笑，放下了手中的弓箭。她的臉上帶著彷彿什麼事都沒發生的泰然微笑，這反而讓泰爾佐身旁的人感到驚慌。

「維奧麗塔小姐，往人多的方向射箭，妳不覺得很危險嗎？」

泰爾佐一行人中，除了有從昨天聚會就在他身邊打轉的人，也有當時並不在那個小團體裡的新面孔。可能是因為隸屬保守派和革新派的人混雜在一起，所以對維奧麗塔的稱呼也各不相同。

「我已經道過歉了。因為我的射箭能力很差，所以不小心失誤了。」

「這怎麼可能……」

維奧麗塔平淡的回答讓人們更加覺得荒唐。她說她的箭術很差？在場的所有人都不會相信這句話。除了去年沒有參加活動，維奧麗塔在這之前已經連續奪下四次狩獵大賽的冠軍。

「維奧麗塔，妳突然跑來這裡，到底想做什麼呢？」

泰爾佐站了出來。維奧麗塔冰冷的視線直直盯著他。接著她的嘴角勾勒出一條細細的弧線。

「我只是聞到這個方向有野獸的味道，以為有獵物才會過來。」

維奧麗塔接下來說的話，也讓泰爾佐勾起一邊的嘴角，露出諷刺的笑容。

「沒想到泰爾佐哥哥居然會被我的箭射中。」

泰爾佐當然沒有笨到看不出維奧麗塔是故意朝他射箭，更何況維奧麗塔也不打算隱瞞。這是維奧麗塔向泰爾佐發出的警告。

「我相信你不會因為手臂上出現了一個傷疤，就責怪你可愛的堂妹吧。」

她用毫無起伏的語氣講完後，便打算轉身離開。

「那麼，狩獵祭現在才剛開始，祝大家度過愉快的時光。」

泰爾佐看著維奧麗塔離去的背影，不知道在想什麼。

＊＊＊

匡啷、匡啷！

芝諾在不斷刺激著耳膜的尖銳噪音中，打量了一下四周的風景。視線所及之處，全都擺滿了像獸籠一樣的東西。它們就像是暴風雨中的窗戶，猛烈搖晃著，發出岌岌可危的咯吱聲。芝諾靠在牆上，默默將所有景象納入眼中。

「吼呃呃……」

身上流出黑色膿液的生物們也發現了這位不速之客，在鐵籠內發出震耳欲聾的吼叫聲。

「真是……有夠噁心的癖好！」

從芝諾咬著菸斗的口中，傳出了一句低沉的自言自語。從她雙唇間吐出的濃煙漸漸擴散成藥草香，稍微壓下了密閉空間中的惡臭。

現在她所在的地方是收集變異怪物的地點之一，也是泰爾佐不久前帶回來的某人被軟禁的房間。

今天是芝諾第一次來到這裡。她不是這裡的管理者，只是偶爾會聽說事情目前的進展。今天她只是單純地一時興起，才決定趁著泰爾佐和黛博拉前往參加狩獵祭的空檔前來。

「那裡……是誰？」

忽然，一道依稀能聽見的聲音穿過刺耳的噪音，傳入芝諾的耳中。

「吼呃！」

匡啷……！被關在鐵籠內的怪物們聽見那人的聲音後，也有了反應。

直到剛才還毫無意識癱倒在地的人好像醒了。他感覺到芝諾進入房間的動靜而艱難地抬起頭，卻又因為聽到怪物的聲音，不自覺倒抽了一口氣，身體也不停發抖。

那名男子與怪物們分開，被獨自囚禁在一只鐵籠裡。發白的頭髮染上了髒汙，變得十分髒亂，而髮絲間露出的面龐更是削瘦得如乾枯的槁木。為了讓他無法脫逃而被緊緊束縛住的手腕和腳踝也已經骨瘦如柴。

或許是剛來到這裡時，掙扎得過於猛烈，腳鐐附近的皮膚幾乎都是刮痕，露出紅色血肉。現在的他，外表已經被折磨到不成人樣，不知情的人若是聽到此人在一個月前，還是繼承高貴血統的四大家族之一——春之伊諾亞登家族的家主，肯定不會有人相信。

「你現在這副德性還真是不像話，狄雅各．伊諾亞登。」

聽見芝諾無情的嗓音，狄雅各瞬間全身僵硬了。

「妳……妳是誰？」

芝諾站在被一道很深的陰影遮擋的地方，所以狄雅各看不見她。

「是妳把我帶來這裡的嗎？」

當然，狄雅各之前不可能沒聽過曾是貝勒傑特家主的芝諾的聲音。然而，現在狄雅各身處的狀況，讓他在聽到芝諾的聲音後，無法立刻判斷出她的真實身分。

「妳為什麼要把我關在這種地方……！」

狄雅各一句接著一句問道，他的聲音也越來越無法掩飾自己的情緒，逐漸變得激昂。在與里嘉圖一起居住的宅邸裡喝完藥之後，突然感到昏昏欲睡，這便是狄雅各最後的記憶。等他再次睜開雙眼後，自己已經被關在這個奇怪的地方了。

究竟是誰把自己帶到這裡來？那人的目的是什麼？狄雅各一無所知。偶爾會有兩名男子輪流進來，將如餿水般難以下嚥的食物扔給被關在此地的怪物們，當然，還有狄雅各。

狄雅各曾經咬牙切齒威脅他們，也曾試圖籠絡他們，最終甚至放棄自尊心，懇切地哀求他們。但是，那兩名男子都對狄雅各的哀求視若無睹，一句話也沒和他說過。

因為覺得有點奇怪，於是狄雅各仔細觀察了一段時間，發現他們都是利用手勢來溝通。狄雅各這才意識到，這兩個人聽不見，也不會說話。這個發現無疑讓狄雅各更加絕望。今天是他在這幾天以來，第一次遇到可以和自己正常溝通的人，狄雅各忍不住開始宣洩一直以來壓抑的情感。

「妳要是知道我是誰，還敢做出這種事來嗎……？」

「吼呃呃！」

匡啷、匡啷！

狄雅各用被銬上手銬的手拚命搖晃著鐵籠，並高聲叫喊道。四周的怪物聽到他製造出的聲響，也開始跟著大聲吼叫。狄雅各凹陷的雙眼中，同時流露出恐懼和厭惡的情緒。

被關在狄雅各對面鐵籠裡，身體已經融化一大半的黑色生物彷彿立刻要攻擊狄雅各一樣，用牠的軀體奮力撞上鐵籠。狄雅各見狀，嚇得連忙往後退。

芝諾之所以會認為這是個噁心的癖好，是因為沒有必要非得把狄雅各扔進這些怪物之間，可是監禁的地點卻被選定在這裡。

不過，黛博拉本來就討厭四大家族，而泰爾佐清秀的外表下有著相當扭曲的內心，所以不管是他們二人之中的誰決定把狄雅各伊諾亞登關在這裡，芝諾都能理解。

事實上，當芝諾第一次聽說要把伊諾亞登也捲入這件事的時候，她並沒有想到他們會採取這麼激烈的方式。但是不知道為什麼，總覺得這和監禁馬格．卡利基亞時的方法相去不遠。

「聽說他徹底被逐出家族，所以才會受到這種待遇嗎？」

芝諾又吸了一口藥草菸，然後開口道：「你也太會裝模作樣了。不過，你的狀況和你兒子比起來還不算差。」

「什麼？」

被關在這裡之後第一次聽到里嘉圖的消息，這讓狄雅各猛然瞪大雙眼。他一直很想知道和他一起被趕出家門的里嘉圖和加百列是否安然無恙，卻因為遲遲聽不到任何消息，讓他非常焦急。可是……她剛才說了什麼？

「妳、妳這是什麼意思？難道里嘉圖也跟我一樣，被人綁架了嗎？」

狄雅各又緊緊抓著鐵籠，焦急地反問道。雖然他已經想盡辦法確認牆邊那名女子的長相，但是在籠子裡實在很難確認。

「里嘉圖在哪裡？要是妳敢動他一根手指頭，我絕對不會放過妳……！」

狄雅各朝著芝諾爆發出充滿怒火的吼叫聲，他的脖子上甚至冒出了青筋。這股氣魄簡直讓人難以相信在芝諾來到這裡之前，他還是個為病痛折磨，只能勉強喘息的人。

聽到狄雅各的話，芝諾突然感覺到一股違和感。這種感覺和之前在外面見到希莉絲．伊諾亞登時相似。就像腦海中隱約浮現了什麼，是一種若有似無的感覺。其中有一部分又像是既視感，所以讓她更加驚訝。

芝諾感興趣地勾起嘴角一笑。

「狄雅各．伊諾亞登，我知道你是個對女兒很無情的父親。不過，看來兒子對你來說還是有點不一樣吧？」

匡啷！

狄雅各的身體猛然抖了一下，一條與他的手腕連接的鐵鍊與鐵籠的欄杆相撞。

「不、不要，我不要，父親！我錯了。」

「父……父親……！求你不要這樣，求求你……」

在可怕的噩夢中聽過的聲音偏偏現在又在腦海裡響起，讓狄雅各的頭再又開始隱隱作痛。狄雅各一臉蒼白，似乎是為了辯解而張口說：

「不，我……我從來沒有對希莉絲做過那種事……」

他的瞳孔不知不覺間因為混亂而產生動搖。

「那只是一場夢。絕對不是我做的……呃呃！」

狄雅各語無倫次，接著他突然抱著頭像是頭要裂開了一樣，踉踉蹌蹌地踏著紊亂的步伐。

芝諾看他這副模樣，漸漸覺得沒了意思。她拿著菸斗的手不自覺地垂下，而菸斗裡的藥草也正好快燒完了。

「不過，這件事和我沒什麼關係。」

就這樣像是在自言自語般嘀咕了一句後，芝諾便移動了腳步。

喀噠！

她的腳步聲在充斥著怪物們吼叫聲的密閉房間裡響起。芝諾沒有再和狄雅各多說任何一句話，而是直接轉身離去。

「等等……等一下！」

狄雅各意識到芝諾要離開，急忙試圖挽留她。

「你們到底想要對我們做什麼？如果有什麼目的，乾脆直接說出來吧！」

「這個嘛……在我看來，你似乎無法給我們任何東西。」

芝諾沒有回頭看狄雅各，而是直接朝門口走去。

「就算不是我，這裡好像也沒有人會跟你做交易，所以我勸你還是不要期待了，狄雅各・伊諾亞登。」

就在那一瞬間，狄雅各突然覺得現在聽到的嗓音有些熟悉。

「這個聲音……我好像在哪裡聽過……」

即使聽到從混亂之中傳來的聲音，芝諾也沒有表現出一絲動搖，就這樣把狄雅各丟在怪物之間，離開了那裡。就算狄雅各真的認出她的真實身分也沒關係。如果她會在意這些，一開始就不會來這裡了。

啪！

芝諾利用異能回到家。她落地的地方是宅邸外一座雅緻的庭院。一站穩腳步，芝諾就馬上感受到一道直直注視著她的目光。

雖然伊克西翁有派人監視芝諾，但是那個人在她前往狄雅各・伊諾亞登被囚禁之處的途中跟丟了，現在可能還在其他地方徘徊，又或者正在絞盡腦汁思考該怎麼向伊克西翁報告這件事。貝勒傑特實在是有太多天真的孩子了。

「這麼說來，不知道施萊曼那孩子跑去哪裡做什麼了。」

芝諾走進宅邸，突然想起了負責監視她的人之中，最執著於盯著她的施萊曼不在，所以今天可以自由自在地移動，但是那道讓人覺得刺痛的視線消失後，芝諾卻不禁有點好奇他現在正在做什麼。

不久後，走進宅邸的芝諾發覺傭人間的氣氛有些古怪。

「我不在的時候，發生了什麼事嗎？」

「您回來啦，芝諾夫人？」

芝諾一走近詢問，傭人們這才發現主人回家了，急忙跑過來迎接她。

「我剛才隱約聽到了一些奇怪的話。」芝諾慵懶地眨了眨眼睛，並再次問道。

見狀，傭人們互相交換了一下眼神後才回答道：

「那個……我們也是聽說的……據說宅邸附近的塞納河河水在一夜之間完全乾涸了。」

瞬間，芝諾的眼裡閃過異樣的光彩。

「明明沒有發生乾旱，河水卻突然乾涸了？」

「是，這種事還是第一次發生，所以大家都在議論會不會是凶兆……」

傭人口中的塞納河離她所在的地方不遠，那裡也是前幾天芝諾突然感知到有奇妙力量流動的地方。那個感覺一閃而過，當時她還以為是自己的錯覺，不過現在聽了傭人們說的話，頓時覺得有點奇怪。

颼颼颼！

難得有讓她感到好奇的事，於是芝諾使出異能移動到塞納河附近。

正如傭人們說的，塞納河完全乾涸了。芝諾對此感到非常詫異，心想：真的有可能在一夜之間變成這樣嗎？於是她又繼續沿著曾經有水的河道移動。

「不久前感覺到些微波動的地方，差不多是在這裡嗎？」

由於無法掌握確切地點，她不得不使用異能進行多次移動。不久後，當芝諾目睹眼前怪異的景象，她露出了一抹微笑。

「嗯？這又是怎麼回事……」

不久前明明還草木茂盛的地方，現在已經是一片荒蕪。

片刻後，芝諾拿起地上一個已經空無一物的箱子。如今草木都已枯萎，因此被丟棄在這裡的箱子格外顯眼。從泥土的狀態來看，似乎是有人把埋藏在地下的某個物品挖了出來。

芝諾終於想起自己腳下的這塊土地是什麼地方。因此，她也不難推測出箱子裡裝的是什麼——埋藏在神聖場所的王之遺物……但是，是誰將它挖出來的？是不是和這裡發生的奇怪現象有關？芝諾的想法逐漸匯集到一處。

「雖然不確定……不過這麼看來，在這裡感受到的氣息和希莉絲·伊諾亞登的異能很相似。」

在回想的過程中，芝諾突然抬起頭，仰望著灑落耀眼陽光的天空，耀眼的太陽還掛在遠方山頂上。

芝諾慵懶地眨眨眼，「那孩子……好像說過她也會參加狩獵祭吧？」

緊閉的紅色唇瓣發出一聲低吟。一成不變的日常讓她覺得生活十分無聊，而現在芝諾想起的人，是可以為她無趣的生活帶來嶄新刺激的有趣存在。

總覺得這次的狩獵祭，會有趣事發生。

「那麼，我得準備比上次更好的禮物了。」

芝諾就像計畫著惡作劇的天真孩子，她彎起笑眼，拿著空箱子移動到別處。

＊＊＊

「嗚嗚嗚……」

聽到不斷傳來的哀戚哭聲，施萊曼的耳朵感到一陣刺痛而皺起了眉頭。一開始，他也試著稍微安慰她，但是那個女人的痛哭聲彷彿要穿透他耳膜，始終停不下來。

「我說……加百列小姐？」

在讓房間安靜下來之前，施萊曼的耐心一定會先被磨光。

「妳可不可以不要再哭了？反正眼淚早就都被妳哭乾了，現在就算努力擠也流不出眼淚了。」

不過，他還是帶著僅存的最後一絲溫柔，努力用和藹的語氣對加百列說道。

「我可不是因為妳的哭聲吵到讓我的耳膜快要爆炸，還讓我感到超級煩躁才這麼說，我是擔心妳再這樣哭下去，妳的嗓子可能會被妳哭啞。是真的啦。」

在被伊克西翁和施萊曼找到之前，加百列過著難以忍受的監禁生活，因此施萊曼完全可以理解她無法輕易擺脫恐懼和不安。但是，伊克西翁不在的期間，一直為加百列的大聲痛哭所擾的施萊曼，耐心已然到了極限。現在的他甚至寧願回去監視芝諾．貝勒傑特。

「嗚嗚……請、請帶我回去父親和哥哥身邊……」

加百列用施萊曼所謂「再也流不出眼淚」的紅腫雙眼看著他，苦苦哀求道。

「在、在那個人回來之前……快點！」

加百列像是害怕別人聽到而壓低聲音說話，讓施萊曼再次感到困惑。她害怕伊克西翁的程度令人詫異，要是不知情的人看了加百列的反應，可能會以為囚禁她的人就是伊克西翁。所以施萊曼不由得想，難道伊克西翁曾經對加百列．伊諾亞登做過什麼具有威脅性的舉動嗎？

「我已經告訴妳很多次了，我沒辦法這麼做。」

不行的事就是不行。他可不能違背伊克西翁的命令，更重要的是，伊克西翁剛才就已經來到這裡了。

「施萊曼不是跟妳說過，狄雅各．伊諾亞登和里嘉圖．伊諾亞登目前下落不明嗎？」

伊克西翁推開半掩著的房門，走進房間。

「家主！你這次花的時間比想像中還久呢。」

施萊曼與高采烈地上前迎接他。相反地，加百列一看到伊克西翁，便倒抽一口氣，急忙蜷縮在床角，而伊克西翁則是冷眼看著那樣的她。

「你打聽到她想知道的事了嗎？」施萊曼偷偷看了加百列一眼，並向伊克西翁問道。

「打聽到了。」伊克西翁簡短地回答。

他們現在所在的地方是貝勒傑特名下的別墅之一。也許是因為沒有伊克西翁的命令，施萊曼便自己向傭人們下達了指示，讓加百列待在其中一間客房，並接受適當的照顧。

現在的加百列在伊克西翁眼中看來，雖然不似生活在伊諾亞登宅邸時那般光彩照人，不過與她剛被救出空宅邸時相比，已經大致恢復了以前的樣貌。但不知道為何，伊克西翁莫名覺得加百列的樣子有些礙眼。

「你、你剛剛說的是什麼意思？父親和哥哥不見了？」

加百列雖然仍然蜷縮在床角，不過剛才伊克西翁說的話為她帶來了不小的衝擊，甚至戰勝了她對伊克西翁的恐懼。伊克西翁默默地俯視著加百列的臉，隨後拖著旁邊的椅子，朝她的床邊走去。

「加百列．伊諾亞登。」

嘰咿咿……房間裡響起椅腳刮過地板的刺耳聲音。

「不對，妳現在已經不是伊諾亞登了。」

看到伊克西翁把椅子放在自己床邊，加百列嚇得打了個嗝。

「妳今天看起來狀態不錯，我就問妳幾個問題。」

事實上，加百列是需要絕對充分的休息和穩定的患者，不過伊克西翁絲毫不在意她的情況。他要求加百列說出從離開伊諾亞登，到被她囚禁在空宅邸為止的事情。

「不、不知道，我只是聽父親和哥哥的話……」

加百列再次用哽咽的聲音喃喃自語。她不知道里嘉圖找到的空宅邸原本屬於誰，而且因為從頭到尾都是乘坐馬車移動，所以加百列也不知道那棟宅邸的位置在哪裡。甚至，她已經不記得自己被監禁之前的事了。

就算問她是否有想起任何特別的事，加百列也回答不出來。儘管多少預料到了，不過加百列確實沒用得嚇人。就算是這樣，伊克西翁並沒有進一步催促或壓迫加百列，或勉強她說出幾乎不可能得到的回答。

事實上，伊克西翁不久前審問過從空宅邸一起被帶來，並被關押在這棟別墅的那名負責監視加百列的男子，他已經掌握了幾個必要的事實。

「妳有看過這個東西嗎？」伊克西翁最後向加百列這麼問道。

噹啷！他拿出的是一把鑰匙。

這是芝諾日前給交他的，蘊含王之氣息的鑰匙。加百列似乎覺得，如果這次也回答不知道，伊克西翁可能會傷害她，於是她滿臉恐懼地哽咽著。伊克西翁則是一動也不動地坐在椅子上，靜靜地看著加百列。

面對眼前那雙冰冷的瞳孔，加百列的身體不由自主地開始顫抖，感覺有一股寒氣從脊椎慢慢往上爬。加百列覺得自己就像被蛇纏住的老鼠，連呼吸都開始喘不過氣。

「真奇怪。」

不久後，伊克西翁緩緩張嘴說道。同時，房間裡本就沉悶的空氣開始重重往下沉，彷彿馬上就會壓死加百列一樣。

「到剛才為止，我都以為這只是無謂的錯覺……」

低沉的嗓音刺入耳膜的瞬間，加百列下意識咬住了自己的舌尖。

「但果然看著妳那張臉，心情會變得很不愉快。」

伊克西翁身上一點一點流露出凶猛的氣息，他默默注視著加百列的目光更是像冰塊般冰冷。而加百列只能全身僵硬地面對這樣的伊克西翁。

這時，伊克西翁的腦海中，突然掠過某個聲音。

「是、是希莉絲姐姐做的！不是我！我、我只是路過的時候聽到聲音，跑進來一看，就發現希莉絲姐姐變成這樣……」

那分明是加百列的聲音。這是被伊克西翁忘記的其中一段過去，然而僅憑這個片段的記憶，很難掌握那個場景的完整情況。但是……

「你看……！希莉絲姐姐衣服上不是沾了那麼多血嗎？」

喀。

伊克西翁從剛剛就一直緩慢敲著椅子扶手的手指終於停了下來。他感覺到一股莫名的強烈殺意從內心深處冒出，不知名的衝動牽引著他向前伸出手。

加百列敏銳地察覺到這一點，全身無法控制地不停顫抖。

「希、希莉絲姐姐！」就在這時，加百列雙眼緊閉喊道。

「她不會希望你碰我……！」

那個瞬間，伊克西翁的手突然停了下來。他的眼中接著閃過一道令人毛骨悚然的光芒。他憤怒地伸出手粗暴地揪住加百列的衣領。站在門邊的施萊曼見狀，驚訝地瞪大雙眼。

「妳敢在我面前，拿她的名字當擋箭牌？」

「嗚、嗚嗚……」

「妳覺得像妳這種人有資格說這種話嗎？臉皮再厚也要有分寸。妳乾脆說這是在拐彎抹角告訴我妳想死算了！」

伊克西翁的聲音宛如帶著鋒利刀刃，粗暴地將一句話分成數個音節並低聲說著。如果光靠眼神和聲音就能殺人，那麼現在加百列早就被砍了好幾下。加百列為了逃避眼前的狀況而急忙說出的話，顯然觸怒了伊克西翁。

最後伊克西翁咬緊牙關，鬆開了揪住加百列衣領的手讓她站穩。

「如、如果找不到父親和哥哥……請帶我去希莉絲姐姐那裡。」

加百列一邊悲傷地哭泣，一邊結結巴巴地向伊克西翁哀求道。

「我、我有事情想向她道歉……」

加百列也不知道自己在說什麼，只是語無倫次地說出此刻腦海中想到的任何一句話。

「雖然不太清楚，嗝……但我、我應該要道歉……嗚、嗚嗚……」

豆大的淚珠從加百列的眼眶滴落。伊克西翁用冰冷的眼神看著那樣的加百列，沒有給她任何回應，逕自轉過身去。

「在我回來之前，你繼續監視她。」

「啊，家主。還是讓我回到原本的崗位吧……」

站在門邊的施萊曼嘆了口氣，然而伊克西翁並沒有回答，轉眼就走出房間。

施萊曼聽著加百列突然放聲大哭的聲音，在她的身後沮喪地垂下了肩膀。

＊＊＊

在那之後，伊克西翁獨自移動到其他地方。在搖曳的蘆葦叢中，隱約可以看到令他熟悉的建築外觀。

不久後，伊克西翁走進建築物裡。不知道是幸運還是不幸，建築物裡空無一人。

穿過玄關後，走廊上有一股熟悉的感覺湧入伊克西翁的體內。大致看了看宅邸內部，伊克西翁並未找到不久前還待在這裡的狄雅各·伊諾亞登和里嘉圖·伊諾亞登。

伊克西翁用手指摸過放在房間正中央的桌子，他的指尖隨即沾染了一層薄薄的灰塵。冰冷的藍色眼眸環顧周遭。這棟建築似乎被閒置了很長一段時間，他感覺不到有人居住的痕跡。

伊克西翁查看完建築物的三樓後，又再次回到了一樓。接著，他下意識往某處走去。那是個從剛才就開始散發出奇怪惡臭的地方，抵達那裡後，他發現牆上掛著之前見過的鹿頭裝飾。

匡！

伊克西翁用異能破壞了眼前的牆壁，濃烈惡臭瞬間瀰漫四周，伊克西翁走進了出現在眼前的漆黑空間。

＊＊＊

希莉絲凝視著陽光普照的草地另一邊。她在稍早感受到了伊克西翁的異能在遠處波動，希莉絲不是刻意集中注意力打探伊克西翁的行蹤。即使不願意，她也會自然而然感覺到異能。

「希莉絲，妳怎麼了？」

旁邊的馬格正在把玩桌子上的餅乾，他卻敏銳地察覺到希莉絲的視線已經長時間停留在其他地方，於是開口問道。

「沒事。」

希莉絲輕輕搖了頭，接著又低下了頭。馬格看著這樣的希莉絲，再次露出欲言又止的樣子。他的目光從剛才就一直在希莉絲和裝著餅乾的盤子之間反覆游移。

「如果你有什麼話想說，可以直接說出來。」

「不是的……」

但是馬格最終選擇低下頭閉口不談。希莉絲見狀感到疑惑，不知道為什麼，馬格似乎從剛才開始就有些沮喪。

「兩位是否有度過愉快的時間呢，希莉絲家主、馬格少爺？」

此時，有一些貴族朝著坐在上座的希莉絲和馬格走來。

帶著狩獵裝備的人們進入樹林狩獵後，剩下的貴族們便坐在有遮蔭的座位上聊天。希莉絲和馬格依舊留在戶外，偶爾會有貴族來向他們打招呼，因此現在的情況對希莉絲和馬格來說並不意外。

「我曾在上次卡利基亞的生日宴會上，與兩位匆匆一見，今天是第一次正式和兩位打招呼。」

然而，其中一人在打過招呼後，看著希莉絲說的話引起了她的注意。
「本來想久違地和其他伊諾亞登族人打招呼……他們沒有參加這次的狩獵祭嗎？」
希莉絲愣愣地看著說出那句話的人。
對方是一名看起來約莫二十幾歲中後半的年輕男子，在希莉絲今天見到的五十二個家族成員中，他是最敢直視希莉絲雙眼的人。不過，與其說他的態度堂堂正正，希莉絲反而從他的身上感覺到一股微妙的傲慢。
當然，這名男子並不屬於最高階家族，而是屬於高階和中階之間的家族，但是希莉絲卻想不起來他的出身。
「他們已經有一段時間沒有參加其他聚會了，我還以為他們今天一定會來。」
總之，以這一點來說，保守派和非保守派的人確實存在明顯差異。如果是保守派的人，絕對不敢當著希莉絲的面，直接詢問這種敏感問題。而且還是在這種有許多貴族參加、耳目眾多的場合。
現在這個男人顯然不是真的不知道狄雅各、里嘉圖和加百列不曾在最近的聚會上露面的原因才這麼問。
希莉絲是年方弱冠的年輕家主，而且之前世人眼中的她，是個性格非常小心謹慎的人。所以，眼前的男子其實是因為看不起希莉絲，才故意把這種敏感話題掛在嘴邊。除此之外，在最近的年輕人中，有些人不僅不像上一代那樣對繼承高貴血統的四大家族抱著敬畏之心，反而對他們享受的特權感到不滿。

有別於保守派的高階家族無視沒有血緣關係，卻能成為伊諾亞登一族的加百列，非保守派的中低階家族非但沒有刻意和她保持距離，甚至與她有私交，而且相處得十分融洽。

「那個人是托諾家族的次子，對吧？」

「沒錯。他從以前就一直纏著加百列小姐……」

「真是大膽。竟敢對伊諾亞登的家主如此直白地說出這種話。」

不知道是不是男人說的話傳到了遠處，希莉絲發現其他貴族們不是嚇了一跳，就是帶著一臉好奇地轉頭看向這裡，就連和男人一起來打招呼的其他人也是如此。

希莉絲用毫無溫度的雙眼看著眼前的男人，回答道：

「什麼其他的伊諾亞登？現在只有我一個人擁有伊諾亞登的名號，我不知道你指的是誰。」

貴族們聽到這句話後，再次確定希莉絲將其他家人逐出家族的傳聞是真的。然而，那個向希莉絲提問的男人，反而使用了更加直接的詞彙，似乎鐵了心要讓希莉絲難堪。

「我問的是狄雅各前家主和您的哥哥、妹妹過得好不好。而您卻說沒有其他的伊諾亞登。這很奇怪，難道他們不是伊諾亞登的一分子嗎？」

幾個貴族倒抽了一口氣。部分保守派貴族在看到出身五十二個貴族中的寒微之家，出身卻膽敢和四大家族之一分庭抗禮的男人後，不禁皺起眉頭。

其中，身為極保守派的佩拉諾家族，家主諾頓彷彿要立刻衝上前去，將男子從希莉絲面前拖走般，從座位上站了起來。這時，希莉絲冷淡地低語道：

「你好像是個腦子很笨的人。」

「什麼……？」大概是沒想到會從希莉絲口中聽到這樣的話，男人露出了一臉呆滯的表情。

如果他在卡利基亞的宴會之後，就不曾再親眼見過希莉絲，那麼他只會記得希莉絲之前溫順的樣子，所以現在會感到驚慌也是理所當然的。況且希莉絲在這段時間，也沒有經常外出與其他人見面。

即便如此，這名男子應該不會完全沒聽說過有關希莉絲的傳聞，不管怎麼說，似乎是他下意識無視了那些消息。

「現在這片土地上，唯一可以被稱為伊諾亞登的人只有我，一定要我說兩遍你才能聽懂嗎？」

希莉絲的眼眸在陽光下閃閃發光，就像是金子一樣。

「還是說，你其實是個聾子，別人都知道的消息，卻只有你沒聽說過？」

她眼裡沒有一絲暖意，看上去像金屬一樣散發著冰冷的光澤。

「看來你的理解能力很差，那麼現在我想對你說的話也不再拐彎抹角，應該要說得直接一點，你才能聽懂。」

希莉絲把冷淡的目光固定在男人身上接著說道。

「你要麼謹言慎行，不要汙染我的耳朵，要麼就別賣弄自己的愚蠢，安靜閉上嘴。」

因為這場意外插曲，男人漲紅著一張臉。他的嘴開開闔闔好幾次，可是想說的話卻難以說出口。

看著眼前的場面，貴族們之間開始低聲竊竊私語。不知不覺間，整個人都已經站起來的諾頓．佩拉諾，也再次安靜地坐回椅子上。

男人依舊漲紅著臉，結結巴巴地說道：「我只是……無法接受伊諾亞登目前的狀況。」

「我為什麼要讓你接受？」

不知道從哪裡飄來一陣令人覺得不祥的甜蜜香氣。

「你不但腦子不好，連自己是什麼身分都不知道嗎？」

突然，男人意識到有什麼東西抓著自己的腳踝。當他往下看的瞬間，不禁倒抽了一口氣。

玫瑰藤蔓像繩索般，纏住他的腳並往上攀爬。男人打了個冷顫，迅速往後退去。幸運的是，藤蔓沒有對他緊追不捨，只是具有威脅性地盤踞在原地。

「如果你還是聽不懂我的意思，那就不要再試圖用你那顆愚笨的腦袋來理解我，只要把我說的話，原封不動地記在腦子裡就好。」

紅豔的唇瓣如同剛綻放的花蕾，發出了像暴風雪一樣冰冷的嗓音。

「我的決定不需要別人的同意和理解，希望你搞清楚自己的身分，以後不要再為了這種無聊的理由來煩我。」

希莉絲毫不留情地對眼前的男人下了逐客令。

「你的問候我收下了，現在你可以滾了。」

希莉絲似乎不想再理會他，冷冷地移開視線，並舉起放在她前面的茶杯。

「希莉絲……」

一直守在希莉絲身邊的馬格小心翼翼地呼喚了她的名字。第一次看到希莉絲如此冷淡的樣子，這讓馬格有些吃驚。但是比起這個，他最擔心的是希莉絲的心情會不會被剛才的事影響。

然而，下個瞬間出現在馬格眼前的景色，讓他不得不閉上嘴。

五顏六色的美麗蝴蝶被迷人的香氣引來，在希莉絲周圍盤旋。

接著，穿越藍天飛來的白鳥發出悅耳的鳴叫聲，降落在希莉絲面前的桌子上。其中一隻優雅地展開翅膀，輕輕站在希莉絲的肩膀上。

馬格坐在因為希莉絲而盛開的花朵、飛鳥和蝴蝶中間，他驚訝地倒抽一口氣，周圍的人看到這個情景也不禁目瞪口呆。

一旁原本用來當成散步路線的小樹林裡也發出沙沙的聲響，從中跑出來的小松鼠和兔子先是疑惑地歪著頭，隨即便毫不畏懼地穿過草坪，來到希莉絲身邊。不久後，就連小鹿也跟在兔子後面，徘徊在希莉絲身旁。

「現在這到底是……」

正當在場所有人都因為眼前不真實的場景而感到訝異的時候，只有希莉絲獨自平靜地喝著茶，完全不覺得現在發生在她身邊的事情有什麼奇怪之處。她的模樣沒有一絲違和感，看起來極為自然，讓人們不敢出聲破壞眼前的情景。

「怎麼了？發生了什麼事嗎？氣氛為什麼……」

暫時離開了一陣子，又再次回到此處的克里斯蒂安，在看到這奇異的景象後，也不禁瞪大雙眼，下意識停下了腳步。

颼颼颼！

出現在黑色異能風暴中的伊克西翁感受到周圍瀰漫著奇妙的氛圍和撲鼻而來的濃郁香氣，他不禁瞇起了雙眼。緊接著，希莉絲出現在他的視野中，她依舊坐在位子上，還有她的身邊……

伊克西翁的眼睛瞬間張大。和其他人一樣，他也被眼前的景象嚇了一跳。

然而，伊克西翁的表情之所以變得像冰塊一樣冷硬，並不是單純地對眼前神祕的現象感到驚訝。

伊克西翁像木頭般僵硬地站在原地看著希莉絲，回過神後隨即邁開腳步走向希莉絲。如果當時唯一有資格踏入希莉絲世界的伊克西翁沒有出現，說不定在場的眾人會一直屏住呼吸，出神地看著眼前的景象。

「希莉絲。」

伊克西翁走近坐在花朵和動物之間的希莉絲，並急忙抓住她的手臂。希莉絲手中的茶杯裡的茶水因此微微晃動，灑出了一些在草地上。

終於，飽含著陽光的金色眼眸看向伊克西翁。希莉絲短暫地閉上映照著伊克西翁的雙眼，隨即再次睜開。

「伊克西翁？」

就在那一瞬間，棲息在希莉絲肩膀上的鳥兒振翅飛上了天空。

「啊！」一旁的馬格不經意驚呼了一聲。

在希莉絲身邊安穩休息的動物們，也在那個瞬間同時轉身奔向樹林。而停留在希莉絲頭髮上和綻放的花朵上的蝴蝶，也拍動翅膀離開了。就像從午睡的夢中驚醒，神祕的光景頓時消失得無影無蹤。

伊克西翁帶著凝重的神色俯視著希莉絲，他那雙如寒霜般冰冷的瞳孔中，正隱隱掀起一陣波動。

伊克西翁抓住希莉絲手臂的力道大到讓希莉絲不禁呼痛，他緊盯著希莉絲的臉龐，彷彿下定決心要從她體內找出些什麼。

「伊克西翁……你怎麼了？」

希莉絲像是完全不知道自己剛才發生了什麼事，或者說，雖然她知道剛才自己身上發生了什麼，卻一點也不覺得奇怪。無論是何者，伊克西翁都不敢輕易確認。他用力咬牙壓抑住內心本能產生的微微不安。

之後，伊克西翁默默地深呼吸，慢慢鬆開緊握住希莉絲手臂的那隻手。

「不，什麼事都沒有。只是……」

伊克西翁裝出一副自己不曾臉色蒼白地跑來的樣子，嘴角露出淡淡的微笑後並說道：

「我回來了。」

希莉絲看著伊克西翁，眼睛緩緩地眨了兩下。隨後，她終於張開了緊閉的嘴唇，回應了伊克西翁的問候。

「嗯，歡迎回來。」

確認希莉絲的模樣依舊和平時無異後，伊克西翁這才再次露出真摯的笑容。

＊＊＊

狩獵祭期間，希莉絲不必住在德莫尼亞準備的住處裡，於是她回到伊諾亞登，迎接屬於她自己的夜晚。

準備好就寢後，她從窗前經過時卻突然在外面發現了什麼，於是她停下了腳步，走近窗邊，用平靜的瞳孔凝視著夜空中的某處，然後坐在窗框上。

沙沙。

從窗外輕輕吹來的夜風，讓白色的睡衣下襬和長髮微微飄動，留下模糊的殘影。

啪！

希莉絲就這樣凝視著黑暗，然後使出異能。隨後，她眼前的景象變得更加清晰了。

「是王宮所在的地方嗎？」

在遙遠的黑暗中，如煙霧般晃動的耀眼光芒美麗得令人恍惚。而比夜空中的星座更加耀眼奪目的，是古老的異能痕跡。

至今為止，希莉絲主要都在白天訪問王宮，所以一直不曉得到了晚上，圍繞在該處的神聖力量所散發出的耀眼光芒，居然也能在如此遙遠的地方看見。

每當希莉絲看向窗外，並再次使出更多的異能時，遠方古老的異能痕跡就會閃閃發光。不知道為什麼，希莉絲總覺得那幅景象很眼熟。

雖然聽起來可能讓人覺得荒唐至極，不過感覺就像希莉絲在將近一輩子的漫長歲月裡，一直都看向那道光芒而活一樣……

「窗外有什麼嗎？」

此時，房門邊傳來一道低沉的嗓音。不知何時走進房間的伊克西翁靜靜站在門口望著希莉絲，他略帶濕氣的黑髮被窗外的夜風輕輕吹動。

希莉絲依舊看著窗外回答道，「今晚的夜色格外美麗。」

伊克西翁站在門口默默看著希莉絲，然後再次邁開腳步，朝著希莉絲走去。

「那樣坐在窗框上，看起來很危險。」

「一點也不危險。」

她已經不像以前那樣，無法好好操縱異能了，所以就算現在從這裡毫無防備地掉下去，也絕對不會出什麼意外。

希莉絲本來還想告訴伊克西翁，其實自己曾試過從以前使用的房間跳下來，最後毫髮無傷，卻又覺得這樣似乎有些多此一舉，於是便放棄了。

越靠近希莉絲，縈繞在伊克西翁鼻尖的香氣就越是濃郁。一踏入房間伊克西翁就感覺到她剛才好像使用了異能，而窗框周圍長出的玫瑰藤蔓正好能夠證明伊克西翁的判斷無誤。

一隻蝴蝶從敞開的窗戶飛進來，降落在希莉絲扶著窗框的手上。見狀，伊克西翁想起今天白天在狩獵場發生的事。

狩獵祭第一天在有些混亂的氣氛中結束了。直到希莉絲和伊克西翁離開前，旁人都還在低聲討論著，可見今天發生的事一定會在參加狩獵祭的人之間傳得沸沸揚揚。

希莉絲現在獨自坐在輕輕搖曳的白色窗簾間望著遠方，不知道為什麼，她看起來像是立刻會被夜色吞沒一樣。

「不……果然看起來還是很危險。」

伊克西翁伸手抓住了在他眼前飄動的窗簾，一片白色的簾幕在希莉絲背後展開。伊克西翁用窗簾包裹住希莉絲，彷彿要將黑暗的夜空與希莉絲隔開。停留在她手背上的蝴蝶被搖曳的窗簾邊角掃過，隨即向外飛走。

希莉絲被困在眼前的伊克西翁和的窗簾之間，於是抬頭望向伊克西翁的臉。背對著房內燈光的伊克西翁，臉上布滿了陰影，看不清他現在是什麼表情。只是，希莉絲隱約感覺到從他身散發出的氛圍和平時有些不同。

「你今天好像有點奇怪。」

看著伊克西翁的眼睛，希莉絲緩緩開口說。

「可能是因為我來了，妳卻還是一直看著別的地方，所以我嫉妒了吧？」

耳邊響起單調沒有感情的聲音。

「雖然就像妳說的，夜景的確很美。」伊克西翁低下頭，俯身吻了希莉絲。

「不過應該沒有我好看吧？」

聽起來分明是有些淘氣的內容，說話的語氣卻很平淡，讓人很難理解說話者內心的真實想法。

希莉絲的下唇被伊克西翁咬得有點痛，她下意識將身體微微後傾。然而，伊克西翁為了不讓她的上半身繼續向後傾斜，於是抱住她的腰當作支撐，唇瓣也立即與她更緊密地重疊，讓希莉絲什麼話也說不出來。

不久後，伊克西翁移開與希莉絲的緊緊相貼的唇瓣，他低聲的呢喃讓希莉絲的雙眼發出亮光。

「今天我見到了加百列．伊諾亞登。」

伊克西翁用毫無動搖的眼神，正面直視著希莉絲的臉。希莉絲也沉默地望著伊克西翁的那雙眼睛，然後靜靜地問道：

「怎麼見到的？」

伊克西翁苦惱著到底該說謊，還是要說實話，最後回答道：

「不知道為什麼，她被獨自關在一座空宅邸裡。」

希莉絲的眼中瞬間掀起一陣微弱的波動。但是，她依舊緊閉著雙唇，凝視著伊克西翁的眼睛，像是在等著他的下一句話。

「我偶然發現她，目前暫時把她安置到其他地方了。我覺得妳應該要知道這件事。」

突然湧上的強烈欲望讓伊克西翁忍不住衝動開口：「如果妳同意的話，那個女人……」

「我可以殺掉嗎？」這句話突然湧上喉嚨，但伊克西翁硬是將其吞了回去並閉上了嘴。

不管怎麼想都覺得很奇怪，只要一想到加百列．伊諾亞登，心裡就會充滿強烈的殺意，以前明明不曾有這種情況。如果讓伊克西翁摸著良心說實話，他其實並不想讓希莉絲知道加百列的事情。要不是今天見到加百列，聽到她說出的那些話，也許他到最後都不會告訴希莉絲。

「如、如果找不到父親和哥哥……請帶我去希莉絲姐姐那裡。

「我、我有事情想向她道歉……

「雖然不太清楚，嗝……我、我應該要道歉……嗚、嗚嗚……」

雖然很想知道加百列・伊諾亞登到底對希莉絲做了什麼，但是她的話顯然刺激到了伊克西翁……

「希、希莉絲姐姐！她不會希望你碰我……！」

伊克西翁咬牙說道：

「……如果妳同意。」

為了增強自己的耐心，伊克西翁深吸了一口氣，然後吐出。

「我想自己處理這件事，讓妳不用為此操心。反正她也不再是伊諾亞登的人，跟妳沒有任何關係了。」

伊克西翁沉穩安靜的嗓音，讓人無法想像現在他的心中其實充滿殺意。

伊克西翁打算隱藏強烈的殺心，說服希莉絲。他完全有信心會成功，就算希莉絲沒有說「可以殺了那女人」，只要她說出一句「隨便你」就好……

因為加百列・伊諾亞登與狄雅各・伊諾亞登和里嘉圖・伊諾亞登不同，她犯下的罪還不至於必須被處死，所以伊克西翁沒有自作主張行動，但如果希莉絲說出他想聽的那句話，伊克西翁自然也沒必要繼續忍受。

正當伊克西翁的眼睛中閃爍著冷酷的光芒時，希莉絲開口了。

「你覺得那孩子很可憐嗎？」

伊克西翁第一時間沒能理解希莉絲的意思，因為他從未想過希莉絲會這麼認為。

「看到一個柔弱的女人得不到任何人的幫助，獨自被囚禁起來，讓你覺得她很可憐、很令人惋惜嗎？」

希莉絲的嗓音一如既往地平淡，但是伊克西翁可以敏銳地察覺，希莉絲現在的狀態跟表面上看起來不一樣。

「所以你覺得應該親自保護她嗎？你現在跟我說這些，也是為了這個原因嗎？」

突然，從後方包裹住希莉絲半個身軀的窗簾變成了馨香的花瓣，紛紛飛入窗內。同時，銀白色的月光刺痛了伊克西翁的雙眼。

「回答我。」

伊克西翁再次閉上微微張開的雙唇，藍色眼眸靜靜俯視著希莉絲帶著冷意的金色雙眼。希莉絲也看著他的眼睛，試圖揭穿他的心思。

她回憶起自己在第五世時，第一次見到伊克西翁的那個瞬間。當時經歷的事情和現在的情況重疊在一起，因為前幾世從來沒有發生過那種事，希莉絲也不知道加百列為什麼會被獨自關在空宅邸裡。

如今伊克西翁發現了被監禁的加百列，還說要負責處理和加百列有關的事……這讓希莉絲忍不住想起自己過去得到伊克西翁幫助的場景。

「以後就算你和其他女人交往，我也不在乎。」

希莉絲的話，讓伊克西翁的眼神瞬間變得冰冷。

「……妳說什麼？」

面對伊克西翁冰冷的反問，希莉絲繼續說道：「但是，現在不行。」

其實，希莉絲知道自己沒有資格說這種話。畢竟她是終究會離開的人，而他是要留下來的人，所以她不應該干預自己死後會發生的事。

「現在……我還在的時候不行，我不允許。」

聽到伊克西翁的話，連自己都沒有預料到的強烈排斥感瞬間像尖刺般竄了出來，這也許是希莉絲首次在伊克西翁面前表現出她的迷戀。即使努力假裝不介意，對她而言也是一種奢侈。

對於自己聽到的話，伊克西翁不禁感到憤怒，但是看著希莉絲的臉，他感覺那份喧鬧的感情又開始以不同的意義沸騰起來。伊克西翁咬緊牙關，剛毅的下顎線立刻變得緊繃，他用壓抑的聲音說道：

「妳還不如要求我到死都不准看別的女人，這樣我會更高興。」

希莉絲緊閉雙唇，只是默默地凝視著他。因為早已預料到她會有這種反應，所以伊克西翁並不覺得生氣。無所謂……反正不管希莉絲怎麼說，伊克西翁的生命中，不會再有別人。

「這到底是什麼愚蠢的想法？世上只有一個人會擔心我是否受傷，甚至想保護我。」

不，反正在希莉絲死後，他的人生也將不復存在。

「就算其他人和妳有相似的立場和背景，我也不會對那人產生和對妳一樣的感情。妳不是早就知道了嗎？」

不過他知道，如果現在說出這種話，一定會讓希莉絲感到受傷，所以他沒有說出口，而是俯身將頭靠在希莉絲的肩膀上，然後問道：

「如果出現在你面前的不是我，而是別人，妳會愛上他嗎？妳不可能會這樣吧？」

伊克西翁的額頭輕輕在希莉絲的頸間摩挲著，就像一隻大型動物在向主人撒嬌一樣。希莉絲對此有些敏感，她的注意力被轉移，呼吸開始慢慢平靜下來。

「……不會。」

希莉絲隨即舉起手，觸碰伊克西翁的頭。柔軟的手在他的亂髮之間緩緩移動著。

「如果不是你，我不會愛上任何人。」

這句話讓伊克西翁沉重不安的心終於變得平靜。他緊緊摟住希莉絲的腰，並把自己的臉深深埋入她的頸間。

儘管如此，伊克西翁還是喜歡希莉絲表現出感情用事的樣子。

其實每當看到隨著時間一點一點變化的她，總是讓伊克西翁覺得自己的脖子像被人掐住了。也許是明白伊克西翁的心情，希莉絲沒有推開一直往她懷裡鑽的伊克西翁，而是與他互相擁抱，把臉靠在他的頭上。

伊克西翁感受著希莉絲的觸碰，然後閉上了眼睛。

「我也一樣。」

緊緊相貼的身上傳來的體溫，從骨子裡溫暖著兩人。

「我啊……」

灑落在頭頂上的月光太過清冷，讓她莫名有些哽咽。

「如果不是你，我不可能愛上任何人。」

若無其事說出的真心話，從片片紛飛的花瓣間飄落。希莉絲抱住伊克西翁的手在那瞬間似乎又更用力了。

寂靜的夏夜散發出淡淡草香，身處其中的希莉絲，久違地聽見寶石在自己腦海中訴說的話語。

「倒不如……

「在我死後，讓別人都無法擁有他，他也永遠只能被我一個人獨占……

「帶他去我想去的地方吧……」

這是非常誘人又可怕的想法。希莉絲為了逃避濃烈的欲望而閉上了雙眼，像是在否認那道嗓音屬於自己。

＊＊＊

「這是我這輩子第一次看見那種稀奇的景象。」

深夜的狩獵場內，雖然有些人很早就入睡，但也有些人因為狩獵祭剛開始，和他人一邊聊天一邊享受著深夜的氣氛。

「花朵綻放本來就是伊諾亞登家族在使用異能時的特徵，但竟然就連飛鳥和動物都聚集了過來。」

現在聚集在休息空間的人們，三五成群地圍坐在一起喝酒。而白天在狩獵場發生的事，正是他們下酒的話題。

「雖說四大家族的異能本來就很神祕，只是沒想到還會有這種事……」

「我也有同感。這讓我莫名地想起神話中，王和初代家主們的故事。」

「是啊，的確……」

眾人不約而同停下了對話，陷入沉思。周遭盛放的花朵散發著令人暈眩的香氣、動物們紛紛靠向希莉絲．伊諾亞登……現在回想起來，也覺得不可思議，就好像童話故事書裡會出現的場景。

「話說回來……那件事，是真的嗎？」

接著，他們之中有人用比剛才低了許多的聲音，率先起了頭，其他人的視線也集中到開口的人身上。

「就算不屬於高貴的四大家族，像我們這樣的凡人，也能擁有那股『神聖的力量』嗎？」

聞言，大家的眼神全都變了樣。此時他們腦海中浮現出同一個人物，那便是四大家族成員——泰爾佐．卡利基亞。

一開始，在場的人無不對他的接近抱持疑惑，然而他所說的話，更讓人感到驚訝。即便他的話中夾雜著隱喻和暗示，不過也足以引起聽者的關注。

「我也不知道，的確很讓人難以置信。」

「但他好像也不像在說謊。」

「嗯，先不論貝勒傑特的家主……但是連伊諾亞登和帕爾韋農的家主都變得如此強大，應該確實有其他的原因。」

話說到這裡，又是一陣短暫的沉默。有人摸著下巴思索，也有人因腦中一閃而過的想法而嘆了口氣。而有些人，眼中開始閃爍著深深的貪婪。

「你們在聊些什麼？」

此時，有個人走進了正在進行祕密談話的休息區。

「蒙德納家主。」

本應和最高階家族待在一起的黛博拉．蒙德納，不知為何竟走進了中階家族專用的休息空間。

「還以為您在休息呢，您怎麼會來這裡呢？」

「我經過時恰巧聽見說話聲，就來看看了。」

在場的人們頓時產生戒心，互相交換了一個眼神。本以為這裡是個適合談論祕密話題的角落，沒想到差點犯了大錯。何況現在出現在他們眼前的，正是隸屬於卡利基亞麾下最高階的蒙德納家族。

蒙德納的下任家主柯黛莉亞本來就預計和卡利基亞的成員聯姻，就算不是如此，在場的所有人也知道保守派中的最高階家族，如今對四大家族的態度有多麼兩極。

「我們對白天看到的伊諾亞登家主的樣子印象深刻，因此正在討論這件事。」

「蒙德納家主應該也看見了吧？真是神奇的畫面，對吧？」

眾人似乎擔心自己無故被找麻煩，短暫地對視後，全都尷尬地淡然一笑。

「原來如此。正好我剛才也在其他地方說完這件事才過來。」

黛博拉擺出自然的笑容，對他們的話表示認同。

「沒錯。不愧是繼承了高貴血脈的四大家族家主，她展現出的模樣令人印象深刻。」

他們又花了好一段時間對四大家族的神聖力量表達了讚嘆及尊敬，可惜在場無人知曉，來觀察貴族行動的黛博拉，在聽那些話時，內心充滿了無聲的咒罵。

「那些傻子說的話真是髒了我的耳朵。」

不久後，黛博拉走在空蕩蕩的走廊上，悄聲說道。

她正想去找泰爾佐，跟他說不該將自己接觸過的貴族們放置在如此危險的地方，任憑他們隨意開口。但剛才的對話更讓她感到不悅，管他是古代流傳下來的四大家族神聖力量還是什麼……

「反正那也只是偷來的……」

「母親，妳剛才去哪裡了？」

此時，黛博拉的女兒柯黛莉亞突然出現在走廊上，嚇了她一跳。

「柯黛莉亞，妳還沒睡嗎？」

「是啊，我剛才去見了維奧麗塔。正打算跟妳打聲招呼再回房間。」

黛博拉皺了下眉，柯黛莉亞假裝沒注意到母親的不悅，開口說道：

「母親應該也剛和其他家主們說完話吧。」

「是啊。」

「大家似乎都因為今天發生的事而鬧得沸沸揚揚。不知道母親剛才去的地方是否也是如此。」

「不用在意那些無所事事的人說了什麼。」

黛博拉知道大多數的貴族都在談論早上發生的事。而且她剛才和最高階家族聚會用餐時，才聽他們讚揚四大家族，聽得耳朵都要長繭了。

「母親，那個……」

柯黛莉亞開口叫了黛博拉後，不知為何又陷入沉默，沒有繼續說下去。

「怎麼不說了？」

「不，沒什麼。」

黛博拉一問，反而讓柯黛莉亞低下頭，並閉上了嘴。雖然她的樣子看起來有點不對勁，但是疲憊的黛博拉沒有再多問。她認為如果是非說不可的話，女兒自然會另找合適的時間跟她說。

「母親，雖然我之前也跟妳說過……」

柯黛莉亞看見黛博拉疲倦的樣子後，刻意轉換話題。

「我從出生起便跟在母親身旁，接受蒙德納家族的繼承者教育。因此，如果有什麼我能為家族做的事，希望母親可以跟我說。」

這次換黛博拉安靜地看著女兒的臉龐。隨後，她向柯黛莉亞靠近一步，並將手搭在女兒的肩上。

「柯黛莉亞。我比任何人都清楚，妳是蒙德納最引以為傲的存在。」

黛博拉露出一抹僵硬的微笑。

「但是等時機成熟後，就算妳不願意，我也會將責任託付給妳，因此妳現在不必如此勉強。」

黛博拉對柯黛莉亞徹底保密自己從多年前便開始利用卡利基亞的寶玉做實驗的事。不僅僅是因為對卡利基亞之眼所有防備，更重要的是，她不想讓柯黛莉亞這麼快就淌入這灘渾水中。

除此之外，萬一這一切事蹟敗露，她也得確保柯黛莉亞能安全脫身才行。

「我所做的一切都是為了我深愛的女兒將來要帶領的蒙德納家族。妳應該也知道吧？」

「……那當然了，母親。」

柯黛莉亞愣了一下才給出回覆。然而黛博拉似乎沒有察覺到這一點，笑著拍了下女兒的肩膀。

「已經很晚了。明天也會是辛苦的一天，快回去睡覺吧。」

「好，母親也快去休息吧。」

兩人互道晚安後，黛博拉率先轉身離開，柯黛莉亞卻用黯淡的眼神盯著黛博拉的背影。

＊＊＊

「該死……！」

克里斯蒂安按耐不住衝動，用手臂將桌上的物品掃落在地。

匡噹！

不久前剛入口的酒瓶也全掉到地上，摔成了碎片。激動的瞳孔在黑暗中凶暴地閃耀著。

克里斯蒂安隨時都能用異能移動，因此他沒有待在狩獵場，而是早早就回到帕爾韋農了。

然而，直到剛才都還溫柔多情的他，此刻卻出奇地狼狽。他之所以會變成這樣，不完全是酒精惹的禍。

克里斯蒂安也和其他人一樣，一再想起稍早在狩獵場發生的事。然而讓他印象最深刻的，不是希莉絲喚來動物的樣子，而是她對待伊克西翁．貝勒傑特的態度。

「她連一根手指都不允許我碰到她，為什麼對那傢伙卻……！」

一想起剛才的畫面，便讓他再次感到怒火中燒。靠近希莉絲這件事，克里斯蒂安連想都不敢想，伊克西翁．貝勒傑特卻彷彿是唯一被允許走進她世界的人。

伊克西翁在他面前毫不猶豫走近希莉絲的樣子，以及希莉絲毫不抗拒他的樣子，始終在克里斯蒂安的腦海中揮之不去。

那個畫面好似被刻在他的雙眼中，不管怎麼努力都無法抹去。

匡啷！

克里斯蒂安再次將手中的物品粗暴地丟到牆上。

站在克里斯蒂安房門外的傭人們，每聽見一次聲響，便會嚇得全身發抖。他們既優雅又溫柔的少爺，不知為何在成為家主後逐漸變了樣。這麼說多少有些不敬，但他的樣子總讓他們回想起帕爾韋農的前任家主，戈提耶。

叩叩。

「克里斯蒂安大人。」

「我不是說過別讓任何人來我的房間嗎？」

門外傳來雷諾克的聲音，讓克里斯蒂安粗暴地罵出了聲。然而他這才想起自己曾交代雷諾克的事，於是再次開口

「不……雷諾克，你一個人進來。」

一得到克里斯蒂安的允許，雷諾克立刻打開房門。

當他看見克里斯蒂安渾身凌亂地站在漆黑的房間裡時，他愣了一下。但是為了不讓身後的傭人看見房間裡雜亂不堪的樣子，他沒有表現出任何激動的反應，而是立刻走進去關上房門。

「我交代的事，情況如何了？」

「還在進行中。因為幾乎沒有相關的資料，所以需要花上一點時間。」

克里斯蒂安交代雷諾克的事情，就是將希莉絲上次來帕爾韋農時破壞的傳家寶以及相關情報，全部翻找一遍。

「但是我找出很久之前，發現遺物的確切場所在哪裡了。」

克里斯蒂安的瞳孔閃過一道光芒，「仔細找看看還有沒有其他物品。」

那天，帕爾韋農的藏品在希莉絲伸手觸碰的瞬間，變成了金黃色的寶石。看希莉絲為了找那樣東西特地來到帕爾韋農，他便肯定那些藏品對希莉絲而言一定很重要。

克里斯蒂安在看過那道奇怪的幻影後，每次想到希莉絲時都感到更加急迫。在他看見的幻影中，希莉絲分明不是在伊克西翁·貝勒傑特身邊，而是在他的懷裡。那個希莉絲明明只對他盲目又忠誠——光是在腦中這麼想，就讓他覺得甜蜜不已。

「她原本屬於我……」克里斯蒂安不自覺地小聲嘟囔著。

低著頭站在他面前的雷諾克悄悄抬眼，看見雙眼布滿血絲、自言自語的克里斯蒂安，總讓他覺得有點……克里斯蒂安現在顯然不正常。

「除了我之外，明明沒有任何人能擁有或觸碰她。」

克里斯蒂安用力咬著下唇，仍然深陷於思考。然而，和甜蜜的幻想不同，現實中的希莉絲對他無比冷漠。每當看見她冰冷的眼神時，他的心臟就像是被插上了一根針。

「克里斯蒂安大人，您還好嗎？」

「沒事了，你出去吧。」

克里斯蒂安突然感受到醉意襲來，踉蹌地坐在身後的椅子上。雷諾克一臉擔憂地看著他，卻依舊遵守克里斯蒂安的命令，安靜地離開了房間。

克里斯蒂安待在冷清的房間裡，一再地回想幻想中的畫面。比起希莉絲和伊克西翁剛才在狩獵場的模樣，這個幻想的確讓他的心情好轉許多。

窗外的太陽逐漸升起，克里斯蒂安靠在椅背上，目光茫然地看著透過窗簾照射進來的冷冽晨光。

颼颼颼！此時，熟悉的花朵突然在他眼前綻放。克里斯蒂安看見出現在面前的人後，緩緩地瞪大了雙眼。

「……希莉絲？」

起初他還以為自己看見了幻影。但是他已經酒醒了許久，視覺和嗅覺受到的強烈刺激，讓他實在無法將面前的人當作是幻影。更重要的是，希莉絲那雙生動又冰冷的眼睛，向克里斯蒂安證明了此刻的狀況是真實發生的。

克里斯蒂安出神地看了希莉絲一眼，才緩緩將靠在椅背上的身體向前傾。

「妳是來見我的嗎？」

儘管他已極力壓抑，卻仍掩飾不住聲音中的喜悅。即使是希莉絲冰冷的眼神也令他甘之如飴。畢竟克里斯蒂安認為，即使希莉絲曾經強烈地拒絕並推開自己，但更重要的是她此刻來見他的事實。

即便穿透克里斯蒂安耳膜的尖銳問題不在他的預期內，但這也沒有完全破壞他的心情。

「你用什麼換取卡利基亞之淚？」

克里斯蒂安的雙眼閃過了異樣的光芒。

這顯然不該是在大清早不請自來，連招呼都省略就說出的話。但是如今克里斯蒂安也已經大致習慣希莉絲的說話方式，所以他並沒有做出多大的反應。

相反地，這反而讓此刻的情況更為真實，他也開始在意自己狼狽的外表。

「妳這麼早來找我，就只是因為好奇這個嗎？」

克里斯蒂安慌張地整理了自己亂糟糟的頭髮與衣服。與此同時，他仍像個思考著該在哪裡設下陷阱的獵人般，目光緊緊盯著希莉絲的臉。

「我們來互相回答對方的問題吧。我也有問題想要問妳。」

「問題由我來問，你只能回答我的問題。」

「那我不回答了。」

想到希莉絲或許也對自己有所求，克里斯蒂安拒絕了她。面對這樣的回覆，希莉絲用冰冷的眼神盯著克里斯蒂安。

接下來，克里斯蒂安從希莉絲身上感受到熟悉的能量波動，他隨即從椅子上起身。

「等一下，希莉絲！」

他急忙開口，在希莉絲從眼前消失前留住了她。

「妳不是好奇到特意跑來這裡問我嗎？」
「別誤會了，這對我而言不是重要到值得聽你胡說八道的事。」
希莉絲無比冷漠地看著克里斯蒂安，並甩開那隻拉住她的手。
「你只要決定要不要回答我的問題就好。這是你唯一被允許的事。」
這句冰冷得刺耳的話，讓克里斯蒂安露出了憤怒的表情。但是他很快便恢復冷靜，彷彿在衡量什麼般，以平靜地看著希莉絲。
「我再問一次，你用什麼交換卡利基亞之淚？」
不一會，克里斯蒂安張開沉重的雙唇，說出了希莉絲想聽到的答案。
「……在泰爾佐．卡利基亞需要時替他行動，詳細的內容我不能說。」
「你有賭上異能發誓嗎？」
「妳很清楚嘛。」
他不像是在說謊。
就像伊克西翁過去使用異能對希莉絲發誓一樣，克里斯蒂安果然也以異能發誓答應幫助泰爾佐，以換取卡利基亞之淚。如果他們將保密視為基本條件，那希莉絲就不可能從克里斯蒂安口中得知詳細內容了。
「還有呢？這應該不是全部的交易條件。」
希莉絲一問到還有沒有其他交易內容，便讓克里斯蒂安整張臉都僵住了。
「妳知道了多少？」

更加低沉的嗓音在充滿晨光的房間裡響起，希莉絲卻再次用提問蓋過。

「是戈提耶．帕爾韋農嗎？」

從她口中流露出的低語彷彿只是在確認答案，克里斯蒂安的表情徹底變得冰冷，而這就和回答她沒兩樣。

「原來如此。」這件事也在希莉絲的預料內。

前帕爾韋農家主戈提耶和狄雅各或里嘉圖一樣，如今都在泰爾佐的手中。如此一來，他想對他們做什麼也顯而易見了。希莉絲原以為加百列突然被單獨監禁是因為發生了什麼巨大衝突，看來並不是。

與此同時，克里斯蒂安用僵硬的眼神看著希莉絲，不曉得她怎麼會知道這些事。

其實這也是他打從一開始就有的疑問。克里斯蒂安至今仍無法理解，泰爾佐當初為什麼要以如此奇怪的條件來和他交易卡利基亞之淚。

雖說本來就是因為戈提耶太討人厭，他才會如泰爾佐所願地交給他……但不知道泰爾佐為什麼要將戈提耶帶走，這也讓他一直感到很不對勁。

「不知道妳從哪裡聽到了些什麼，但如同我之前在慶祝宴上和妳說過的，我的父親生了重病。」

克里斯蒂安不想讓希莉絲覺得自己出賣了家人，因此他開始為自己辯解。

「再加上那種病太罕見，讓我們束手無策。正好卡利基亞在進行相關研究，所以我們才互相幫助……」

「閉嘴。我沒理由要聽你的滿口謊言。」然而，希莉絲毫不留情地打斷了克里斯蒂安的話。

「我再問一個問題，你最近有見過加百列嗎？」

「加百列？」

克里斯蒂安對希莉絲口中說出的名字感到意外，浮現了一絲困惑的表情。

一看見那副表情，希莉絲便明白克里斯蒂安和加百列的事情毫無關聯。

「自從亞美利耶的派對後，我就沒有見過她了。」

「這樣啊。」

「希莉絲，我說的是真的。加百列和我一開始本來就只是為了政治聯姻才訂婚，現在已經一點關係都沒有了……」

克里斯蒂安又再次急忙地向希莉絲辯解。他似乎認為希莉絲誤會了被伊諾亞登逐出家門的加百列和自己的關係。

從這個反應來看，克里斯蒂安似乎還不知道泰爾佐・卡利基亞和其他伊諾亞登的人有所牽扯。

想當然耳，希莉絲對克里斯蒂安自作多情的解釋一點興趣都沒有。克里斯蒂安看見她問完話就打算離開，便著急地伸出了手。

「這種毫無根據的誤會……！」

「放手。」

面對拒絕自己無數次的希莉絲，克里斯蒂安的內心頓時升起一股怒火。

「克里斯蒂安・帕爾韋農。」

克里斯蒂安像要將希莉絲的手折斷一般，使勁地抓住她，於是希莉絲叫了他的名字以示警告。

「在我砍斷你的手之前，快點放開。」

然而，克里斯蒂安也有著類似的想法。

「我要不要乾脆把妳的手腳都砍斷呢？」

要砍斷她的手、戴上腳銬，讓她哪裡都去不了嗎？如此一來，他就能得到希莉絲了嗎？

「妳不是很愛我嗎……」一聽見克里斯蒂安沙啞的聲音，希莉絲的眼神立刻變得冰冷。

「妳不是非我不可嗎！明明每天都用渴望被愛的眼神看著我……！但妳現在怎麼能這樣……！」

克里斯蒂安從希莉絲身上感受到莫名的背叛。就在那瞬間，希莉絲的周遭爆發出了強烈的異能。

唰唰唰……嘩啦！

一片蔚藍的大海出現在眼前，希莉絲將克里斯蒂安丟進了海中。

噗通！

「你的興趣是妄想嗎？在我看來，現在是你對我痴痴地有所渴求。」

「嘔……！咳咳！」

克里斯蒂安在不知不覺間落入深海中，希莉絲將他留在茫茫大海中拚命掙扎，便獨自離開了。克里斯蒂安就像隻掉入水中的老鼠，隨著海浪載浮載沉。

過了好一會兒，他終於浮上水面，愣愣地望著黎明破曉的天空，浸泡在冰冷的水中使他的腦袋冷靜了下來。或許正因如此，他想起不久前在希莉絲面前的醜態，一股懊惱和羞恥的情緒湧上心頭。

「該死……」

他低聲怒罵，一邊用手摀住了臉。只要和希莉絲．伊諾亞登扯上關係，就會讓他莫名失去理性。明明他也不想對她說那些低俗的話語，但腦子裡一團亂，讓他不知所措。

然而，此刻侵占他內心的欲望卻變得更加鮮明。

「好想擁有希莉絲．伊諾亞登……好想殺了伊克西翁．貝勒傑特。」

冰冷的海水也無法澆熄他內心熊熊火焰般的渴望，克里斯蒂安釋放出了體內劇烈動盪的異能。

滋滋滋！包覆著他的海水逐漸成為雪白的冰霜，明顯比之前更加強大的力量讓具有鹽分空氣也都結成了冰。

克里斯蒂安深深地吐了口氣，眼前隨即蒙上一層白色的霧氣。他動搖的雙眼盯著那團霧氣，接著便再次將情緒高漲的腦袋泡回水中。

＊＊＊

「咦？伊諾亞登家主？」

天才剛亮，看見希莉絲出現在別墅的施萊曼瞪大了雙眼。

「伊克西翁在哪裡？」

施萊曼聽見希莉絲的問題後，歪著頭回答：「伊克西翁家主不久前剛回來。兩位怎麼分開……啊，家主。」

施萊曼剛打算替她帶路，伊克西翁就正好出現在他們面前。

「我在妳的房間裡沒看見妳，所以才來這裡看看。」

他一見到希莉絲，眼神立刻變得僵硬。

「我不記得和妳說過別墅的位置，妳怎麼找到這裡的？」

聽見伊克西翁的話，施萊曼便意識到兩人並沒有約好在這裡見面。施萊曼悄悄觀察了兩人的臉色，但伊克西翁和希莉絲都沒對他多加理睬。

「我感覺到你的異能，才會跟來這裡。」

伊克西翁的表情隨即變得更加僵硬。他緊閉著嘴，似乎在斟酌該說什麼，同時以深邃的眼神低頭看著希莉絲。

昨晚兩人都沒睡好，清晨便早早醒來。希莉絲先去洗漱，伊克西翁隨後也走進別間浴室，卻感受到希莉絲使用了異能。他走到希莉絲的房間查看，發現她果真不在房間裡。

伊克西翁突然想起昨晚的對話，於是來到加百列所在的別墅看看。起初，儘管在別墅不見希莉絲蹤影讓他鬆了一口氣，卻也令他納悶希莉絲究竟去了哪裡。

就在這時，希莉絲真的出現在他所在的別墅了。

只是他沒想到，她竟然是感應到他的異能才跟來……這句意料之外的話語讓伊克西翁措手不及。他不禁思考，希莉絲是不是為了找出加百列的所在之處，才故意誘導他行動。

「就算妳不用這種方法，我也會告訴你加百列．伊諾亞登的所在之處。」

「我知道，我不是故意跟在你身後。只是出去吹了吹海風後，感知到你的移動，所以擔心你是不是在找我，才跟著你過來。」

希莉絲皺起眉頭，一股氣味掠過伊克西翁的鼻頭，他湊近希莉絲的側臉。

「真的有大海的味道。」

然而她為了吹海風，在大清晨不告而別的舉動，還是讓伊克西翁起了一點疑心。希莉絲察覺伊克西翁的異樣後，為了不讓他多想便輕輕推開他。

「加百列呢？她在這裡對吧？既然都來了，就順便看一下她再走吧。」

「妳一定要見她嗎？」

希莉絲沒有回答，伊克西翁也阻止不了她。

不久後，希莉絲推開了加百列的房門。

熟睡的加百列聽見開門聲，驚訝地睜開雙眼。

「希、希莉絲姐姐……！」

加百列慌慌張張地跳下床，急忙靠近希莉絲，抓住她的腳踝。

「我、我就知道姐姐會來看我！」加百列激動不已，圓滾滾的大眼裡掛著淚珠。

「好久不見，加百列。」

希莉絲向後退一步，甩開加百列的手。

「我以為妳和其他家人待在一起，沒想到妳被獨自關起來了。」

「是……是啊，姐姐。嗚嗚，我真的好害怕。」

可憐兮兮的加百列看見希莉絲後，終於鬆了口氣，淚水不受控地湧出，哭得淚流滿面。

加百列原本擔心伊克西翁．貝勒傑特不會將她的話告訴希莉絲，也擔心聽了那些話的希莉絲究竟不會來找她……好在希莉絲並沒有無視她，而是來見她一面，她終於放心了。

父親和里嘉圖都無聲無息地消失了，自己又被監禁，因此一看見希莉絲的臉，她內心的恐懼便一次爆發了。

希莉絲低頭看著傷心哭泣的加百列，伸出手抬起她的下巴。

「妳被關在這裡時，有吃什麼怪東西嗎？」

「什麼？什麼怪東西？」

從外表看來，加百列並沒有散發出違和感。但是希莉絲用異能盯著加百列的瞳孔一會兒後，便將抵在加百列下巴上的手收回。

「妳吃了啊。」

加百列完全無法理解希莉絲在說什麼。然而希莉絲一將手收回，加百列便感到十分著急，生怕她就此離開。

「姐、姐姐！我……想要向姐姐道、道歉。」

加百列因此抓住了希莉絲的裙襬，讓她無法離開。

「道什麼歉？」

希莉絲淡漠地反問。

明明是加百列先開了口，但下一刻，她的臉上卻露出了困惑的表情。就好像加百列自己也不知道該說什麼一樣。

「就……就是那個……」

加百列一邊哽咽一邊結結巴巴地說，使希莉絲的眼中掠過一絲異樣。

「我……說了謊，說是姐姐將那孩子……將卡利基亞的孩子，變、變成那樣……嗚嗚。」

加百列不著邊際地胡言亂語一通，但是希莉絲立刻就聽懂了她在說什麼。她認為克里斯蒂安・帕爾韋農之所以覺得不甘心，是因為不久前她在帕爾韋農找到的王之遺物時被他碰到了。畢竟只要希莉絲在遺物變成寶石的瞬間觸碰它的話，就能夠看見過去的殘影。

但是加百列並非如此，因此希莉絲不知道她為何會想起過去的事。

「是、是我錯了，姐姐。」

加百列像是要弄皺希莉絲的裙襬般，抓得更用力了。

「我，嗚嗚……我也不知道自己當時為什麼會那麼做。我喝醉後什麼都想不起來，睜、睜開眼就看見眼前的人們都昏倒了，那時姐姐剛好也在……我、我太害怕了……所以才會那麼說。請、請妳原諒我。」

加百列流下懊悔的淚水，她懇切哀求的樣子令人感到既悲傷又可憐。

希莉絲不難明白加百列現在想要什麼，她想得到希莉絲的原諒，並且得到希莉絲的允許，再次回到伊諾亞登。

話雖如此，加百列現在道歉並不是為了達到目的而裝模作樣，她本來就不是如此惡毒又殘酷的孩子。但如果問希莉絲這是否有任何意義，她只能說沒有。

「加百列，原來妳也不是全部都記得啊。」

希莉絲看著哽咽的加百列，緩緩地開口道。

「看來妳不記得讓我背黑鍋後，發生了什麼事吧？」

「什麼……？」

「如果想起來的話，妳應該會怕我怕得不敢像現在一樣，隨便抓著我不放。」

此刻的加百列正抓著曾經殺死自己的人，苦苦哀求她的諒解，這簡直比向綁架並監禁自己的人求情還要愚蠢。至少監禁加百列的泰爾佐・卡利基亞應該沒有立刻殺死她的想法。

加百列聽見希莉絲的話後，臉上浮現極為困惑的神情，卻又像是本能地感受到什麼一般，放開了原本緊抓在手中的裙襬。

「加百列，我現在不討厭妳了。」

希莉絲忽略加百列的反應，面無表情地繼續說：「但這並不代表原諒或是和解。只是對我而言，妳就和死了沒兩樣，所以那些事我都不在乎了。」

希莉絲的聲音沒有絲毫的憤怒或憎恨。

「事到如今，我不可能再把妳當作妹妹。」

也正因如此，她的話聽起來更加冰冷了。

「以後不管妳變得怎樣都和我無關，也別出現在我面前，消失到別地方去吧。」

「希、希莉絲姐姐……！」

轉過身的希莉絲身後傳來一聲絕望的叫喊。加百列慌張地伸出手，試圖抓住希莉絲搖曳的裙擺，最終卻只是撲了個空。

希莉絲留下臉上露出深深震驚和絕望的加百列，獨自走出了房間。

＊＊＊

「哇，現在我終於也自由了。前陣子被吵到耳朵痛還挨罵，果然還是得由伊諾亞登的家主出面，我的待遇才會變好耶。」

施萊曼一想到終於能脫離加百列的哭聲轟炸，似乎感到很興奮。相反的，伊克西翁如冰冷海水般蔚藍的瞳孔無情地俯視著加百列被淚水浸濕的臉龐。

「請、請再幫我叫希莉絲姐姐過來……！」

加百列的迫切感似乎戰勝了恐懼，她大膽地抱住擋在自己面前的伊克西翁的腿，並且苦苦哀求著。

「要是、要是我更真誠地道歉，姐姐一定會……嗚！」

然而當伊克西翁像上次一樣抓住加百列的衣領將她拉近時，看見眼前那雙冰冷藍眸的加百列，不得不立刻閉上嘴。

「我本來就一直在忍耐想立刻殺了妳的念頭，勸妳別再刺激我比較好。」

低沉而刺耳的嗓音在房間裡迴盪。

伊克西翁和稍早的希莉絲一樣，並沒有對加百列表現出任何感情，然而他的聲音和眼神裡的無情卻令人感到毛骨悚然。

出於本能的恐懼，加百列掙扎著試圖逃離伊克西翁，不過這是不可能的。

「希莉絲決定要放了妳，所以我才先照做……但妳別以為這樣就結束了，也別安心得太早。」

「呃、呃……」

伊克西翁雖然尊重希莉絲的意思，但也不打算就此讓加百列完全自由。

「老實說，我不希望妳像希莉絲說的一樣，安分地活得像個透明人。」

伊克西翁低聲說道，冷笑的嘴角彷彿吐出了寒冷的霧氣。加百列一看到這幕，便瞬間感到背脊發涼，渾身顫抖。

「妳大可以繼續像現在這樣在我眼前哭鬧，試圖掙扎。」

伊克西翁就像在慫恿加百列一般，然而這番話不只有字面上的意思而已。

「到時候我就會來找妳，完成今天沒做完的事。」

「呃啊。」

抓著她衣領的手施以更具威脅的力道，加百列的呼吸也變得更急促。

一看見那雙冷酷無情的藍眸，加百列不得不意識到，伊克西翁並不是單純嚇唬她，而是發自內心地警告她。

「如果妳想讓這段卑劣的人生活久一點的話，就別忘了我無時無刻都在監視著妳。」

伊克西翁說完便鬆開了手，冷漠地轉身背對悵然若失的加百列，她彷彿失去所有力氣般，搖搖晃晃地癱坐在原地。

「施萊曼，把她帶走。」

「是，家主。」

他向施萊曼交代完，便動身前往希莉絲所在之處。

＊＊＊

狩獵場今天也一如既往迎來了破曉。

「泰爾佐少爺，早安。」

「早安。」

泰爾佐・卡利基亞微笑著向在走廊上遇到的人們打招呼。

昨晚，有幾個客人悄悄地拜訪了他的房間。雖然這不在計畫之內，但昨天希莉絲・伊諾亞登在狩獵場上發生的事，似乎多少帶來了刺激，促使他們採取行動。

泰爾佐很清楚，四大家族所擁有的異能對一般人而言是具有多麼強烈的吸引力。同時，他也認為人們對力量有所渴望是理所當然。

將等同於神力的異能傳給一般人的辦法？絕不可能存在這麼方便的事情。

泰爾佐想起昨天拜訪他的那些貴族們渴望的眼神，不禁揚起嘴角。

只有繼承高貴血液的四大家族成員，才能透過卡利基亞之淚大幅增強異能，而卡利基亞家族成員則不受眼淚的影響。如果吃下眼淚就能得到異能，那麼泰爾佐早就吃下它了。

更何況，卡利基亞所保有的眼淚本來就極為稀少，即便泰爾佐的謊言是真的，也不可能滿足所有人的需求。因此，泰爾佐能給那些渴望力量的貴族們的東西，就只有血液而已。

根據黛博拉．蒙德納長久以來的研究，只有將卡利基亞之血直接移植到血管裡，生物才會失去原有的形態和理智，成為怪物。因此若只是服用卡利基亞之血，而非直接注入血管的話，就不會變成怪物。

如果四大家族的成員吃下卡利基亞之血，會削弱原有的異能；一般人則因為原本就沒有異能，因此不會立刻出現什麼變化。

然而它並不像外表所見那樣完全沒有影響，研究結果指出，定期服用卡利基亞之血的話，內在還是會逐漸產生變化。

「早安，蒙德納家主，還有柯黛莉亞小姐。兩位現在正要前往餐廳嗎？」

「是的，如果您也還沒吃早餐的話，要不要一同用餐呢？」

泰爾佐下樓時，碰巧遇見了樓下的黛博拉．蒙德納以及柯黛莉亞．蒙德納。一看見她們的臉，他便想起一件事。

「仔細想想，根據神話內容，一般人的確也有能得到異能的辦法吧。」

泰爾佐走下樓梯，一邊回想過去閱讀過的文獻內容。

……四位守護者為了永遠緬懷和敬愛大地最後的王，將他的心臟分成四塊，變成自己身體的一部分。就此，王和四名敬奉自己的守護者肉體合而為一，永遠活在這片大地上。

神話裡，最後的王過世時，四大家族的家主為表敬意，分食了他的心臟，然而被當作禁書封印的文獻內容卻有點不同。

起初，泰爾佐是從黛博拉．蒙德納的口中第一次聽到這些內容。在那之後，他又半信半疑地另外調查了一番，她所言果然無誤。

泰爾佐那時才終於知道，蒙德納為何膽敢覬覦四大家族的神聖力量，且渴望凌駕於四大家族之上。

「啊，泰爾佐少爺。」

站在黛博拉前面的貴族們發現了正在下樓的泰爾佐。

「各位早安。」泰爾佐微笑著向回頭看他的人們打招呼。

「早安，如果泰爾佐少爺也要前往餐廳的話，就順路一起走吧？」

「好啊。」

爽快答應的泰爾佐向柯黛莉亞伸出了手。「蒙德納小姐，不介意的話，就由我陪妳去餐廳吧。」

然而柯黛莉亞只是禮貌性地對他微笑一下，並沒有覆上他的手。

「沒關係，我打算等一下和維奧麗塔一起去。」

黛博拉的眼神在那瞬間變得銳利。她用審視的目光看了泰爾佐一眼，然而泰爾佐只是和平常一樣擺出平靜的笑容。

「原來如此，維奧麗塔和蒙德納小姐的友誼依然很深厚呢。」

只是，他並沒有收回手，而是朝柯黛莉亞伸了過去。兩人目光交會時，從走廊的窗外飄進來，掉在柯黛莉亞肩上的小花瓣落入了泰爾佐的手中。

「願兩位的友誼長存。」

說完，他帶著始終友善的笑容離開，留下一臉僵硬的柯黛莉亞。

＊＊＊

當天，希莉絲並沒有去狩獵場。她和伊克西翁一起在伊諾亞登宅邸待到接近正午，接著又去尋找其他埋有王之遺物的神聖場所，而伊克西翁則前往貝勒傑特。

他找了負責監視芝諾的部下，聽取相關報告。同時，他還聽見了一些奇怪的消息。

「你說土地一片荒蕪，河流還乾涸了？」

正常的土地和河水竟然會在一夕之間像是發生了乾旱般枯萎乾涸，這的確非常詭異。再加上，芝諾從那裡拿走了某個物品，也讓他感到很在意。

他吩咐下屬仔細調查此事後，便移動到芝諾最後留下蹤跡的地方。無論芝諾的身邊跟著多少監視者，她都有辦法甩掉他們，四處移動。她外出時最常去的地方就是王的宮殿，那裡一定有個祕密空間，但是伊克西翁目前尚未找到入口。

他還有其他許多事情要處理，沒辦法在這裡花費太多時間，也因此導致了調查延誤。

伊克西翁懷著不滿的心，前往昨天去過的有著鹿角裝飾的宅邸。最終，他也沒在那裡發現任何變種怪物。

之前和希莉絲一起來時，飼養著怪物的地下空間，如今已經空無一物，伊克西翁卻在那裡察覺到了違和感。

「實在是乾淨得太可疑了。」

撇除這裡是地下空間不說，要將裡面的怪物帶出去也不是件容易的事，因此應該會在原地將所有怪物處理完畢……然而這裡卻一點痕跡都沒有，乾淨得令人起疑。

伊克西翁以犀利的眼神掃視了一圈毫無惡臭的內部空間。就在那時，他在牆壁的一角發現一個他昨日沒有找到的小洞。那個小洞和一旁破碎的細小裂痕不同，它看起來就像鑰匙孔。

伊克西翁的腦中突然閃過一個想法，他取出了平時隨身攜帶的鑰匙。

喀啦。

他嘗試將鑰匙插入孔洞中，可惜形狀並不吻合。

「……」

伊克西翁凝重的臉上浮現出一抹嘲諷的笑容。他頓時覺得自己做了件蠢事，就算有鑰匙孔也不代表一定要開鎖才能進去不是嗎？

匡——

伊克西翁摧毀了他眼前的牆壁，另一個漆黑空間隨即映入眼簾。

啪。

伊克西翁使出異能將四周照亮。細小的碎片像螢火蟲一樣漂浮在空中，照亮他的視野，這也讓伊克西翁眯起了雙眼。

打碎牆壁後出現的空間，看起來就像洞穴的通道。

「這裡連接著其他地方嗎？」

他往裡面走了幾步，發現通道比他想的更寬廣，深不見底。

「這是地下通道嗎？應該至少是好幾世代前……非常久以前做出的通道。」

他又向下走了一段路，通道被分成了好幾條岔路。有幾條是死路，也有幾條連接了新的道路。伊克西翁無法仔細探索整個寬廣的地下空間，只好中途離開。

與此同時，希莉絲又找到了另一個含有王之氣息的物品。當她觸摸到遺物時，這次也一樣浮現了像是王的記憶般的幻影。

這次是某個黑髮男子劃開她胸口的畫面。心臟被取出的感覺太過鮮明，讓希莉絲不自覺皺了下眉，並將手壓在胸口上。在虛幻的疼痛感消退後，希莉絲將手上的金色寶石吞了下去。

再次回到伊諾亞登時，希莉絲碰見正好回到家的伊克西翁。她不覺得自己每次發現寶石時，身上都會出現明顯的變化，但伊克西翁似乎不這麼認為。

這次他也站在原地，用深邃的眼眸一言不發地看著希莉絲一會兒後，大步走到她的面前，將她擁入懷中緊緊抱住。

「……不要這麼快離開。」低沉的聲音在她的耳邊低語道。

希莉絲被伊克西翁抱在懷裡，將臉靠在他的胸膛。

「伊克西翁……」

她最終還是沒能將「那你要和我一起走嗎」問出口。

「我其實不想留下你，自己離開。我不想再孤單一人了，所以和我一起去死吧。」萬一她這麼說的話，伊克西翁一定會笑著吻她，並且欣然答應。

她光是這麼想就覺得甜蜜，心裡非常滿足，甚至讓她覺得不久前見到的加百列、狄雅各和里嘉圖，或是其他事物都和她無關。唯獨對眼前這個人的迷戀和欲望，隨著時間的流逝變得更加清晰。

「伊克西翁……」希莉絲周圍充滿了惹人憐愛的氛圍，緩緩地閉上眼。

語。

「再抱緊一點。」

不過光是想想就讓她感到相當滿足了，所以她並沒有說出腦海中浮現的話語。

希莉絲沉浸在甜蜜的感覺中，伸手環抱住伊克西翁的背。伊克西翁也果真照她說的，彷彿要將她的身體壓碎般將她抱得更緊，讓她感到更加滿足。

＊＊＊

「他自己一個人跑到哪去了？」

維奧麗塔環顧著鬱鬱蔥蔥的初夏森林，為了狩獵而來到森林裡的她，肩上背著弓箭。也許因為日正當中，太陽高掛在頭頂，穿過茂密樹葉的陽光強烈得讓人感到炎熱。

她正在找泰爾佐・卡利基亞。狩獵本來就是維奧麗塔的興趣，她也擅長隱藏自己的氣息，因此，前面的人並沒有發現躲在不遠處的維奧麗塔。

「這附近沒有不錯的獵物，其他地方似乎也已經被一掃而空。」

「那麼就慢慢往西邊移動……」

原本和泰爾佐待在一起的人，都已經分散在四處了，不過她再怎麼查看四周，卻唯獨不見泰爾佐的身影。維奧麗塔那雙比樹影更深沉的綠眸皺了一下，表情並不愉悅。

和以狩獵為興趣及專長的維奧麗塔不同，泰爾佐是個對狩獵一點興趣都沒有的人。然而泰爾佐卻在這次狩獵祭連續多日成群結隊進入森林，這件事充分地引起了維奧麗塔的關心。

不知為何，她總覺得泰爾佐似乎不是為了狩獵才走進森林裡。

此外，不知道泰爾佐究竟使了什麼手段，他的隊伍規模正明顯地日漸壯大。如今貴族中無人不知維奧麗塔和泰爾佐分成了兩派，並互相對立。

維奧麗塔的身旁自然而然地聚集了擁有四大家族身分的保守派，而泰爾佐的身旁則充滿了具有自由思想的革新派家族成員。狩獵祭開始僅僅三日，雙方的勢力便已勾勒出相當清晰的輪廓。

無論再怎麼戒備和監視泰爾佐，維奧麗塔的能力終究有限。更重要的是，泰爾佐和其他人成群結隊令她難以監視。

她原本打算來看看他們究竟在幽深的森林裡計畫著什麼……泰爾佐該不會已經先離開森林，回到集合地點了吧？

她自然而然想起被她留在那裡的馬格。幸好今天馬格的身旁不只有貝勒傑特家族的護衛，還有希莉絲在，這才讓她稍微安心下來。

「還有一陣子才會到集合時間，我們可以再走遠一點看看。」

「你說泰爾佐少爺今天也會在相同時間回來嗎？」

「對啊。」

「真好奇他每次都自己去了哪裡……」

維奧麗塔無聲地走向他處。從無意間聽到的對話推測，看來泰爾佐並不是第一次獨自消失在森林裡了。而且他身旁的人也對他的去向一無所知。

不久後，維奧麗塔看見了稍早和她分頭行動的柯黛莉亞。

「維奧麗塔，妳來啦。有發現妳要找的東西了嗎？」

「沒有，沒找到我想要的獵物。」

聽見維奧麗塔的回答後，柯黛莉亞歪著頭。

「如果要找到讓妳滿意的獵物，應該要往西邊的森林去吧？」

「不知道，我不怎麼喜歡這次狩獵祭。」

兩人開始走向另一個方向。這時，維奧麗塔裝作無心地吐出一段話。

「仔細想想，我以為蒙德納家主和泰爾佐關係很好，但在狩獵祭期間好像一次都沒有表現出來。」

柯黛莉亞在聽見這段話的瞬間看向維奧麗塔，就像是反射動作一樣。

「是嗎？就我所知……那個人和蒙德納家族沒有多大的關係。」

柯黛莉亞立刻毫不猶豫地回應道。她那泰然自若的表情，看起來就像個真的一無所知的人一樣。

「他陰險狡詐得很，說不定還會在妳不知情時頻繁出入蒙德納。」

維奧麗塔也和柯黛莉亞一樣，用平靜的聲音回應。兩人沉默了一會兒後，維奧麗塔移動了原本直視著前方的目光。

「柯黛莉亞，除了我母親以外，妳是我在這個世界上最信任、最依賴的人。」在幽暗的樹影下，兩人的目光相對。

「因此不管面對什麼情況，希望妳都不要背叛我。」

柯黛莉亞微微垂下眼簾，那輕微的動作，就像是自然的生理反應而已。

柯黛莉亞迅速抹去那瞬間的情緒，直視維奧麗塔說道：「這是當然的啊。我不可能會讓妳難過的，不是嗎？」

嗡嗡。真實之眼被觸發了。

為什麼偏偏是在這瞬間呢？

平常只在極少數情況下，才偶爾會對維奧麗塔發出信號的雙眼，在此時收縮了瞳孔。從柯黛莉亞口中說出的話是……謊言。

雖說柯黛莉亞可能會在維奧麗塔面前，對棘手的問題避而不答，但像現在這樣明顯地說謊還是第一次。維奧麗塔對此感到驚訝，而眼前的柯黛莉亞的表情卻毫無波瀾，更讓她覺得訝異。

不知為何，她同時也感覺到自己終於直面了一直以來的預感，這令她產生一股微妙的心情。

一時不知道該做何反應的維奧麗塔再次張開了嘴。

「也對……看來是我說了蠢話。」

兩人又再次看向前方走去。然而維奧麗塔逐漸感到反胃，使她不得不緊握拳頭，用力到掌心發疼。

天空是如此的廣闊，而在那湛藍蒼穹之下的維奧麗塔，不過是個渺小的黑點而已。

＊＊＊

「希莉絲。」

清脆的鳥鳴聲在森林裡響起，希莉絲和馬格的所在之處是一條用來散步的步道起點。馬格從剛才開始就坐在草地上拔無辜的野草，一邊認真地思考著什麼。

隨後，他終於鼓起勇氣問了在一旁的希莉絲。

「希莉絲……妳喜歡貝勒傑特家主哥哥嗎？」

希莉絲沒有回答，只是直愣愣地盯著馬格看。

就算不用聽，馬格好像也知道希莉絲的答案。他將握在手上的野花和野草都丟了。

「那、那麼……」

馬格抬頭看向希莉絲的眼神，就像掉落在江水上輕輕晃動的樹葉。

「妳真的會像其他人說的一樣，和貝勒傑特家主哥哥結婚嗎？」

他提問的口吻明顯是希望希莉絲說出否定的答案。希莉絲閉上眼許久後，回答道：

「喜歡不代表一定會結婚啊。」

幾乎所有童話和愛情故事的主角們都會迎來美好結果，然而希莉絲並不包含在內。

「嗯？您不跟我們家主結婚嗎？」

此時，伴隨著沙沙聲響，樹上傳來一道訝異的嗓音。靈活地在樹上移動的施萊曼，突然從茂密的樹葉中探出頭。

「這可不行，這樣一來我的計畫會出錯。」

施萊曼被選為馬格的護衛，因此也待在狩獵場裡。其實準確來說，是他拜託伊克西翁讓他擔任的。他已經厭倦了監視芝諾的工作，如果來狩獵祭擔任馬格的護衛，好像也能更常看見希莉絲，他才因此對這裡產生了興趣。

施萊曼很喜歡伊諾亞登的家主希莉絲，所以才在取得伊克西翁的允許後，光明正大地跟在希莉絲和馬格身旁。

「我原本打算在兩位結婚後，搬到伊諾亞登。」

明明身為家主的希莉絲和伊克西翁都還沒允諾這種事，他的口氣卻非常委屈，彷彿自己的未來已經決定好了一般。

與之相反，原本神色低落的馬格，此刻的表情卻格外開朗。
「希莉絲，那麼……那麼……以後……以後和我……」
馬格每說一句話，臉就變得更紅，頭也越來越低。最後他始終沒能把話說完，只是抿起雙唇，再次拔起無辜的野草。
「算了，嗯……現在那些形式又有什麼重要呢？」
當施萊曼看見馬格的模樣，想著「伊諾亞登家主人氣真高」時，他突然想起了什麼，大叫了一聲。
「啊，對了！伊諾亞登家主是女人，還擁有異能，所以能選擇好幾名伴侶不是嗎？伊克西翁家主該緊張起來了。」
施萊曼摘下樹枝上一朵盛開的花，邊吸吮背面的花蜜邊笑著說。
拔著野草的馬格聽見那句話後，彷彿下定決心般，回頭看向希莉絲，隨後他緊緊閉上雙眼大聲說：
「希莉絲，我……就算妳喜歡別人，就算我排第二或第三都沒關係！」
希莉絲不知道該對馬格說什麼，只好伸出手拍了拍他的頭。
「施萊曼，別再說那種話了。」
「是那個小不點先開啟話題的。」
施萊曼委屈地噘起嘴。這短暫的片刻是段相當平靜的時光。
颼颼颼。

如果當時三人面前沒有吹起那陣黑色異能的風，他們的悠閒時光或許還能再持續得更久一點。

最先注意到異能波動的希莉絲轉過頭，躺在樹枝上的施萊曼也立刻站了起來。

「原來在這裡啊。」

下一刻，有名黑髮藍眸的女子出現在閃閃發光的黑色碎片中。

「真高興見到妳。我們很久沒見了吧？」

芝諾手中拿著一個像是存放著貴重物品的小盒子，並彎起眼角對希莉絲微笑著說。

＊＊＊

與此同時，伊克西翁再次進入了地下通道。這個地下空間果然比他一開始預期的大多了。他用異能擴大光照的範圍後，瀰漫在遠處的黑暗也進入了視野中。

再走一陣子，伊克西翁便發現了這個地方的真面目。

「這難道是條下水道嗎？」

若真是如此，應該是條非常久遠以前使用的下水道。

咯噔。

就在那時，他從側邊感受到了一股氣息。

啪！異能散發出的光芒瞬間變大。

「伊克西翁．貝勒傑特？」

伊克西翁絲毫沒預料到會在這裡遇見克里斯蒂安．帕爾韋農。

「克里斯蒂安．帕爾韋農，你怎麼會在這裡？」

對方看著他皺了下眉，和伊克西翁一樣，克里斯蒂安也對這場意外的相遇感到訝異。

「我才想問你，伊克西翁．貝勒傑特。」然而他立刻收起困惑，向伊克西翁反問道。

「你一個人在這種陰森的地方做什麼？」

雖然兩人都用異能點亮了光，所以周圍視野明亮，然而他們的身後仍是一片黑暗，令人難以看清。

伊克西翁的眼神移向在克里斯蒂安身後如無底洞般蔓延的黑暗。儘管肉眼什麼都看不見，但在那瞬間，伊克西翁的腦海裡閃過了一種直覺。

「你……不是自己一人啊。是和誰一起來的？」

面對那雙銳利的藍眸，克里斯蒂安的身軀微微一震。

「是泰爾佐．卡利基亞嗎？」

「我不知道你在說什麼。哪有人跟我一起來？」

克里斯蒂安反射性地立刻否定，然而回答得如此迅速，反而降低了這句回答的可信度。克里斯蒂安也隨即意識到這點，並感到後悔。

「別裝了。我也知道你不可能白白接收卡利基亞之淚。」

伊克西翁透過他的回答確定了自己的推測。

「所以你們兩個在這裡密謀著什麼？」

克里斯蒂安聽見這句話後，便僵住了臉。

實際上，伊克西翁只說對了一半。正如伊克西翁所想，將克里斯蒂安帶來這裡的人是泰爾佐．卡利基亞沒錯。但如果說兩人在這裡密謀什麼的話，事實並非如此。

大約三十分鐘前，克里斯蒂安依照泰爾佐的要求，將他帶離了狩獵場。

「你每次都來一樣的地方呢。這裡到底是哪裡？」

克里斯蒂安看著泰爾佐走進入口，心中感到疑惑。自從狩獵祭開始後，泰爾佐．卡利基亞每天都像這樣利用克里斯蒂安的異能，從森林移動到此處。

現在克里斯蒂安眼前的是狩獵場附近的另一座森林。在這座森林的深處，茂密的灌木叢沿著樹木和山脊生長。

令人意外的是，那裡面似乎還藏著一座相當巨大的洞穴。由入口處的石柱裝飾可知，這絕對不是自然形成的空間。

克里斯蒂安並不知道泰爾佐每次來這裡時，到底都在裡面做什麼。因為克里斯蒂安的任務，就只有將他帶來此處，並在一個小時後再帶他離開而已。

「好奇的話，你也可以一起進來。」

有一次，泰爾佐似乎感受到了克里斯蒂安的疑惑，揚起和平常一樣的笑臉勸他同行。雖然克里斯蒂安並不是不好奇，但一股莫名的不祥預感和隱約的抗拒讓那時的他拒絕了。

「我並沒有這麼好奇你做的事，所以恕我拒絕。而且你在裡面做什麼，和我一點關係都沒有。」

「這樣嗎？還真是可惜。」

泰爾佐聽見克里斯蒂安這麼說後，沒有再繼續說服他，然而這個反應卻讓克里斯蒂安感到更加不對勁。

於是，今天泰爾佐和平時一樣在入口處消失後，他偷偷跟了上去。不過他這麼做並不是為了抓泰爾佐的小辮子，純粹只是一時興起罷了。

穿越藤蔓，走進入口後，他看見了一個通往下方的樓梯。克里斯蒂安跟著那條路走，身體隱沒至黑暗中。不久後，當他用異能照亮四周，無止境的黑暗立即映入眼簾。

地下空間比克里斯蒂安預期的大多了，四方都被劃分成無數條岔路，因此並不容易判斷前面的人走向何處，他也一直沒看見泰爾佐的身影。

「真不曉得這個地方是做什麼用的。」

隨著疑惑加深，克里斯蒂安也走進了地道的更深處。

嗖嗖嗖。

那時，他突然聽見了不知從何而來的微弱聲響。

「泰爾佐．卡利基亞？」

出於好奇，克里斯蒂安決定朝著聲響的來源走去。然而地下的回音範圍廣大，讓他無法確定準確的來源在哪。

通道就像一座迷宮，而克里斯蒂安終究在裡面迷了路。

吼吼吼——不知何處傳來了猛獸低吼般的微弱聲音。

或許因為地下通風不佳，空氣中瀰漫著一股奇妙的惡臭，讓他感到渾身不適。

而也是在這個瞬間，他遇見了伊克西翁．貝勒傑特。

「真是讓人無言。為什麼我得單方面被你逼問？」

克里斯蒂安看著眼前的人，嘴角抽動了一下。

「我只是偶然發現這個地下通道，出於好奇才進來看看而已。從我的立場來看，你才更可疑。」

「你說的究竟是不是實話，看了就知道。」伊克西翁的嘴角也揚起一抹冰冷的微笑。

「如果你真的沒做什麼虧心事，就別妨礙我，快滾開。我還有必須在這裡找到的東西，沒時間浪費在你這種人身上。」

咯噔。

克里斯蒂安看著向自己走近的伊克西翁，冰冷的眼眸瞬間一沉。雖然他不清楚究竟是怎麼回事，但他總覺得，如果伊克西翁和泰爾佐在這裡相遇的話，會發生對泰爾佐不利的事。

當然，克里斯蒂安也沒有必須積極支持或是保護泰爾佐的原因，但他試想了一下，畢竟兩人現在是臨時同盟，如果泰爾佐遭遇不幸，他可能也會跟著遭殃。

而且，即使並非如此，克里斯蒂安也絲毫不想讓伊克西翁得償所願。看著逐漸靠近的伊克西翁，他的腦海再次被陰暗的欲望入侵。

……好想殺了他。

克里斯蒂安果然還是想殺了伊克西翁．貝勒傑特。那不知不覺在他內心深處滋長的想法，在單獨見到伊克西翁的瞬間，便無法控制地蔓延開來。

好想得到希莉絲．伊諾亞登。

好想殺了伊克西翁．貝勒傑特。

不久前見到希莉絲時產生的衝動，再次迅速地湧上心頭。

只要沒有伊克西翁．貝勒傑特的話……希莉絲．伊諾亞登就是我的了。

一股堅定的情感從他的深紅色雙眸中蔓延開來。

現在克里斯蒂安眼前的男人，是將原本屬於他的東西搶走的小偷。以前可能有點困難，但現在的話……自己因為服用了卡利基亞之淚而變強，說不定可以殺了伊克西翁·貝勒傑特吧？

啪沙。

克里斯蒂安的腳下開始結出雪白的冰霜。在伊克西翁察覺異樣的瞬間，克里斯蒂安身上爆發出一股巨大的力量，伊克西翁也立刻使出異能。

匡啷……！

兩股強大力量碰撞下產生的震盪向四面八方擴散。地下空間裡響起了震耳欲聾的巨大聲響。

眼前閃過一束耀眼的光線，周圍刮起一陣狂風，兩人的視線瞬間被捲起的灰塵遮住了。

匡匡匡……！

由於環境不佳，比起閃避克里斯蒂安的攻擊，伊克西翁選擇正面回擊。然而這麼做也有極限。克里斯蒂安的力量無可避免地被對方的攻擊彈開，受到衝擊的天花板和牆壁開始產生了裂縫。

「克里斯蒂安·帕爾韋農……！」

伊克西翁率先掌握了現況。然而失去理性的克里斯蒂安還沒有發現地下通道被破壞的事實，反而注入了更強大的力量。

匡啷啷！轟隆隆……！

一股不祥的聲音從頭頂上響起，承受不住壓力的牆壁和天花板開始崩塌。

想當然耳，伊克西翁並沒有像克里斯蒂安所期望的那樣，呆站在原地被壓死。落在伊克西翁頭上的岩壁就像被他的異能吞噬般，崩解成小石塊。

但是，已經被殺意蒙蔽雙眼的克里斯蒂安，並沒有停止攻擊那些同樣有可能對自己造成危險的掉落物。

吃下卡利基亞之淚後，克里斯蒂安壓制伊克西翁的異能確實比以前更強大。

「去死吧，伊克西翁・貝勒傑特！」

匡啷……！

更重要的是，克里斯蒂安此刻真的就像什麼都看不見一般，無視地下通道崩塌的情況，一心只想攻擊伊克西翁。

「現在地下通道裡難道沒有他的同伴嗎？」

伊克西翁見狀，不得不產生了這樣的疑問。

轟隆隆……！

就在那時，倒塌的地下通道一角，傳出了猛獸的低沉吼叫。伊克西翁率先發現了那個聲音並轉過頭。下一刻，成群的漆黑生物從黑暗中衝向光線所在的方向。

嘎啊啊！

嘴裡吐著黑色黏液，同時從黑暗中衝出來的，是伊克西翁之前見過的變種怪物。

「這是什麼……！」

克里斯蒂安晚了一步才發現怪物的存在，驚訝地瞪大雙眼。

成群的怪物像是要吞噬他們般，張開血盆大口朝他們衝來。克里斯蒂安不得不改變攻擊對象，伊克西翁也爆了句粗口，對著狂奔而來的怪物們使出異能。

嘎啊啊！

雖然他一開始打算找到怪物並確保牠們能夠存活，但如今已經無力活捉牠們了。正因為怪物對異能的防禦力很高，不容易殺死，因此只好將牠們的全身碾碎。

然而由於數量太多，無法一擊殺死所有怪物，牠們被切斷的傷口流著黑色黏液，又掙扎得更加劇烈。看見被砍斷了頭卻還在移動的噁心怪物，克里斯蒂安的表情不禁開始扭曲。

匡啷……！

此時，又有新的怪物群無止境地湧入這個小空間裡。龐大的身軀撞上已然倒塌的牆壁，使通道受到了更嚴重的破壞。

轟隆隆！匡！

不只如此，用來對付怪物的異能也擊中牆壁，使天花板開始搖晃。

「阻止怪物群，不能讓牠們跑出去！」

此時，伊克西翁注意到有些怪物正試圖衝破牆壁，從克里斯蒂安身後的通道逃出去，他突然發現一絲異狀。

仔細一看，所有怪物都莫名一致地朝著克里斯蒂安的身後移動，就好像那裡有什麼東西引誘著牠們一般。

聽見伊克西翁惡狠狠的吼叫聲後，克里斯蒂安才終於回過神來。

「話說回來，現在泰爾佐・卡利基亞在哪裡？」

他這才想起，帶自己進來的人也在這裡面，但是在這廣大的地下空間裡，根本沒有辦法找出泰爾佐的所在之處。

克里斯蒂安皺起眉頭，深紅色的雙眸看向被怪物群擋住的伊克西翁。雖然肉眼看不見人，但能看到異能的波動不斷傳出，就能確定伊克西翁也還在奮力與怪物搏鬥。

無數的黑色生物從倒塌的牆壁中傾巢而出，這些怪物到底原本都藏在哪裡？剎那間，克里斯蒂安的身後也傳來了怪物的咆哮。

「該死！」克里斯蒂安咒罵了一聲。

「我會照你說的擋住出入口，這裡就交給你處理了！」

克里斯蒂安不管伊克西翁有沒有聽見，大喊完這句話後，便將所有力量施加於怪物試圖突破的通道上。

匡匡匡……！

克里斯蒂安的頭上響起了一道前所未有的巨大聲響。崩塌的天花板掉落至地面，擋住了出入口。克里斯蒂安將伊克西翁和怪物關在被封鎖的地下通道後，轉身就跑。

反正伊克西翁會使用異能，情況不對勁的話就會自己離開吧。就算不是如此，這也和他無關。

雖然他一點都不想同意伊克西翁．貝勒傑特說的話，但的確如他所說的，先處理怪物才是當務之急。畢竟說不定還在這裡面的泰爾佐．卡利基亞可能會被怪物給殺死。

「該死，泰爾佐．卡利基亞到底來這種地方做什麼啊！」

等找到他之後，克里斯蒂安有非常多問題要問他。

憑著異能提高速度，克里斯蒂安一一抓住了剛才從他身邊跑過的怪物們。可惜將怪物們全都冰凍起來也只是一時之計，牠們和不久前在亞美利耶宅邸裡的怪物一樣，突破克里斯蒂安的異能後，就會再次活蹦亂跳起來。

最後克里斯蒂安還是皺了下眉，然後像剛才伊克西翁做的一樣，將怪物們全數大卸八塊。即使如此，怪物身體的堅硬程度非比尋常，所以骨頭和血肉都要砍好幾次才行。

轟隆隆！呃啊啊……！

不久後，克里斯蒂安看見幾隻怪物聚集成一團，靠在牆上。雖然牠們試圖打穿牆壁衝進去的樣子很奇怪，但他還是先傾注所有力量去擊殺怪物。

匡匡匡！

每當克里斯蒂安使出異能時，怪物們的血肉便會和黑色黏液一起向四面八方飛濺。面對這種令人作嘔的畫面，克里斯蒂安的額頭上擠出了深深的皺紋。

就在某一瞬間，他發現了被怪物們遮住的牆上，有一道非常小的縫隙。原本急忙追趕著怪物的克里斯蒂安停下了雙腿。

「泰爾佐・卡利基亞？」

當克里斯蒂安看見被壓在碎裂的怪物屍體下的人時，驚訝地瞪大了雙眼。這個待在勉強擠得下一個人的狹小縫隙裡的傢伙，正是他在尋找的人。

「克里斯蒂安・帕爾韋農……！」

泰爾佐看見克里斯蒂安時同樣也驚訝不已，他用扭曲的表情對現在的情況表示疑惑。

他現在全身被怪物的黏液覆蓋著。顯然他也是在通道中行走到一半時，突然遇到一湧而上的怪物們，所以正在躲避中。

泰爾佐・卡利基亞擺出一副不知道這究竟是怎麼回事的表情，而克里斯蒂安也對此深有同感。

「有什麼問題等之後再問，我們先離開這裡比較好。」

克里斯蒂安壓抑著對泰爾佐這副骯髒模樣的抗拒感，急急忙忙地向他伸出了手。他打算先帶泰爾佐出去，再來對付剩下的怪物們。

「我剛才聽見從裡面傳出巨大的聲響，是你造成的嗎？」

泰爾佐將不小心吞進嘴裡的黏液吐在一旁，並用銳利的眼神看了一下克里斯蒂安。

「之後再問吧。你以為我面對這種荒謬的情況，就沒有任何問題想問你嗎？」

克里斯蒂安的眼神也同樣變得銳利，並用低沉粗魯的聲音斥責泰爾佐。

「地下的怪物有可能會大舉逃脫到通道外。雖然這裡和狩獵場有一點距離，但要是怪物逃出去的話會很難追擊，必須要在這裡處理掉才行。所以你先閉上嘴，抓好我的手就對了。我會帶你到安全的地方。」

「不，不用這樣。」

泰爾佐聽見克里斯蒂安的話後，像是在思考什麼般，將沿著臉滴下的黏液用手隨意擦掉並說道。

「什麼？」

聽見令人無法理解的話，克里斯蒂安皺起眉頭反問。

「雖然和我一開始的計畫不太一樣，但你不用處理那些逃出去的怪物。」

「反正也不會怎樣。狩獵場上有希莉絲．伊諾亞登在，她會在人們受傷前就將怪物們都處理掉吧。」

克里斯蒂安看著泰爾佐，眼神頓時變得冰冷。

「你現在到底想做什麼，泰爾佐．卡利基亞？」

聞言，泰爾佐竟笑了出來。

看見那抹像是用畫筆描繪出的溫柔笑容，克里斯蒂安反而感到背脊發涼。

「看來的確要先離開這裡才行，因為在那之後，你還有事要幫我做。」

泰爾佐用沾滿黑色黏液的手握住了克里斯蒂安的手。

吼吼吼！

遠處傳來的怪物咆哮聲不斷在通道裡迴盪著。

＊＊＊

啪沙。

「芝諾前家主大人，看來您隱退後無所事事，很無聊吧？」

原先在樹上的施萊曼抽動了一下嘴角，並俐落地跳了下來。

「三天兩頭出現在我眼前，真是噁心。」

「施萊曼，我正想說最近都沒有看到你，原來你在這裡啊。」

面對施萊曼的挖苦，芝諾依然不以為意地和他打招呼。

「我也早就知道卡利基亞的孩子和你們在一起。你好啊？」

「啊，您好。」

馬格也下意識地向芝諾打招呼。芝諾對馬格笑了一下後，便再次看向希莉絲，

隨後歪頭問道：

「咦，感覺有點奇怪呢。是我想太多嗎？總覺得妳身上散發的氣息變得更特

別了。」

她很快便發現希莉絲身上流露的氣息和之前不同。

施萊曼皺了下眉，悄悄往一旁移動腳步，擋住兩人的部分視線。希莉絲看見他這副模樣後，對芝諾開口說道：

「好久不見，芝諾·貝勒傑特。妳也來參加狩獵祭嗎？」

「也可以這麼說吧，但我今天是來見妳的就是了。」

兩人神色泰然地互相打了個招呼。這時，希莉絲冰冷的目光向下掃過芝諾的臉龐。

「那麼希望妳可以簡短地講完重點，然後離開這裡。」

芝諾發現希莉絲的目光所及之處後，露出了一道慵懶的笑容。

「別對我這麼冷漠，我可是帶了個禮物要給妳。」

施萊曼聽了芝諾的話後，瞇起眼看向她手上的物品。坐在希莉絲一旁的馬格也出於好奇移動了視線。

希莉絲在芝諾出現時，就已經發現了她手中的物品是什麼。像是保存著某個貴重物品的小盒子，以及從中流淌而出的熟悉的異能殘香——芝諾手中的物品，蘊含王之氣息。

「我覺得妳似乎會喜歡，所以就帶來了。我說的對嗎？」

芝諾一邊說道，一邊向希莉絲三人走近。隨著距離縮短，芝諾手中的物品也變得更加清晰。而希莉絲則是冰冷地盯著它。

「妳怎麼會這麼想呢？」

芝諾毫無情感波瀾地回答道：

「我在偶然間去到某個地方，在那裡發現了一個和這個盒子類似的空箱子。而且不知為何，我還在那裡感受到了妳的異能痕跡。」

一聽見這段話，希莉絲想起了自己最近去過的幾個地方。

「妳的表情還是和之前一樣，讓人難以理解，也不知道妳現在是否同意我說的這段話。難道是我有所誤會，說了奇怪的話嗎？」

芝諾看見希莉絲毫無變化的臉龐後，露出了有點煩惱的表情。

「但就我的感覺，那分明是妳的異能沒錯。」

她原本期待希莉絲能給出更明確的反應，可惜結果不如預期，令她有些失望。希莉絲仍然不發一語，只是用冰冷的眼神看著踏過草皮向自己走來的芝諾。

「算了。總而言之，如果我想的沒錯，就代表妳也知道埋著遺物的地方不是普通的場所吧。」

接著，芝諾若無其事地開口說道。

「在我擔任家主時，也大致從前任家主口中聽說過這件事。但最近幾乎沒有人對這種陳腔濫調感興趣了，我也不例外。」

聽了芝諾的話，看來她也知道有著空箱子的地方就是埋藏了王之遺物的神聖場所。

「所以我並不清楚所有埋有遺物的場所，只是先去我記得的最近地點看了一下。」

這是希莉絲不樂見的情況，正因如此，現在才會發生如此惱人的事。

「但是那裡的遺物已經被別人挖開帶走了。看見那個場景，讓我也產生了一點興趣。」

說著說著，芝諾正好在距離希莉絲十步左右的地方停下，嘴角還掛著淺淺的微笑。紅唇上勾勒出的曲線，就好似一抹殘月。

「而且妳知道遺物消失的地點，現在完全變成一片荒地了嗎？」

這句意料之外的話，讓希莉絲首次出現了細微的反應。她整齊的眉毛非常輕微地動了一下。

「河流和草地全部都乾枯了。」

「妳在胡說八道什麼啊？」

從剛才就在一旁聽著兩人說著不像對話的對話，一直覺得困惑的施萊曼，終於忍不住開口了。

聽見什麼「禮物」、「遺物」之類的內容時，他就已經無法理解對話的主題了，怎麼現在還突然提到自然災害？

然而芝諾並不在乎施萊曼是否感到意外，只是繼續對希莉絲說道：

「這讓我很好奇，如果我也這樣做的話，會不會發生一樣的事。所以才去其他神聖的場所，把這個拿出來看看……」

施萊曼被理所當然地無視後，表情變得凶狠。不過芝諾對他漠不關心，只是將手上的盒子舉高，好像刻意要讓希莉絲看到一樣。

「但是什麼事都沒發生耶。」

一聽見盒子裡傳來輕微聲響，希莉絲的目光立刻從芝諾臉上移到盒子上。耳邊不停響起芝諾的聲音，她彷彿在回憶並梳理當時的想法。

「那麼我看到的只是偶然嗎？還是有其他原因呢？」

「……」

「啊，仔細想想，當時在那裡的箱子是空的。如果我處理掉這裡面的東西，也會發生一樣的事嗎？」

芝諾微微一笑，補充說明自己也已經想過這點了。

「但如果妳真的想要這個，我豈不是更不應該把它銷毀嗎？」

她語調輕浮得好像手中的物品只是小孩的玩具一般。

「所以我才帶著這個來找妳。如果妳想要的話，我打算當作禮物送妳。」

這句話聽起來既真誠又空虛。

「不過妳看起來好像不怎麼高興……果然我還是直接處理掉吧？」

啪！

剎那間，從芝諾手中蔓延出的黑色碎片開始覆蓋那個小盒子。

「啊！」

馬格見狀，發出了一聲驚呼。

與此同時，施萊曼也發動體內的異能。雖然不知道現在是什麼狀況，但他認為應該優先阻止芝諾破壞手中的物品。

唰唰唰……！

不過，在他們之中，動作最快的是希莉絲。瞬間，一條帶刺的藤蔓便瞄準芝諾手中的物品，伸向她所在之處。

雖然芝諾發現後立刻躲開，但鋒利的藤蔓仍然削斷了芝諾的髮絲。一縷黑髮混雜著葉片，在空中飄揚。

看見比預期更加激烈的攻擊，原本也打算對芝諾使出異能的施萊曼頓時驚訝得無法作聲。

芝諾向後退了兩三步，重新站穩腳步，凌亂的髮絲遮住半張臉，並發出了乾笑聲。

「伊諾亞登的小家主比我想的還要無情呢。竟然這麼快就發動攻擊。」

盒子目前還完好無傷地被捧在她的手中。

希莉絲慢慢地從原先坐著的地方站起身。白色的裙襬和長髮在草葉之中，輕輕被微風吹起。

「妳，廢話太多了。」

匡匡匡……！

還來不及反應過來，一股強大的異能便將芝諾完全覆蓋，芝諾也反射性抵擋。

「希、希莉絲！」

馬格被突如其來的情況嚇了一跳，試圖跑向希莉絲。施萊曼見狀，立刻抓住了馬格。

「哇，真是的！不愧是伊諾亞登的家主，太令我滿意了。」

「快放開我！希莉絲有危險！」

「不會啊，在我眼裡好像並不危險。現在介入其中的話，危險的是卡利基亞小朋友，所以你還是乖乖待在這裡替她加油就好。」

無論馬格怎麼掙扎，都贏不過施萊曼的臂力。施萊曼看著再次對芝諾發出攻擊的希莉絲，不禁感嘆地發出了「哇啊」的一聲。

「難道我的祖先裡，有人流淌著濃厚的伊諾亞登血液嗎？為什麼隨著時間推移，我會對伊諾亞登家主感到越來越佩服，而且還覺得親近呢？」

與此同時，芝諾一邊擋下希莉絲的連續攻擊，一邊佯裝尷尬地說道：

「孩子，等一下。我不是來和妳打架的，難道妳生氣了嗎？是我玩笑開得太過頭了嗎？」

看她現在似乎還不打算乖乖地交出手中的物品，希莉絲連回答都不願意。

匡啷！

下一秒，芝諾的所在之處被挖開了一個大洞，塵土頓時漫天飛揚。

「不過……妳果然，變得比之前更強了。這也是多虧了伊諾亞登開花的能力嗎？」

芝諾使用異能移動到希莉絲身後，突然提出了這個疑問。

「還是妳從哪裡得到眼淚了？」

希莉絲彷彿就在等待這瞬間，一條尖銳的藤蔓從她腳下無聲地出現。芝諾來不及再次使用異能，只能訝異地將身體側向一旁。

「可惡。」

所幸芝諾的身手本來就很敏捷，才能及時躲開攻擊。但作為代價，手中的物品被希莉絲奪走了。

當芝諾的手被藤蔓刺穿而噴出鮮血時，一條綠色藤蔓將盒子纏住，遞給了希莉絲。

問題是，從芝諾手中搶來的盒子裡，她感受不到任何異能的氣息。

「原來盒子裡的東西是假的。」

嘩啦……

希莉絲手中的盒子化作花瓣，飛散開來。冰冷的金色雙眸緊盯著芝諾沾滿鮮血的雙手。

「那只戒指才是真品嗎？」

從芝諾出現在這裡開始，她的手上就散發著和王之氣息一樣的感覺，如今盒子消失了，氣息卻沒有跟著消失。希莉絲將盒子處理掉後，眼前只剩一個讓她感興趣的物品了。

芝諾的勾起嘴角，彷彿在告訴她答對了。

「妳終於發現啦。」

希莉絲身上散發出比之前更濃郁的異能香氣。

「……！」

就在那時，從遠處吹來的風觸動了希莉絲的感官。她似乎察覺到了什麼，於是將目光移向一旁。

遠處，人群附近的森林裡，有一股讓人不安的違和感。

呃啊啊……！

正當希莉絲這麼想時，人們的尖叫聲以及動物朝這裡奔來的腳步聲很快就傳到了她所在的地方。

最先出現在希莉絲眼前的是從森林裡飛出來的鳥群。過了一會兒後，又看見兔子、松鼠、浣熊、鹿、狐狸等小動物一起跑了過來。

或許是因為動物集體奔跑而來，漫天的塵土也跟著映入眼簾。

隨之出現在後的，是體型比先前的動物更大、更能令人感受到攻擊性的猛獸。

這其中也混雜了專為這次狩獵祭而投放的，來自西部森林的危險野獸。

吼啊啊……！

「伊諾亞登家主！」

「希莉絲！」

目睹這一幕的施萊曼和馬格驚恐地向希莉絲大喊道。各種各樣的動物同時湧出的畫面十分詭異，彷彿末日降臨。

不僅如此，跑在前方的動物們身後，竟出現了一群型態驚悚可怕的巨大怪物。一隻形似融化的黑色膿包的噁心生物大聲咆哮，傳至耳膜的粗糙聲響令人汗毛直豎。

「哇，我要瘋了。那些東西為什麼這時候突然冒出來啊？」

施萊曼意識到情況緊急，立刻緊緊抱住了馬格的身體。

那瞬間，馬格感覺自己似乎和某隻怪物巨大得彷彿要爆裂的黃色眼睛相視，他害怕得全身發抖。

啪！

緊接著，希莉絲向逐漸靠近的動物發動異能。從她腳底下綻放的花朵和藤蔓在一瞬間蔓延開來，覆蓋了原本的草地。被追逐而狂奔的動物們從希莉絲身上感受到威脅，紛紛避開她，往其他方向奔跑。

呃啊啊！

然而後方的怪物並沒有改變方向，它們從剛才起就只跑向同一個目標。

「我先帶小孩子離開！」

「希莉絲，一起……！」

儘管馬格可憐兮兮地大喊，不願單獨留下希莉絲，但施萊曼仍毫不留情地將他帶往別處。畢竟施萊曼的首要任務是保護馬格．卡利基亞，況且希莉絲也不是需要他擔心的人，因此施萊曼毫不猶豫地離開了現場。

奇怪的是，馬格和施萊曼一消失，怪物也跟著失去了目標。

吼啊？吼啊啊……！

但就在下一秒，怪物們全都將頭轉至另一個方向。金黃狹長的巨大黃眼珠全數看向宿舍的方向。這麼多隻怪物像是約定好一樣，同時看向同一地方的舉動，詭異得令人起雞皮疙瘩。

希莉絲立刻意識到施萊曼帶著馬格前往的地方就是狩獵場的宿舍。

怪物們也立刻改變方向，開始向前奔跑。

吼啊啊！

希莉絲再次使出異能，她的周圍也再次出現了綻放的花朵。

「我好不容易帶了禮物來，妳這就要走了嗎？」

匡匡……！

然而就在那瞬間，一道攻擊擋住了希莉絲的力量。從她站立之處盛開的花朵隨即被黑色碎片吞噬，化為飛散的粉末。

芝諾看著希莉絲，眼角微微一彎。

「我們還要繼續尋寶才行啊。」

戴在芝諾血淋淋手指上的戒指，在陽光的映照下閃閃發亮。希莉絲用盈滿陽光卻仍冰冷的金色眼眸凝視著阻礙她的人。

此時，她的嘴角也勾起一抹和芝諾相似的笑容。

＊＊＊

「嘎啊啊！」

「我的天啊，那是什麼！這裡怎麼會出現怪物……！」

黛博拉．蒙德納對眼前的景象感到震驚不已。其他人也嚇得啞然失色，在尖叫聲中逃竄。

「所有人到裡面避難！」

從桌上掉落的物品和食物被動物和怪物們踩過，裂成了碎片。

「蒙德納家主也請快過來這邊！」

黛博拉也連忙和人群一起逃難。

仔細一看，怪物們的行動是有規律的，但是其他人只顧著驚嚇，完全沒有意識到這件事。

黛博拉發現怪物們追趕的第一目標就是卡利基亞的人，因此選擇盡可能和他們拉開距離。

多數怪物奔跑的方向，正是剛才馬格．卡利基亞和希莉絲．伊諾亞登一起消失的地方。

「今天明明不是計畫的日子，這是怎麼一回事？」

雖然她本來就預計在狩獵祭時放出異形怪物，但她的計畫是狩獵祭結束的前一天才將怪物放出來，並且在怪物攻擊狩獵場前，安全地逃離現場。

事到如今，她也不用再多想，因為會惹出這種事的人就只有她想的那個人而已。

「泰爾佐．卡利基亞，這個瘋子……！」

雖然不知道他為什麼要這麼做，但黛博拉一想到自己現在被怪物追趕而逃跑，就氣得牙癢癢。況且現在狩獵場四處都不見泰爾佐的身影，更讓她怒火中燒。

「偏偏現在馬格．卡利基亞正和希莉絲．伊諾亞登待在一起！」

他們原先的計畫是先將怪物放到和地下通道相連的幾個場所，藉此引開馬格和維奧麗塔身邊會使用異能的人，接著再讓怪物跑來狩獵場。

此時，黛博拉突然意識到什麼，連忙環顧四周。

「蒙德納家主，您怎麼了！」

「等一下，柯黛莉亞……」

她四處都找不到女兒柯黛莉亞的身影。

難道柯黛莉亞現在還在森林裡嗎？該不會和維奧麗塔待在一起吧？

「不行……！」

黛博拉臉色慘白地停下腳步。

吼啊啊……！

此時森林裡正好隱約傳來了怪物的吼叫聲。黛博拉轉身逆著逃跑的人群，向森林跑去。

＊＊＊

「啊啊……！」

「有、有怪物！」

森林裡四處傳來尖銳的慘叫聲。緊接在動物之後，一大群怪物突然湧入。

還在森林狩獵的人們嚇得紛紛拔腿就跑。其中有些人及時躲到巨石或樹幹後，但也有些人來不及脫身因而受到傷害，還有人則是勇敢地攻擊怪物。

「不要逃跑！它們只是體型比一般怪物大而已！」

事實上，包含德莫尼亞家族的凱薩在內的幾位少爺，每次都會藉由狩獵祭來展現自己高尚的興趣。

如果只是一般怪物的話，現在手上的武器或許就足以對它們造成致命傷了。

「大家一起攻擊……！」

然而，怪物發現眼前的障礙物正在試圖干擾自己後，便揮起巨大的手臂，在牠前方的人們瞬間就像紙娃娃般全數被掃飛，重摔在一旁的樹木或地上，甚至從口中吐出鮮血。

一股濃郁的惡臭味和黏稠的黑色黏液就像影子般，殘留在怪物經過的每個地方。牠們沒有在廣闊的森林裡漫無目的地徘徊，而是全都朝著同個方向前進。

厚重的身驅一邊掃除眼前障礙物，一邊向前奔跑，整個大地都響起了咚、咚的巨響。

「維奧麗塔！」

「該死，現在這是什麼瘋狂的情況啊？」

維奧麗塔抓住柯黛莉亞的手，爬上附近最高大的樹並咒罵著。

嘎啊啊……！

不知不覺間，一大群黑漆漆的怪物已經聚集到她們下方。詭異地彎曲且流著膿液的手臂向上攀伸，彷彿要爬上樹的樣子。

嘰咿咿！嘰咿！

雖說牠們的身形笨重所以爬不上樹，但尖銳得足以在粗壯的樹幹上留下痕跡的指甲依然具有威脅性。維奧麗塔和柯黛莉亞所在的樹木也開始劇烈搖晃，彷彿隨時會倒下一般。

「維奧麗塔，我們該怎麼辦？」

柯黛莉亞嚇得臉色蒼白，維奧麗塔則是看著眼前的情況咬緊嘴唇。冰冷的汗水從她滾燙的皮膚流了下來。怪物們並沒有放過為了躲避牠們視線而逃到樹上的兩人，反而輕易地找到了她們。

看著下方緊盯著自己不放的亮黃色眼珠，維奧麗塔在心裡確定了一件事——和在亞美利耶家的派對時一樣，這些異形怪物的目標就是自己。

「可惡，早知道會這樣的話，我就把弩帶來了！」

啪！

下一秒，從維奧麗塔手中射出的弓箭射穿了怪物的眼睛。

呃啊啊……！

下方傳來震耳欲聾的喊叫聲。她很確定箭矢貫穿了怪物的頭顱，但牠卻沒有死。

被怪物撞擊的樹木即將倒下，樹根開始發出了「吱、吱」的聲響。雖然希望渺茫，但她也不能就此撒手不管，還是要試看看能不能做些什麼。

「維奧麗塔，小心！」

為了減少樹下的怪物數量，柯黛莉亞也和維奧麗塔一樣，開始拉弓射擊。遺憾的是，無論兩人再怎麼精準地射穿怪物的眼睛和頭顱，牠們的數量仍然沒有減少。

在這段期間，維奧麗塔的口中已經不知吐出了多少難以入耳的髒話。

嘎啊啊！

受傷的怪物反而變得更加凶猛，在牠們的騷動下，樹木也搖晃得更加劇烈，導致樹上的兩人同時踉蹌了一下。多虧柯黛莉亞的攙扶，才讓維奧麗塔勉強穩住重心。

「柯黛莉亞！」

然而柯黛莉亞卻不小心踩到了樹枝上的青苔滑了一跤。這次換維奧麗塔急急忙忙地伸出手，緊緊抓住柯黛莉亞的手臂。手中滑落的弓箭卻也因此掉到怪物們的所在之處。

伴隨著怪物凶狠的吼叫聲，底下傳來了某個東西破碎斷裂的聲響。

柯黛莉亞依靠著維奧麗塔的力氣在空中掙扎，卻被怪物的爪子劃傷了小腿。

維奧麗塔咬緊牙關，試圖將柯黛莉亞拉上來卻力不從心。她頓時感到懊惱不已，為什麼自己偏偏是除了那雙沒用的眼睛外，一無是處的卡利基亞呢?!

「維奧麗塔，放手吧……！」柯黛莉亞在下方大喊道。

維奧麗塔更加咬緊了牙關。

這個傻子，明明在亞美利耶時也沒有獨自逃跑，還奮不顧身地擋在自己身前。

不知道什麼時候才會有幫助她們的人到來，下面的怪物也變得比剛才更瘋狂。

別無他法了。維奧麗塔忽然鬆開抓著樹幹的手。

「維奧麗塔！」

柯黛莉亞瞪大雙眼，彷彿在問她這是在做什麼。

維奧麗塔緊抱著柯黛莉亞，往怪物們的血盆大口落下。

嘩啊！

此時，一塊在空中破裂的冰晶劃過了維奧麗塔的臉頰。

啪沙沙……！

下一刻，一位有著雪白銀髮的男子，從潔白的暴風中出現。

吼啊啊！

他瞬間釋放異能，將底下的怪物群大卸八塊。維奧麗塔和柯黛莉亞下墜的速度也逐漸減緩，兩人安全地降落在地面上。

「克里斯蒂安．帕爾韋農，你怎麼會……」

維奧麗塔瞪大了雙眼，困惑地看著突然出現在眼前，並且救了自己的男人。

克里斯蒂安以生硬冰冷的神情說道：「妳看起來沒有受傷，森林裡還很危險，我先帶妳們到安全的地方。」

他說完便立刻抓住維奧麗塔和柯黛莉亞，瞬間從蓊鬱的森林中消失。

＊＊＊

啪！

伊克西翁使用異能，再次點亮眼前的景象。銳利冷漠的藍眸在光線的照射下顯得更加冷冽。

伊克西翁的周圍堆滿了怪物屍體，他被包圍在中間，仔細地環顧四周。他感覺到剛才從遠處傳來的喧鬧聲已經在不知不覺間安靜了下來，取而代之的是一股微弱的波動從更遠處傳遞而來。

「應該不會再有怪物跑出來了。」

但是，因為不久前的突發狀況而倒塌的牆壁似乎不只有一兩處，怪物們可能會藉由其他通道逃出去也不一定。

值得慶幸的是，整座地下通道並沒有因為這場巨大騷動而完全塌陷。雖然伊克西翁一開始打算仔細觀察地下通道，但現在他已經沒有那種餘裕了。

他想起當初發現這個地下通道的空宅邸距離狩獵場不遠，因此必須去確認希莉絲所在的地方有沒有受到任何波及。

於是伊克西翁再次使出異能移動到狩獵場。

啪！

亮光隨即熄滅，他原本站的地方再次陷入一片漆黑。

＊＊＊

匡噹……！

在人們四處逃竄的狩獵場中央，突然出現了一股巨大的異能。

那股力量之大，足以輕易地將周圍的人們和怪物彈開，四周頓時揚起一層厚重的塵土。

「這又是怎麼回事?!」

「希、希莉絲大人？」

「那位不是芝諾大人嗎？」

不久後，映入人們眼簾的是希莉絲和芝諾。

最先發現她們的人們彷彿看見救世主般，感到欣喜若狂。他們以為希莉絲和芝諾是為了從怪物手中拯救他們而來，不過他們立刻發現了事實並非如此。

下一秒，他們清楚地看見希莉絲將倒在地上的芝諾踩在腳底下的樣子。見到兩人之間不尋常的氣氛，別說是請求幫助了，眾人只能躊躇在原地，不敢輕易靠近她們。

「天啊，妳真的很強呢。」

芝諾抬頭看著希莉絲，難以置信地說道。不只剛才被希莉絲用藤蔓刺穿的手，她全身各處的傷口也都流著血。

「我沒想到有人能跟我對打到這種程度。」

當然，芝諾一開始並不是抱著殺死希莉絲的決心攻擊她。不管她手中握有什麼東西，芝諾都沒想到希莉絲能將她逼到這個地步。

儘管她內心也感到羞恥或憤慨，但芝諾盯著希莉絲的眼神中只充滿了單純的驚訝。

希莉絲用冰冷的眼神俯視芝諾。現在從兩人身上釋放的強大異能，逐漸向四周擴散至遠處。

希莉絲用肉眼清楚地看見了在空中飄蕩的金色項鍊。

人們的尖叫聲和怪物的咆哮貫穿她變得敏銳的聽覺。

「……**了**。」

除此之外，似乎還傳來了一道細小得彷彿被灰塵掩蓋的低語。

「**殺了**。**殺了**。**殺了**。**殺了**。**殺了**。**殺了**。**殺了**。**殺了**。**殺了**。**殺了**。**殺了**。**殺了**。**殺了**。**殺了**。」

聲音中伴隨著深刻的痛苦，讓希莉絲以為這意味著「殺了我」，然而她很快便意識到並非如此。

嘩嘩！

異能爆發的瞬間，原本只在希莉絲腳下的玫瑰藤蔓鋪滿了地面，向四面八方延伸。濃郁得令人暈眩的強烈香氣溶解在空中，彷彿要讓狩獵場中所有生命體的嗅覺麻痺。

「……！」

吼啊啊……

霎時間，所有向馬格所在的建築衝去的怪物們全都停止了動作。

嘩啊！

數十雙黃色眼睛同時轉向希莉絲所在的位置。

「妳剛才做了什……」

感受到周圍的空氣發生微妙的變化，芝諾忍不住開口提問，然而她卻沒能把話說完。

就在此刻，一股刺痛的感覺劃破了芝諾的手指。芝諾那雙與伊克西翁相似的眼睛抽動了一下，接著她便笑出聲。

「……妳真的意外地很果斷呢。」

像是完成任務般離開芝諾手指的藤蔓末端，掛著不久前還戴在芝諾手上的戒指。

沾滿了鮮血的藤蔓像是要將戒指獻給希莉絲般，高舉至她的面前，而戒指在碰到希莉絲的瞬間，綻放出耀眼的光芒。

突如其來的光亮遮蔽了包含芝諾在內的眾人視線，很快地，戒指變成了一顆金黃色的寶石。不過這次希莉絲不用吞下它了，因為她一碰到那顆寶石，寶石便像溶入她的體內般被吸收了。

而這次寶石中保存的過去殘影也再次浮現在希莉絲的眼前。

「**現在我們成功將神的力量轉變成人類的了。**」

這是王被守護者背叛且胸口遭強行撕裂後的記憶。儘管堪稱神聖力量來源的心臟被奪走了，但身為半神的王還留有一口氣。

「**掌管著生命和接近永恆萬物的力量，本該在約定之日歸還給王，但是現在已經不用擔心會遺失了。**」

在王的憐憫下暫時得到神力的四人，最終背叛了王，打破古老的承諾。

「**人類將變得更加繁榮，神的力量會長長久久地延續至我們的後代子孫。**」

他們將王的心臟分成四塊吃下後，並沒有因為害死了對他們而言情同恩人及父親的王而感到愧疚或悲傷。相反地，他們的臉上充滿了難以掩飾的喜悅和渴望。

「**現在我們就和這片土地上的神沒兩樣了。**」

於是王用盡最後一口氣，在死前詛咒了他們。

唰唰唰……

初夏的微風輕輕拂過臉龐，希莉絲緩緩地睜開了雙眼。

那道耀眼的強光消退後，人們因為眼前的畫面不自覺地倒吸一口氣。

嘎啊啊……

身上滴著黑色黏液的怪物們朝著希莉絲蜂擁而上，卻不是為了攻擊她。

為了尋找女兒柯黛莉亞而差點遭到怪物襲擊的黛博拉也察覺到異象，不久前還凶猛無比的怪物們全都突然停下動作，接著就像被某個東西吸引般，開始朝某處前進，附近的其他怪物也無一例外。

怪物們的行徑與剛才發瘋似地追趕卡利基亞家族成員的樣子截然不同。

看見怪物們逼近自己的所在之處，讓芝諾也不自覺地屏住了呼吸。

吼啊啊……

移動著詭異扭曲的四肢，接連爬到希莉絲面前的怪物們停下動作，發出了像是在刮地板般的低沉吼叫聲。怪物們狹長的瞳孔中存在著殺意外的某種情緒。

停在希莉絲眼前的怪物們變得不再有攻擊性。牠們反而在希莉絲面前彎下身軀，表現出順從的模樣，令人感到不可思議。

那時，原本在地下通道裡的伊克西翁正好抵達狩獵場。來到這裡後，首先進入他眼中的畫面同樣讓他感到訝異。

人們狼狽地跌坐在地上，一臉茫然地盯著某處看，他們的目光所及之處正是怪物聚集的地方。那些怪物像是被粗暴地馴服過，乖順得一動也不動。而在牠們的中間……

「……！」

就站著希莉絲。

那一瞬間，眾人感覺全身汗毛直豎。

呃啊啊……

這時，希莉絲正在傾聽萬物的低語。頭上的太陽、腳下的大地，以及從遠處吹來圍繞著她的風。就連怪物們也高興地簇擁希莉絲，並且向她祈求——「請殺了把我們變成這樣的人類」……

希莉絲稍微移動了目光，內心湧出一股不知是倦怠還是高昂的情緒。雖然這是完全相反的兩種感受，但對於現在的希莉絲而言卻沒有什麼不同。

此時，逐漸變紅的長髮沿著稍微側向一邊的頭，在空中飄揚著。一雙毫無波瀾的金黃色眼眸緩慢地掠過周圍的景象，不禁令人起了一身雞皮疙瘩。

沒過多久，希莉絲的身上散發出一股濃郁的香味。一些聞到異能香氣的人們，眼神變得朦朧了起來。就如同最近見過希莉絲的加百列，他們的瞳孔也變得和野獸一樣狹長。

其中一人眼神渙散地舉起了手中的弓箭。與此同時，希莉絲蘊藏著龐大異能的手也舉了起來。

從抵達狩獵場起便屏住呼吸盯著希莉絲看的伊克西翁，比任何人都快察覺這股不祥的感覺，立刻張口喊道：

「……希莉絲！」

聽見有人在呼喚自己，希莉絲的手頓時在空中停下。

啪！

幾乎就在同時，一支不知從何飛來的箭擦過希莉絲的脖子。一小滴血從皮膚上淺淺的傷口中流出。

吼啊啊！

怪物群突然又開始發出強烈的殺意，就像束縛著牠們的繩子突然鬆開了一樣。

這一次，怪物們正前方的希莉絲成了牠們的攻擊目標。

失去理性的怪物咆哮著揮動前肢。伊克西翁在牠們攻擊到希莉絲前，瞬間移動到希莉絲身前，使出異能將怪物們碎屍萬段。

呃啊啊……！

怪物們痛苦的慘叫聲讓希莉絲的耳膜感到一陣刺痛。

伊克西翁在將怪物大卸八塊的過程中，發現了舉起弓箭瞄準希莉絲的傢伙。

那個男人雙眼失焦，流露出一股強烈又詭異的殺氣。他將弓弦拉得更緊，像剛才一樣將箭頭瞄準希莉絲，而不是怪物群。

在伊克西翁意識到這點的瞬間，他就像剛才攻擊怪物般，幾乎是本能地使出異能。

與此同時，希莉絲也如大夢初醒般，猛然回過神。從她身上散發出來的金黃色異能絲線，阻擋了伊克西翁的異能。

啪！

剛才拉弓的人被如暴風般襲捲而來的黑色碎片捲落，滿身鮮血倒地不起，來勢洶洶的箭矢也在空中被分解得無影無蹤。男人的身體之所以沒有像怪物一樣被大卸八塊，正是因為希莉絲在最後一刻干涉了伊克西翁的異能。

「……啊啊啊！」

在流著鮮血倒地的男人周圍，人們後知後覺地發出了尖叫聲。而就在此時，伊克西翁想起了過去被深埋在腦海裡的記憶。

「母親殺的都是普通人。他們並不想變異成那樣。」

「在人潮聚集的廣場上進行這種單方面的大規模屠殺，通常不能叫作正當防衛。」

「只是請您在外使用異能時稍微注意一下，這有那麼難嗎？」

這些分明是伊克西翁自己說過的話。是啊，當時伊克西翁還那麼冷靜，甚至有點無情地對芝諾如此說道。

「不要將父親的死洩憤在其他地方。」

「哈哈……」

這時，一旁傳來一道淡淡的笑聲。那是躺在怪物血塊中的芝諾發出的聲音。

「是啊，原來如此啊。」

她彷彿突然意識到某件重要的事情般喃喃自語，不時從口中發出斷斷續續的笑聲。

「就是這麼回事。」

喀喀……

在那瞬間，伊克西翁耳邊傳來一道微弱的齒輪轉動聲。那是他體內的指針倒轉的聲響。

原本遮住眼前視線的濃霧突然散去，那些被他遺忘的記憶清晰地浮現。

那是早已消逝的過去。時間的痕跡如同一道精細刻在他靈魂深處的傷痕，清楚地浮現在他的眼前。

SIDE.

過去的碎片IX

「妳真的瘋了嗎？」

伊克西翁帶著一股令人畏懼的危險氣息走進房間，往坐在椅子上的芝諾走去。他粗魯地抓住椅背，並壓低身體，在芝諾身上形成一道具壓迫感的陰影。

「回答我。除非妳瘋了，否則妳怎麼會做出這種事……！」

緊咬著牙關的伊克西翁第一次發出了無法控制情緒的怒吼聲，他此刻對芝諾的憤怒是肉眼可見地強烈。

狄雅各・伊諾亞登在審判前逃獄了。狄雅各被囚禁在王之宮殿中的一座特殊監獄，那座監獄具有阻斷異能的效果，因此他不可能憑一己之力脫逃。

然而狄雅各・伊諾亞登不只做出這項驚人的舉動，他還攻擊了聚集在審判場的貝勒傑特家族成員，最後在試圖勒死女兒希莉絲時被抓到。這是在伊克西翁因為施萊曼突如其來的暴走而無法抽身時所發生的事。

施萊曼直到今天才恢復意識，而聽見從他口中說出的名字後，伊克西翁徹底地失去了理性。

「就結果看來，這樣不是正好嗎？」

不過，面對比平時激動許多的伊克西翁，芝諾的表現卻一如既往地平靜。見狀，伊克西翁內心的怒火燃燒得更加猛烈。

「妳說這樣正好？」

他以低沉的聲音重複道，彷彿不敢相信自己此刻聽見的話。

「竟然說正好，到底好在哪裡？」

伊克西翁在聽見芝諾的話後，握著椅背的手更加用力了。

「由於狄雅各・伊諾亞登做出比我們預期更加麻煩的事情，讓貴族們的輿論轉而對他不利。雖然這件事對貝勒傑特造成了偌大的傷害，但也讓你能更容易控制伊諾亞登的那個孩子不是嗎？」

芝諾隨手拾起一旁矮桌上的菸斗。

「但我沒想到那個人會連自己的女兒都想殺就是了。」

雖然在伊克西翁聽來可能是藉口，但那真的是連芝諾都沒預料到的事。她只是想讓判決有利於希莉絲・伊諾亞登才稍微介入，卻沒想到狄雅各會做出如此極端的事情。正因如此，芝諾的處境也變得有點難堪。

正當她這麼想而稍微皺了下眉頭時，伊克西翁抓住了她拿著菸斗的手。

「所以，難到妳想說自己是為了幫忙才這麼做嗎？」

芝諾不發一語地看著伊克西翁的臉，伊克西翁則在她的眼神中找到了答案。

「原來如此，我現在確實明白了，母親。」

從伊克西翁口中說出的話冰冷且低沉，讓人感覺到後頸湧上一股涼意。

「至今為止，不管他人說什麼，我一直認為身為妳的兒子，至少我應該要理解妳才對。」

他鬆開抓著芝諾的手，抓住了菸斗。

「但我現在知道了，妳根本就不正常。」

下一刻，菸斗便在伊克西翁掌心被捏碎，失去了原本的形狀。那雙盯著芝諾的明亮藍眸，冰冷得像在看某個陌生人。

「既然事情發展到這個地步，就算我是妳的兒子，也不得不懷疑父親的死跟妳有關了。」

第一次聽到從伊克西翁口中說出尖銳的話語，讓芝諾一時屏住了呼吸。伊克西翁將手從裂開的椅背上移開，站直了前傾的上身。

「從現在起，妳連呼吸都得小心了，母親。」

他用毫無溫度的眼神低頭看了芝諾一眼，冷冰冰地說出最後一句話，便毫不猶豫地轉身離開。

「如果妳不想落得跟狄雅各．伊諾亞登一樣的下場的話。」

＊＊＊

希莉絲從前陣子開始，再次受到許久未夢見的噩夢折磨。

「全都要怪妳，這一切……」

狄雅各瞪大充滿血絲的雙眼盯著希莉絲，並且緊緊勒住她的脖子，就像他在審判場時對她做的一樣。

「都被妳搞砸了！我、里嘉圖……還有整個伊諾亞登，全都是因為妳……」

一雙雙黑色的手從黑暗中冒出，試圖抓住希莉絲。她只能勉強移動使不上力的雙腿，拔腿逃跑，不久後卻又踉蹌跌倒。身後漆黑的黑影再次爭先恐後地向她襲來。

就在那時，不遠處傳來一道微弱的腳步聲。

希莉絲突然發覺現在的情況有點熟悉。

夜晚的走廊、從後方逼近的細微腳步聲，以及當她像現在這樣為了逃離噩夢而奮力奔跑，在她跌倒時接住她的男人……

「希莉絲，雖然我早就知道了，不過妳真的很令人失望呢。」

克里斯蒂安．帕爾韋農那令人毛骨悚然、冷酷而刺耳的聲音清晰地刺過她的耳膜。

「別哭。每次看到妳像這樣哭哭啼啼，我真的感到很厭煩。」

曾經一度遺忘的冷冽寒意再次侵入骨髓。

「愚蠢的女人。」

一隻從後面笑著伸出的黑手抓住了希莉絲的腳踝。不久前，她還以為自己一定能夠逃離這猶如黑色泥濘的記憶，然而那些記憶此刻卻又像深不見底的沼澤般，將她拖進去吞沒。

希莉絲感到絕望不已。

啊，原來如此。反正我永遠無法逃離這裡，明知最後理所當然會變成這樣，努力也不過是愚蠢的舉動……

「沒事的。」

那時，一道如羽毛般輕柔的聲音在她的耳邊響起。

「我現在馬上帶妳離開。」

希莉絲睜開了沉重的眼皮。接著她看見一條非常微弱的光線懸掛在她的面前。雪白的光芒彷彿在安慰希莉絲般，溫柔地撫過她淚濕的臉頰。

那道低沉的聲音再次向她低語道：

「不用怕，我不會讓妳受傷。」

灑落在身上的溫度，溫柔且和煦得令她難以置信。或許正因如此，淚水不受控地流出。

希莉絲拚命抓住黑暗中唯一的光芒，終於能夠慢慢地喘過氣了。漸漸地……眼前的黑暗開始消散。在一片白茫茫的視野中，她輕輕閉上眼，陷入沉睡。

「……希莉絲。」

伊克西翁緊緊抓著希莉絲的手，低頭看著失去意識的她。直到啜泣聲終於停止後，才傳來安穩的呼吸聲。

不久前，伊克西翁發現了蜷縮在走廊角落的希莉絲。原本狀態逐漸好轉的她，前陣子在審判場見到狄雅各．伊諾亞登後又再度嚴重惡化。

當伊克西翁看到獨自昏倒在漆黑走廊裡發抖、哭泣的希莉絲時，還以為她會就此停止呼吸。

「……」

伊克西翁看著希莉絲被淚水浸濕的蒼白臉蛋，不禁咬緊牙關。

原本像個破裂的水晶般勉強維持精神的希莉絲，在經過這次的事件後，好像被徹底粉碎了。她本來就滿身瘡痍，不久前又被自己的父親試圖勒死，那件事似乎再度對她的精神造成了偌大的衝擊。

每當伊克西翁看見這樣的希莉絲，便心痛得不知該如何是好。更何況這次讓她如此痛苦的不是別人，正是他的親生母親……

「小姐……！」

負責照顧希莉絲的傭人晚了一步才發現房間裡空無一人，急忙從走廊上奔跑而來。

伊克西翁用手指輕輕擦乾希莉絲還掛著淚水的眼角，接著抱起她癱軟無力的身軀。原本就消瘦的身體，輕得讓人感到窒息。

「立刻叫主治醫師過來。」

伊克西翁向傭人下達命令後，抱著希莉絲走過廊道。他觸碰希莉絲的手極為小心翼翼，就像抱著某種易碎品般，生怕將她弄壞。

今夜格外地漫長，彷彿永遠不會結束。

＊＊＊

「您現在到底在說什麼……！」

貝勒傑特的長老們聽見伊克西翁的通知後，驚訝地大喊道。

「竟然要約束芝諾前家主的力量，真是太不像話了！」

然而伊克西翁心意已決，即便看到長老們急得像熱鍋中的螞蟻一樣，也不可能回心轉意。

「哪裡不像話了？在貝勒傑特的家史當中，對控制力不足、有失控危險的家族成員進行約束的前例並不少見。母親還是家主時，長老會就一致通過，約束了施萊曼的能力不是嗎？」

「這……！那個半吊子能和芝諾前家主相提並論嗎？」

「哪裡不同了？」

長老們對伊克西翁的話表達了強烈不滿，隨後又被劃過他們背脊的聲音震驚，再次陷入沉默。

「他們不都無法控制自己的力量，可能失去理智地暴走嗎？」

「那個……」

「要是縱容她，導致無法挽回的後果，終究只會讓貝勒傑特的名聲掃地。在我眼裡，你們和被稱為半吊子的人沒有什麼不同。」

貝勒傑特的會議室裡頓時陷入了靜默。其實正如伊克西翁所言，這次芝諾的確做出了一連串引人側目的舉動，因此誰都無法輕易開口替她辯解。

「儘管如此……她還是伊克西翁家主的母親。但您卻要讓她承受這種羞辱嗎？」

「就是說啊，請您再考慮一下。」

還是有人不死心，試圖勸退伊克西翁。

「更何況，也沒有其他證據可以證明芝諾大人和伊諾亞登家主的逃獄事件有關，不是嗎？就算施萊曼的主張是真的……我認為同為貝勒傑特的一員，更應該掩蓋這個事實。」

「我同意。這次的事件不只攸關芝諾前家主，也可能使整個貝勒傑特蒙羞。」

長老們的反應完全在他的預期中，因此他一點都不覺得意外。然而聽著他們說這些話，仍然讓伊克西翁感到噁心。他用冰冷的目光掃視了會議室裡的所有人。

「大家都記得不久前發生在廣場上的事吧？」

「……」

「如果你們可以保證那種事不會再發生，再來我的面前開口。」

隨後，幾位長老的口中傳出了低聲呢喃。不久前在廣場上發生的驚駭事件，指的正是芝諾大規模屠殺「變異者」的事。

變異者首次出現的時間是在去年冬天。

當人們因爲由卡利基亞的血製成的異形怪物而陷入混亂與驚嚇時，他們突然出現了。變異者和異形怪物一樣，是在自願或非自願的狀況下，吸收了卡利基亞血液的一般人。

變異者具有會對擁有異能的人表現出強烈攻擊性的特徵。不過，與外在變異清晰可見的怪物不同，他們在第一次變異之前不會出現肉眼可見的症狀。

起初，四大家族並沒有很重視為數不多的變異者。就算一般人失去理智、出現攻擊性，殺傷力也比怪物小了許多。即使出現一兩個充滿殺意的人，也能被輕易阻止。

然而隨著變異者的人數增加，他們帶來的威脅也超出了原本的想像。最重要的是，這些危險人物不時會在日常生活中出現。因此就這點看來，他們可能比異形怪物更難對付。

在服飾店裡挑選衣服時，在隔壁房間燙衣服的店員突然跌跌撞撞地衝出來，試圖用熨斗攻擊客人的臉部；或是受邀到餐廳用餐時，坐在隔壁的貴族突然想用叉子攻擊別人喉嚨的事件層出不窮。

由於不知道哪些人可能在何時何地，經由什麼途徑喝下血液，因此也很難預先掌握有變異可能的人。

隨著大大小小的事件頻繁發生，的確有人因此受傷或死去。想當然，四大家族也再次陷入如何處理變異者的難題。

只要變異過一次並顯露出殺意的人，行為舉止就會像個瘋子一樣，無法恢復原本的理智。因此沒有立刻死在事發現場的變異者，都會被關進監獄中進行隔離。

有人主張人類無論如何都不是怪物，因此不能隨意殺死的觀點；也有人認為膽敢對四大家族造成威脅的人，理當被處以死刑，兩方論點的支持者之間存在著激烈的衝突。

就在眾人爭論不休時，芝諾在廣場上發起了大規模屠殺。她在廣場上放出大量的異能，並殺死了所有對她的異能有反應的變異者。

伊克西翁在接獲消息的瞬間趕往現場，隨後便被眼前慘不忍睹的畫面震驚到說不出話來。

雖然有許多人批評芝諾的行為，但四大家族中，偏袒她的人反而占大多數。而沒有任何一點異能的普通人，在如同掃蕩螻蟻般殺死變異者的壓倒性力量面前，只能感到無比的恐懼和憤慨。

因此現在外部形勢劍拔弩張，氣氛十分壓抑。

「但是伊克西翁家主，芝諾前家主之所以做出這種極端的行為，正是因為您的父親……」

「今天長老們的話特別多呢。我說的是芝諾前家主的行為太過分了。不知道你們是上了年紀，判斷力降低，還是耳朵聽不清楚了？本來還希望貝勒傑特可以有用一點，別讓我想要在我任內解散長老會。是我對你們的期望太高了嗎？」

長老們本想用伊克西翁的父親之前也死在其他變異者手中的論點替芝諾說話，但隨即又因為伊克西翁冷酷的話語而閉上了嘴。

伊克西翁從座位上起身，冷冰冰地俯視了面前的人們。

「大家似乎沒有什麼要說的了，今天的會議就到此為止吧。」

與此同時，希莉絲睜開了眼睛。

「……」

她的淚水被擦掉後，眼睛又腫又乾。躺著的地方也看不到時鐘，所以不知道現在幾點了。不過看了下透過窗簾縫隙灑入的陽光，應該是比平時傭人來叫醒自己的時間要晚上許多的午後。

「……好像有人整夜握著我的手，是我的錯覺嗎？」

希莉絲覺得今天心情意外地平靜，思緒也異常清晰。直到昨晚都還沸騰融化的心臟彷彿超越了臨界點，現在慢慢地變得寒冷。

希莉絲搖了搖擺在一旁的小搖鈴。響起幾聲後，便立刻有人推開了房門。

「小姐，您終於醒了！有覺得哪裡會痛或不舒服嗎？」

「我沒事，幫我準備洗澡水。」

傭人愣了一下，在希莉絲平靜的聲音中察覺到一股陌生感。她仔細一看，希莉絲的臉色果然也安穩得令人驚訝。從審判場回來後一直混亂的精神狀態消失得無影無蹤。不過是昨晚才發生的事，現在覺得彷彿只是一場夢。

「是，我立刻替您準備。」

傭人猶豫要不要向希莉絲說明昨晚發生的事，想了想還是決定保持沉默。她一邊幫希莉絲盥洗，一邊仔細觀察她的狀態。

值得慶幸的是，希莉絲似乎已經從衝擊中恢復平靜了。傭人鬆了一口氣，繼續幫希莉絲沐浴。然而她沒有注意到，希莉絲低頭看著浴缸裡的水時，眼神中沒有任何光芒。

「幸好她似乎已經恢復精神，今天也有準時用餐。」

「是嗎……真是太好了。」

正如傭人所言，希莉絲的狀態的確看起來比昨天好多了。她現在正在花園裡散步。

雖然體力還沒完全恢復且雙腿無力，所以她走路的速度緩慢，但在傭人的攙扶下，渾身冒冷汗的希莉絲依然沒有停下腳步。比起說是散步，說她像是在復健應該更準確，但傭人對於希莉絲能恢復精神還是感到很高興。

當然，伊克西翁並非不樂見希莉絲再次踏出房門，在審判場發生過的事件，以及昨晚在走廊上看見的景象從他眼前一閃而過，讓他不得不輕輕握起拳頭。

總覺得……她似乎在為下次能不被任何人抓住，順利逃跑做準備，這讓他感到相當不安。

伊克西翁踏出沉重的步伐，向希莉絲靠近。為了能立即處理今天在會議上宣布的事項，他不久前去見了芝諾。

不知道芝諾在想什麼，她竟然乖巧地聽從了伊克西翁的指示，令人十分驚訝。如長老們所言，這次的事件除了施萊曼的證言外，沒有其他明確證據能證明芝諾介入其中。只要她繼續假裝一無所知，沒有人能隨便處置她。

儘管如此，她還是選擇遵照伊克西翁的命令。說不定是因為她意識到，如果自己再惹出更多麻煩，伊克西翁就會強制將她關進狄雅各．伊諾亞登所在的監獄裡。

不久前，里嘉圖．伊諾亞登拜訪了貝勒傑特。考慮到里嘉圖沒有直接參與這起事件，所以他並沒有像狄雅各一樣被關進監獄。他目前只是和同父異母的妹妹加百列一起待在伊諾亞登宅邸中受監視。

里嘉圖對在審判場發生的事感到非常震驚，顯然，他也對狄雅各逃獄的事情一無所知。或許是後知後覺想起要確認妹妹的狀態，里嘉圖才苦苦哀求讓他見希莉絲一面。想當然，貝勒傑特無視他的請求，並將他趕走了。

拉近了一點距離後，希莉絲發現了伊克西翁正在走向她。當伊克西翁對上金色眼眸的瞬間，他發現自己現在有點忐忑不安。

看著希莉絲的臉龐離自己越來越近，他感覺到喉嚨處有一種輕微的灼燒感。伊克西翁一邊掩飾自己的狀況，一邊開口問道：

「妳的身體還好嗎？」

「還好。」

和在遠處看見時一樣，希莉絲用過於平靜的表情回答了伊克西翁的疑問。希莉絲身旁的傭人見狀，立刻退了下去。而就在伊克西翁打算再次張口時，希莉絲率先打斷他的話。

「我聽說這次審判場的事對貝勒傑特帶來很大的傷害。我的父親……」

雖然講話的過程中，她一度像是喉嚨被堵住般暫停了片刻，但隨後傳來的嗓音仍和她的表情一樣平靜得不可思議。

「……因為他害這種不光彩的問題一再發生，同為伊諾亞登的一員，我深感慚愧。」

看著這樣的希莉絲，伊克西翁和早上見到她的傭人一樣愣住了。希莉絲此刻的模樣和凌晨時的她實在相差甚遠，甚至讓人覺得詭異。而接下來這句話更是令人費解。

「這次事件結束後，我會立刻離開貝勒傑特，也會盡最大努力確保該給的所有賠償和謝禮。」

事實上，伊克西翁也想過希莉絲不可能像這樣永遠待在貝勒傑特。

雖然還沒確定狄雅各・伊諾亞登的處分，但無論如何都會讓他卸下家主的身分。如此一來，下一個家族繼承者就是希莉絲了。因此希莉絲現在說這些話一點也不奇怪。

但為什麼偏偏要現在說呢？

當然，貝勒傑特內部也有些人因為狄雅各・伊諾亞登的事件，對希莉絲投以厭惡的眼光。如果希莉絲是因此才在這個時候說出這些話，那麼他也可以理解。然而他總覺得事實並非如此。

雖然此刻的希莉絲是伊克西翁見過最理性又穩定的樣子……但是在伊克西翁眼中，這樣的希莉絲反而看起來比之前更加岌岌可危。

「妳怎麼突然說這些？」

伊克西翁感覺從剛才起就如影隨形的不安感沿著腳踝爬上身體，於是他向希莉絲低聲問道。

希莉絲不發一語，用乾澀的雙眼看著伊克西翁好一會兒。頭上樹葉的陰影遮住了希莉絲的半張臉，讓人難以看清她的表情。片刻後，希莉絲看向一旁，唇間發出呢喃：

「只是覺得現在……是時候整理好一切了。」

不知為何，在那瞬間伊克西翁感覺心臟似乎漏了一拍。雖然希莉絲所說的「整理」可能只是單純理清現況，或是指伊諾亞登內部的整頓……但一股不祥的預感頓時掠過伊克西翁的後頸。

「……整理什麼？」他用更低沉的聲音問，卻沒有等到回答。

希莉絲別開目光，只是靜靜地背對花叢站著，彷彿立刻就要消散在陽光中。

伊克西翁有些衝動地向希莉絲伸出手，指尖隨即碰觸到在陽光下也依然毫無血色的臉龐。

希莉絲瞬間愣了一下，再度將視線轉向伊克西翁，但他並沒有收回手，反而用連自己都感到訝異的迫切眼神回望希莉絲。

他煩惱了數日究竟該不該告訴希莉絲，幫助狄雅各・伊諾亞登逃獄、害她再次受傷的罪魁禍首就是自己的母親。而且說不定……

雖說這只是猜測，事實上他連想都不願意想……說不定那還不是全部的真相。不過歸根究底，他現在也是出於私心，才會一句話都沒告訴希莉絲。

不久前在內心逐漸累積的焦慮和不安，在和希莉絲四目相交的那刻膨脹到了極限。伊克西翁的手輕輕地觸碰希莉絲皮膚上的紅痕，隨後伸進她的髮間，撫著她耳下的頸側肌膚。

伊克西翁不給她任何反應時間，歪著頭向她靠得更近。那一刻，時間彷彿靜止了。

然而希莉絲隨後碰觸到的不是溫熱的嘴唇，而是一股細微的呼吸。

伊克西翁在嘴唇即將碰到希莉絲之前停下動作，一動不動地調整好呼吸後，他才緩緩地開口：

「……妳現在還沒完全康復，那個問題之後再慢慢想就好。」

伊克西翁將手收回，原本靠向希莉絲的頭也再次向後退了回來。

「如果妳還想散步的話，我也想繼續陪妳。」

「不……不了。」

聽見伊克西翁若無其事說出的話，希莉絲這才終於鬆了一口氣，並且回答他。

由於和伊克西翁的距離還是很近，使她不自覺地向後退了一步。伊克西翁見狀，隨即抓住了希莉絲的手，阻止她繼續後退。

他只是稍微抓住希莉絲的手腕，沒有絲毫強迫的意圖，然而希莉絲卻像落入陷阱般動彈不得，她感到既困惑又暈眩。

希莉絲無法再離伊克西翁更遠，也無法更加靠近，只是站在原地看著地上的影子。

「那時……」

不久後，希莉絲微微顫抖的雙唇間發出了一點聲音，她似乎有話想說。

「你在審判場沒能跟我說的話，請現在告訴我吧。」

伊克西翁低頭看著希莉絲。

「希望你可以跟我說，我被關在伊諾亞登的期間，外面發生了什麼事。」

伊克西翁輕輕地點頭表示同意。隨後伊克西翁的手從希莉絲的手腕滑落，碰觸到她的手背，然而在他的握得更緊前，希莉絲便先一步將自己的手抽出。

伊克西翁看向再次從他身上移開目光的希莉絲。

希莉絲走在前面，而伊克西翁則是安靜地跟在她後方。希莉絲走路的步伐和速度都比他慢得多，因此需要花上一段時間才能走出花園。

一路上，伊克西翁一次也沒有催促過希莉絲，反而還放慢速度配合她。

兩人就這樣緩緩走回屋裡。

那天夜裡，伊克西翁又在走廊上發現了希莉絲。

「家、家主大人……」

躲在距離希莉絲一段距離外徘徊的傭人在看見伊克西翁後，著急到哭了出來。

傭人一直按照醫生的吩咐，仔細照看著希莉絲。就算所有人都已經入睡，她仍守在希莉絲的房間外，因此她也立刻就發現了希莉絲在半夜離開房間。

一開始她猜想希莉絲是因為有要事才會走出房間，但仔細一看才發現，她的雙眼和昨天一樣無神。

傭人不知該如何是好，所以先小心翼翼地呼喚她的名字，並且緊跟在後。然而希莉絲對她的接近做出了強烈的反應，她聽見細微的腳步聲後，嚇了一大跳，便開始踉踉蹌蹌地朝聲音傳來的反方向移動。

慌張的傭人下意識追上，希莉絲的腳步卻也變得更快。

其實如果傭人有意要抓住她，當然也能跟上她的速度。但是當傭人看見希莉絲絕望的神情時，卻不忍心靠她更近，但又不能放任她不管。就在傭人不知該如何是好時，伊克西翁正好出現了。

伊克西翁剛好也想起昨晚的事，所以才走出房間。當又再次像昨天一樣發現徘徊在走廊上的希莉絲，他的表情不由得變得凝重。

「啊！小姐……！」

就在此時，不知不覺間走到樓梯口的希莉絲突然絆了一下。

幸好伊克西翁及時抓住了差點跌下樓梯的希莉絲，而她無力的身軀順勢倒在了伊克西翁的懷中。

那一刻，希莉絲倒抽了一口氣，彷彿受到驚嚇般，扭動著全身。

伊克西翁感受到耳邊傳來起伏不定的喘息聲和斷斷續續的啜泣聲，反射性將懷中奮力掙扎的身軀抱得更緊。斗大的淚珠就這樣滴落在伊克西翁的肩上。

滾燙的淚水沾濕了他的衣服，像一道永遠無法抹滅的汙漬，滲入更深的地方。

在那瞬間，伊克西翁的雙眼茫然若失地微微顫抖了一下。

希莉絲仍然哭著掙扎，似乎想甩開他逃向某處。她瘦弱肩膀上背負的沉重陰影，今天顯得格外幽黑，讓人無法看清它的盡頭。

環抱著希莉絲的雙臂暫時放鬆了力道，伊克西翁不知道比起繼續這樣抱著她，是不是該放開她才對。

伊克西翁緊咬著唇，將手移到希莉絲的後腦勺，接著再次將她抱緊，靠著她的頭開口說道：

「不要怕。」

安靜的走廊上響起低沉細語。

「不要怕，我不是來傷害妳的。」

他一邊輕拍著希莉絲的背，像是在安撫她一般，不斷在她的耳邊低聲說道。

「對不起，嚇到妳了。但我不會做讓妳害怕的事，也不會讓妳受到傷害。所以不要怕。」

伊克西翁就這樣不停地說著。

「這裡沒有人會傷害妳。我不會讓那種事發生。」

直到這些話傳遞到希莉絲心裡為止。

「不要怕，希莉絲……」

過了一段時間後，懷中的顫抖才終於一點一點地平靜下來。彷彿獨自在噩夢中徘徊的急促呼吸，也逐漸變得平穩。

和昨天一樣，希莉絲緊靠在伊克西翁身上，像睡著般安靜地閉著眼。即使在無意識的狀態下，她的手仍緊緊抓著伊克西翁的衣襬，好像那是唯一能讓她依靠的東西一樣。

「家主大人……」

站在遠處不知該如何是好的傭人，小聲地叫了伊克西翁。然而她始終沒有得到伊克西翁的任何指示，只好識相地默默消失在走廊盡頭。

在寂靜的走廊裡，伊克西翁將希莉絲抱得更緊了。靠在希莉絲臉龐上的肩膀還很濕潤。

伊克西翁比任何時候都更加確信，至今為止的記憶，永遠不可能從希莉絲的腦海中消失。因此就算她說了沒關係，實際上也並非如此。

雖然早已知道這個事實，然而當如此赤裸的現實呈現在自己眼前時，仍讓他痛苦得像是吞下了一根針。

是他太過大意了。他認為只要將對希莉絲造成痛苦的狄亞各．伊諾亞登從她的視線中剷除，讓她再也見不到對方，事情就算暫且告一個段落了。在那之後，只要他在希莉絲身旁撫平她的傷痕的話……

可是，真的是如此嗎？說不定一切都是他太自以為是了呢？

「只是覺得現在……是時候整理好一切了。」

白天時聽到的模糊聲音悄悄在耳邊響起，他覺得自己似乎和那個聲音一起沉入了深水中。

伊克西翁懷著被燃燒得焦黑的心，將臉靠在希莉絲被淚水浸濕的臉頰上。她的臉龐傳來一股冷冽的氣息。

他不斷苦惱著自己能為她做什麼，以及自己應該為她做什麼。唯一可以確定的是，不能就這樣將希莉絲送到他看不見的地方。

若是他這麼做，希莉絲可能會從他無法觸及的地方永遠消失。想到這，一股隱約的不安和恐懼便沿著他的背脊向上攀升。

伊克西翁捧起希莉絲緊緊抓住他衣襬的手，在她的手上落下一吻。嘴唇觸碰到的地方傳來的冰冷氣息，彷彿也凍結了他的胸口。

＊＊＊

從睡夢中甦醒的希莉絲再次變回異常平靜又安穩的狀態。然而只要一到夜裡，她就會走出房門，在走廊上徘徊。每當此時，伊克西翁總會將希莉絲送回房間裡。

醫生說再持續觀察一段時間比較好，同時也小心翼翼地補充說明，最好不要告知希莉絲她的病況。

畢竟每當出現問題，希莉絲總是傾向於強烈地指責自己。因此醫生認為，若是讓她知道自己現在的情況，可能會使病情更加惡化。伊克西翁也同意醫生的想法，於是禁止傭人們向希莉絲提及晚上發生的事。

「維奧麗塔小姐的生日？」

然而就在某天傍晚，希莉絲從傭人無意間說出口的話中得知，現在卡利基亞正在舉辦維奧麗塔的生日派對。

「其實維奧麗塔小姐的生日已經過了。」

原本傭人並不打算告訴希莉絲這件事。然而，在她轉達伊克西翁會晚點回來的消息時，不小心脫口而出了。

傭人將注意力集中於對希莉絲保守另一個祕密，因此疏忽了這點。當她意識到自己說錯話也為時已晚，說出口的話已經無法收回了。相反地，傭人像是找藉口般補充道：

「畢竟現在局勢也不穩定，他們可能只想低調地度過吧。不過卡利基亞內部有人主張，越是這種時候，該辦的事就更該照常舉辦。因此儘管簡陋，也還是舉辦了一場小型宴會。」

所以伊克西翁才會短暫出席，晚點回來。

「不過家主大人真的只是去露個面就回來了，小姐不用太在意這件事。他也說了會回來用晚餐。」

從不久前開始，伊克西翁便更加注意，不讓希莉絲獨自一個人。當他不在時，傭人們也會代替他，比之前更細心地照料希莉絲。

「這樣啊……原來是維奧麗塔小姐的生日。」

希莉絲茫然地看著床外逐漸西下的太陽，小聲地說道。她不是在說給傭人聽，只是自言自語而已。

看見希莉絲略為異常的神色，讓傭人也感到有些尷尬，心想自己是不是說了不該說的話。

這時，希莉絲突然站起身。

「那我得在派對結束前去向維奧麗塔小姐道賀才行。」

緊接著，希莉絲的口中再次流淌出莫名平靜的聲音。

「什麼？您現在要去卡利基亞嗎？」

傭人驚訝地問道，但希莉絲不發一語地走出房間。

無論追趕在後的傭人怎麼阻止希莉絲都沒有用，她似乎也沒聽見傭人說必須提前通知伊克西翁，以及至少先換件衣服再去的話。

希莉絲看起來整個人魂不守舍。站在傭人的立場，除非希莉絲自己改變心意，否則她也沒有辦法完全攔住希莉絲。

最後，傭人只能趕快託人去通知已經在卡利基亞的伊克西翁，然後和希莉絲一起坐上了馬車。既然阻止不了她，那就更不能讓希莉絲獨自前往，因此傭人也只好同行。

傭人忐忑不安地觀察著希莉絲的神情。事實上，就算只是為了符合形式，現在無論如何都不是卡利基亞舉辦宴會的合適時機。

從希莉絲的立場來看，又更加令人無言了。畢竟那不是其他家族，而是卡利基亞。他們竟然在這種情況下舉辦生日派對？

只要想到希莉絲因為卡利基亞內部而受了多少苦，就算她對剛才聽見的消息感到不悅也情有可原。更何況，前陣子才剛因為狄亞各．伊諾亞登的逃獄而在審判場引起了軒然大波。

其實正因如此，維奧麗塔才會選擇低調，不像往年那樣舉辦盛大的生日派對。然而卡利基亞的其他人卻認為家族內外的氣氛都過於沉重低迷，因此主張就算晚了一點，也要為維奧麗塔舉辦慶生活動，當作是轉換氣氛。

不久前，泰爾佐和長老會因為犯下了不可饒恕的重罪，被逐出了卡利基亞。他們和黛博拉．蒙德納一同被判刑，將被監禁於王之宮殿的地下監牢到死為止。

因此儘管維奧麗塔認為必須負起道德上的責任，其他親戚仍一致認為她無需為此感到內疚。再加上維奧麗塔的姪子馬格被禁止外出的那段期間，只能待在宅邸裡，變得不愛說話，終日鬱鬱寡歡，因此對馬格心軟的維奧麗塔只好選擇讓步。

就此看來，剛才傭人絕不是為了包庇維奧麗塔才憑空捏造藉口。不知該說是幸運還是不幸，希莉絲的表情依然平靜得讓人覺得詭異。

事實上，希莉絲也不太清楚自己現在究竟在做什麼。只是在聽見傭人提到卡利基亞的瞬間，產生了要過去那裡一趟的衝動。

然而她不是像剛才說的，為了替維奧麗塔慶生才去的。那麼是為什麼呢？

希莉絲看向馬車外的目光依然混濁而無神，她彷彿仍獨自行走於夢境中。

「希莉絲！」

就在馬車剛駛出貝勒傑特的大門時，有人跳了出來。受到驚嚇的馬匹發出了叫聲。

「希莉絲，終於能看到妳了……！稍微和我聊聊吧！」

那個人正是里嘉圖。在馬夫安撫馬匹的同時，里嘉圖突然衝過來，試圖打開馬車的門。

「里嘉圖．伊諾亞登！我們應該說過，如果你再出現在貝勒傑特大門前，我們不會給你好臉色看的！」站在大門前的護衛們先行阻止了他。

久違地見到里嘉圖，他如今的模樣慘不忍睹，任何一個認識他的人看到他肯定都會被嚇一跳。原本整潔華麗的貴公子形象早已消失殆盡，他現在全身邋遢到就連希莉絲都一時沒認出他來。

「希莉絲……！妳好好跟貝勒傑特的家主談談吧！」

里嘉圖被護衛們抓住後，只好著急地朝馬車裡的希莉絲大喊道。

「再這樣下去就別無他法了！說不定父親真的會一輩子被關在監牢裡！因為妳……！因為妳，我們伊諾亞登有可能會就此衰敗！」

希莉絲看見里嘉圖一邊絕望地大喊，一邊被拖走樣子。

「但是如果妳替父親求情，說不定事情還有轉圜的餘地！所以快說妳會原諒父親，說妳不希望他受到懲罰……！」

「還不快閉嘴！」

最終，里嘉圖被護衛們壓制，無法繼續說下去。希莉絲冰冷僵硬的雙手放在膝蓋上一動也不動，彷彿已經和膝蓋合而為一。

「希莉絲……！」

希莉絲透過馬車上的小窗戶看著里嘉圖，愣愣地想——真奇怪。哥哥的臉怎麼會看起來如此噁心？

她連從他口中發出的聲音都不想聽。久違地出現，竟然只說了那種話嗎？諷刺的是，至今為止，他連一次都不曾為了希莉絲發出那麼大聲的嘶吼。

希莉絲的手緩緩地動了。

「等等，希莉絲！等一下……！」

如果是以前的話，希莉絲一定會感到過意不去，立刻開門跑向里嘉圖。然而現在的她卻選擇將窗簾拉上，擋住自己的視線。

一旁的傭人反應迅速，立刻大喊讓馬車重新出發。在馬車後方，一再傳來呼喊著希莉絲的聲音。

「這不是小姐的錯，別將那些廢話放在心上。」

傭人握著希莉絲寒冷如冰的手，輕聲說道。而希莉絲的眼神仍看向緊閉的窗簾，像是還看著窗外的某物。

馬車繼續前進，不久後便抵達卡利基亞。

維奧麗塔的生日派對已經開始了。卡利基亞的管家得知希莉絲來訪的消息後大吃一驚，連忙去找維奧麗塔。其他傭人看見希莉絲，也感到十分困惑。

畢竟是小型派對，賓客的確不多。但是從家中的華麗擺飾和隱約傳來的悅耳音樂，便可知道宴會在如火如荼地進行中。

在傭人們陷入一陣混亂的同時，希莉絲像是著了魔，朝著依稀傳來人們笑聲的地方走去。

她的行為可以說是不請自來，即便如此，其他人又能拿她如何呢？

「感謝各位出席今日的宴會。」

突然間，音樂停止了，取而代之傳來的是熟悉的嗓音。維奧麗塔正在向百忙之中撥空出席宴會的人們致謝。

匆忙走進宴會廳的管家沒有將門關好，因此在走廊上也能清楚地聽到裡面的聲響。

維奧麗塔說她原本無意舉辦此次宴會，但是她必須向去年在她的生日時，將馬格送回卡利基亞的貝勒傑特家主表示感謝，因此才另外舉辦了這場活動。

她也補充道，若能收到更多人的祝福一定會很高興，奈何現在時機不恰當，讓她不得不只邀請少數人，並為此感到可惜。

最後的敬酒詞則是獻給她的姪子，也就是卡利基亞的繼承者馬格。

從貝勒傑特跟來的傭人坐立難安地看著希莉絲的背影，並在宴會廳外的走廊上反覆尋找伊克西翁的身影。剛才先抵達的傭人應該要找到伊克西翁了，此時卻不見他的蹤影，難道他已經進到宴會廳裡，向伊克西翁傳話了嗎？

在伊克西翁出現前，希莉絲便先透過敞開的門縫看見了裡面的人歡笑暢談的模樣。那瞬間，希莉絲停下了像是著魔般想推開門的動作。

她最先看見的是站在位子上高舉酒杯的維奧麗塔。

維奧麗塔在希莉絲面前總是擺出一副神情凝重的模樣，然而此刻的她看起來卻一派輕鬆。這是希莉絲第一次看見維奧麗塔笑得這麼燦爛，彷彿已經擺脫了一切重擔。

就連現在被維奧麗塔輕輕抱在懷中的孩子，也露出天真燦爛的笑容。

彷彿吸收了所有光芒的雪白髮絲，以及和維奧麗塔神似的深綠色瞳孔，那孩子正是馬格．卡利基亞，同時也是在漫長的時間裡，為希莉絲帶來絕望痛苦之血的主人。

稚嫩的臉龐看起來天真無邪，圓潤白皙的臉頰也無比惹人憐愛。在希莉絲的眼中，馬格．卡利基亞看起來就像個對世界的骯髒、醜陋一無所知的孩子。

維奧麗塔說完敬酒詞後，用充滿愛意的手輕撫馬格的頭髮和臉龐。接著馬格閉上眼，笑得更開心了。

希莉絲的雙眼眨也不眨地盯著他們，並且感受到和剛才看見里嘉圖時類似的想法——好奇怪。那些人為什麼笑得如此開心呢？到底是什麼讓他們那麼快樂？

看著他們在宴會廳裡面的樣子，愚鈍的腦袋不斷冒出無法理解的想法。

去年首次出現後，一度掀起軒然大波的怪物們，全都是由被注射卡利基亞之血的動物和人類變異而成。不只相貌猙獰，對異能的高度防禦力也使得牠們成群出現在狩獵祭時，造成了相當慘重的傷亡。

在那之後，異形怪物偶爾也會突然出現，偷襲人類。牠們出沒的地點和時間都毫無規律，因此每次出現總會造成極大的傷害。

之後，新型的變異者也出現了。普通人變成只剩下殺意的怪物並針對四大家族攻擊，而四大家族也憤怒地懲罰他們。類似的事情反覆發生，衝突越演越烈，雙方的關係也逐漸惡化。

這一切都始於卡利基亞之血。

如今，只有一個卡利基亞人能製造出受詛咒的寶玉，那就是馬格．卡利基亞。因此不管是否出於自願，也無法否認造成這麼多受害者的原因就是他的事實，然而所有人卻只用善良且溫柔的眼神看著那個孩子。

也是，馬格．卡利基亞是家族裡睽違了數代首次出現擁有異能的繼承者，因此他對所有卡利基亞人而言都很珍貴。而對變異事件感到不滿的人，打從一開始就不會受邀前來了，唯獨希莉絲是在場的不速之客。

看見人們在宴會廳內歡笑的瞬間，埋藏在希莉絲荒涼的內心深處的黑色種子隨之萌芽。

希莉絲原本不是盼望他人遭遇不幸的那種個性。起初維奧麗塔向希莉絲傾吐內心的愧疚時，她是真心認為對方不用感到抱歉。至今為止，她連一次都不覺得卡利基亞的人應該一輩子向她贖罪。

不久前，當她從伊克西翁口中聽說除了她之外還有許多受害者時，她的想法依然沒有改變。因為她知道錯的是惡意利用卡利基亞之血的人，而不是維奧麗塔和馬格。

但是為什麼呢？她現在突然覺得那些人若無其事地笑著的模樣並不妥當。

根據伊克西翁所說，馬格．卡利基亞並不知道有人因為他的血液受害。他的年紀還小，因此維奧麗塔和其他卡利基亞人都小心翼翼，不讓這種凶惡的事情傳入馬格的耳中。

聽到這個說法後，希莉絲也接受了。畢竟孩子還小，必須保護他不因這種醜聞而受到驚嚇。

可是……此時看著馬格的希莉絲，心中開始湧出一股密密麻麻、難以言喻的黑暗情緒。

「那個孩子還真好啊。」

原本哭著對希莉絲說自己感到無比的罪惡和愧疚的維奧麗塔，現在卻將寶貝的孩子抱在懷中，露出幸福洋溢的笑容，彷彿已經完全遺忘了希莉絲，就好像她當初在希莉絲面前哭訴的內容只是謊言而已。

「還真好啊。」

有人在那孩子的身旁向他傾注盲目的愛意，保護他不受任何傷害，還真是好呢。

希莉絲的身旁完全沒有這樣的人，所以……所以她的人生才會變得像一條被撕得四分五裂的破布。那孩子不知道自己害許多人受苦，所以才能天真無邪地笑著，她真的好羨慕那孩子。

每天被迫吞下那毒藥般的血液，或是被強行注入血管中，感受身體融化、骨頭扭曲的痛苦日子，他們知道嗎？

當然，其實希莉絲也很清楚，那個孩子一點錯都沒有。然而，這種理性的想法此時早已從希莉絲的腦海中蒸發，消失得無影無蹤。

打從一開始留下問題血液的就是卡利基亞，接著用血液迷惑她的父親，讓希莉絲飽受痛苦的也是卡利基亞，全都是卡利基亞。

但你們現在怎麼能笑得如此開心？我……至今仍被獨自留在這個漆黑的世界裡徘徊掙扎。

卡在她心底如血塊般的有毒情感從體內深處的傷疤中湧出，在一瞬間籠罩了希莉絲的內心。以此為養分長出的尖刺，也將她自己刺穿，向外延伸。

自從出生起，她的人生總在蠶食自己的內心，如今她已被傷得體無完膚了。既然如此，她只好將傷害自己的手向外伸出。

這是希莉絲這輩子第一次怨恨自己以外的人。

之後發生的事，她記不太清了。希莉絲只記得說完敬酒詞後，從管家那聽見某個消息的維奧麗塔臉色變得慘白，然後急急忙忙地拄著枴杖走向門前的樣子。

「啊啊啊……！誰快來阻止她！」

「立刻叫人過來！」

耳邊突然充斥著吵鬧的聲響。不久前還流淌在溫馨環境中的平靜氣氛被打破，一股疼痛滲入她的皮膚。

「小、小姐……！」

此時的她是否因為緊緊勒住手中的纖細脖子而感到喜悅呢？或是因緊貼在手掌下大力跳動的脈搏而感到解脫呢？

「維奧麗塔小姐！」

就在這時，不知從何而來的粗暴力量將希莉絲推倒在地，比起疼痛，希莉絲反倒是先為握在手中消散的溫度而感到可惜，緊接著才後知後覺地意識到自己的處境。

不知不覺間，人群進入她模糊的視野中。這時，希莉絲看見了一個和她一樣倒在地上的女人。

凌亂的金髮、水汪汪的綠眸，呼吸急促，雙手顫抖地摸著脖子……

那一刻，腦袋中的濃霧逐漸散去，希莉絲終於意識到自己剛才做了什麼。她用雙手勒住了維奧麗塔的脖子。就像身為父親的狄雅各對她做的一樣。

震驚、恐懼和困惑開始從她瞪大的雙眼中蔓延開來，乾燥的嘴唇彷彿痙攣般微微抽動。她下意識移動身體，卻只能感受到壓在背上的手加大了力道。

或許是因為胸口受到壓迫，明明剛才是維奧麗塔被她勒住脖子，希莉絲卻感覺自己才是被攻擊的那方，呼吸變得粗重急促，耳邊也傳來令人暈眩的嗡嗡聲，地板上滲出的寒意更是使她全身顫抖。

伊克西翁也在此時進入了宴會廳。他原本只打算上樓見卡利基亞的家主蕾妮一面，之後雖然不甚情願，但還是決定在離開前露個面，於是前往宴會廳。

在希莉絲離開貝勒傑特前，先被派往卡利基亞告知消息的傭人在趕路時遇上了交通意外，因此比希莉絲搭乘的馬車更晚抵達。儘管他之後已盡快趕往宴會廳，仍然還是在現場發生混亂的當下才通過卡利基亞的大門。

總而言之，伊克西翁在毫不知情的情況下前往宴會廳，並發現裡面傳來了騷動。走進宴會廳的瞬間，他看見了令人震驚不已的畫面——希莉絲被強行按倒在地的模樣映入伊克西翁的眼簾。

「這是在做什麼！立刻放手……！」

希莉絲一聽見迴盪在宴會廳裡的憤怒嗓音，便立刻認出了聲音的主人。

下一秒，原本壓制著希莉絲的人們發出一聲短促的慘叫，狼狽地從她身上離開。緊接著，一道急促的腳步聲向她靠近，然而希莉絲依然只是倒在地上發抖，不敢抬起頭。

如同在王之宮殿的審判場一樣，這次伊克西翁也朝希莉絲跑來了，但是情況卻和上次不同。

撐在冰冷的大理石地板上的手抽動了一下。儘管是無意識做出的舉動，手中握過瘦弱脖子的感覺卻鮮明得讓她起雞皮疙瘩。頓時，她覺得自己醜陋不堪。

比起因為卡利基亞之血而變成怪物，此刻的自己可怕多了。她一想起剛才自己做的事，便感到噁心反胃，只好用顫抖的雙手慢慢地遮住臉。

「希莉絲！」

不久後，伊克西翁的手輕輕摟住希莉絲的肩膀。當他發現指尖碰觸到的身軀如淋雨的小鳥般不停的顫抖時，藍色的眼眸中燃起了熊熊烈火。

「這到底是什麼不像話的情況？竟然一群人一起壓制一個身分明確、手無寸鐵的弱女子，卡利基亞什麼時候開始會做出這種無法無天的事了?!」

「這是誤會，貝勒傑特家主！剛才那個女人勒住了維奧麗塔的脖子！」

一聽到維奧麗塔的堂兄弟文森的大喊，伊克西翁頓時像遭到雷擊般，渾身無法動彈。沒過多久，他因為不敢置信而凍住的雙眼才開始轉動，他的眼中原本只有仍在他面前顫抖的希莉絲，此時終於再次抬起目光。

現在他才看見宴會廳如今的光景。維奧麗塔倒在距離希莉絲不遠處，透過人群隱約看見她的模樣，的確狼狽得像是被人襲擊過。

「阿、阿姨……」馬格不知何時跑到維奧麗塔的身邊，抱著她大哭。

除此之外，伊克西翁又看見了另一張熟悉的臉龐，那是貝勒傑特的傭人，此刻正癱坐在希莉絲身旁。

她在伊克西翁來之前，獨自阻止那些彷彿要捕獲一隻危險獵物般，粗魯地對待希莉絲的人們。當她聽見文森剛才對伊克西翁說的話後，也只是絕望地流下眼淚，完全沒有否認。

「……別看。」這時，他的下方傳來一個微小而破碎的聲音。

伊克西翁下意識更大力地摟住希莉絲的肩膀，但她卻抗拒地緊緊蜷縮起身體。隨後，一道受到驚嚇的絕望哭喊聲，從她遮住臉龐的雙手之間傳了出來。

「不要看……不要看我……！」

近似於哀號的哭喊在伊克西翁耳中聽起來就像是悲鳴。他頓時愣住了，輕撫著希莉絲的手也不自覺停下。

「不、不要……不要看。嗚嗚、呃、不、不要看我……不要！不要啊……！」

希莉絲一邊哭個不停，一邊像是著魔般重複著同樣的話。她似乎失去了一切能夠保護自己的辦法，連一點基本的防禦能力都沒有，只能將隱藏在內心最脆弱的部分毫無防備地暴露出來。

在伊克西翁等人眼前，這名失魂落魄的女子，如今已讓人無法分辨她是「希莉絲．伊諾亞登」。

親眼目睹這副淒慘畫面的伊克西翁感覺自己的脖子彷彿被套上了繩索，並且正在被拖進深不見底的泥淖中。

希莉絲不想讓任何人看見自己這般悲慘、丟臉、醜陋又崩潰至極的模樣，尤其是不想讓伊克西翁看見。然而她已經沒有可以躲藏或逃跑的地方了，整個世界就像座名為地獄的監牢，將她囚禁在其中。

希莉絲無法控制這種撕心裂肺的絕望，她現在比任何時刻都希望自己從這世上消失。

伊克西翁冰冷皎潔的目光暫時從希莉絲身上移開，落在維奧麗塔身上。對方同樣也以蒼白的臉龐看向希莉絲所在之處，她的脖子上有個和希莉絲手掌大小一樣的紅色手印。

伊克西翁和維奧麗塔是老朋友了，就算不是如此，在這種狀況下，比起關心希莉絲，伊克西翁也更應該優先考慮維奧麗塔的立場。如果是過去，他一定會這麼做。

然而現在伊克西翁腦海中卻只有一個人，就連他自己也對此感到驚訝。

颼颼颼！

出現在空中的黑色碎片包圍著伊克西翁，遮住額頭的黑色髮絲也因為周圍的風而被吹起。

伊克西翁再次向希莉絲伸出手，在感受到溫度的瞬間，希莉絲便反射性地扭動身軀，試圖逃離他。然而伊克西翁並沒有放開她，反而更堅定地將希莉絲緊緊抱在懷中。

「等等，貝勒傑特家主！請等一下……！」

當人們意識到伊克西翁打算帶希莉絲離開這裡時，紛紛跑上前阻止他。

啪！

然而下一秒，一股更加猛烈的暴風擋住了他們的去路。

「貝勒傑特會對今天發生的事負起所有責任。」

堅定而筆直的目光被那些閃亮又破碎的異能碎片遮住，希莉絲狼狽不堪的模樣也完全被黑色碎片遮擋，連她一根髮絲都看不見。

「因此，這個人就由我帶走。」

單方面留下如此冰冷的告知後，伊克西翁和希莉絲便化為散落一地的黑色碎片，徹底從宴會廳中消失。

＊＊＊

「要將她關起來才行！」

「四大家族的成員就算吃下卡利基亞之血也不會變異不是嗎？但她竟突然充滿殺意地攻擊維奧麗塔小姐！」

「這麼說來，希莉絲．伊諾亞登不是長期服用了卡利基亞之血嗎？」

「如果原本的假設出錯，四大家族也無法避免變異的話，就這樣放著希莉絲．伊諾亞登不管會很危險！」

「但她和其他變異者不同，之後也沒有一直處於失去理性的狀態吧？」

「既然這次表現出了攻擊性，那麼她之後也可能像其他一般人一樣變異，因此現在將她監禁起來觀察比較……！」

希莉絲攻擊維奧麗塔的事件再次引起騷動。她成為不速之客，突然闖入宴會廳的反常行為，和現在眾人加倍警惕的變異者的舉動非常相似。

大家也早已知道希莉絲．伊諾亞登因為父親狄雅各．伊諾亞登的緣故，長期以來都一直被迫服用卡利基亞之血。至今為止，大家都認為卡利基亞之血只會削弱四大家族的力量，並不會使他們像普通人一樣失去理性，所以才沒有對希莉絲特別保持警戒。

正因如此，這次在宴會廳發生的意外，才會讓眾人感到更加驚慌。眾人本來就因變異者而頭痛不已，這次的事件更是引起了大量反對的聲浪。

「我打算向貝勒傑特抗議。」

「沒錯，竟然隨心所欲將造成維奧麗塔小姐危險的女人帶走！」

此外，那天私自將希莉絲·伊諾亞登帶離宴會廳的伊克西翁也有問題。

「儘管卡利基亞之血的確有問題，但這和她的行為是兩回事。更何況這不是件小事，雖然沒有成功犯行，但她不就是打算殺了維奧麗塔小姐嗎？在這種情況下，貝勒傑特家主做出的行為顯然是越權了！」

「我們必須要求貝勒傑特立刻交出被他藏匿的希莉絲·伊諾亞登才行！」

伊克西翁將希莉絲帶回貝勒傑特保護，讓別人連她的一根汗毛都動不了。卡利基亞則表示，他們不能對這件事坐視不管，並且要求貝勒傑特將希莉絲交給他們。

「你們還真是厚顏無恥。」

然而，伊克西翁反倒冷酷地喝斥他們。

「都說卡利基亞不會輕易忘記恩怨，難道你們只重視他人為自己帶來的傷害，而忘了自己對他人造成的怨恨嗎？」

聞言，卡利基亞的人們頓時成了啞巴，伊克西翁一副不想再與他們打交道的樣子，留下犀利的話語後便轉過身。

「這次的事件，我會親自和維奧麗塔談，你們都滾吧。」

就這樣，在維奧麗塔和伊克西翁單獨見面後，事件就此簡單地告一段落。

「這次的事就當作沒發生過，同時對當時現在場的人下達封口令，避免外界傳出不實的傳言。」

聽見維奧麗塔這番話，卡利基亞的成員們紛紛表示抗議，雖然維奧麗塔的態度依舊堅決。但接著又出現了以別的理由，要求交出希莉絲的主張。

「儘管我們不會就這次的事件向希莉絲．伊諾亞登追究，但我們還是要確認她是否因為變異才做出那種行為。」

「那不是變異。正如你們所知，希莉絲．伊諾亞登確實有憎恨卡利基亞的理由。所以你們也別再針對她了。」

這次維奧麗塔也堅定地回應道。她並不認為袒護希莉絲的伊克西翁冷漠無情。

當時在宴會廳裡聽見的希莉絲的哭聲，至今仍縈繞在她耳邊，令她心痛不已。雖然她沒有親眼看到，但希莉絲本人似乎對於勒住維奧麗塔脖子這件事感到更加震驚。那時她顯然已經完全崩潰，在她旁邊的人們也無不感到驚嚇。

維奧麗塔沒有絕情到會怨恨這樣的人，她的良心也不允許她這麼做。

「但這還不能確定不是嗎？」

這次儘管維奧麗塔開口勸阻，他們也沒有輕易放棄。

「維奧麗塔大人，這件事必須明察秋毫才行。」

「希莉絲．伊諾亞登是擁有異能的四大家族直系後代。若是不小心，說不定會比變異的一般人帶來更大的傷害。」

「這是第一次發現四大家族內也可能出現變異者，既然情況如此特殊，我們更該先將她和外界隔離，謹慎地進行長期觀察才行。」

變異同樣是維奧麗塔無法輕易無視的問題，因此她從那時起也陷入了苦惱中。

最後，由於無法忽視夾雜著對現實擔憂的意見，維奧麗塔還是聯絡了保護希莉絲的貝勒傑特家族。

可惜伊克西翁直到最後都不肯妥協，隨著時間流逝，情況也逐漸惡化。

「希莉絲．伊諾亞登現在就像顆不定時炸彈，貝勒傑特沒有理由繼續保護她。」

貝勒傑特的家臣和長老們也加入其中，對伊克西翁施壓的聲音越來越大。

「不久前，伊諾亞登寄來了一封正式信函。」

伊克西翁無視了一看見他回到家，便蜂擁而上的長老們。

然而他們依然追著伊克西翁繼續說：「信中表示，將會任命里嘉圖．伊諾亞登為下任家主，而非有變異風險的希莉絲．伊諾亞登。」

聽聞此話的伊克西翁，嘴角勾起一抹冷笑。

「我早就知道伊諾亞登父子簡直禽獸不如，沒想到廢話還與日俱增啊。」

儘管維奧麗塔已經下令隱瞞宴會廳裡發生的事，但看來還是無法滴水不漏，又或許是卡利基亞的人故意走漏風聲也不一定。

無論如何，這封從伊諾亞登寄來的信函實在讓人無言至極。他們還真是無所不用其極，一點機會都不肯錯過。

「這是包含了長老和旁系成員在內，伊諾亞登全體的意見。因此貝勒傑特沒有能夠介入其中的名義。」

「我不是只會按照規定行事的人，你們認識我這麼久，應該也知道這點吧？趁我還好好說話，別在我耳邊廢話，出去吧。」

「伊克西翁家主，請您別這樣，您再考慮一下吧……！他們說如果將希莉絲．伊諾亞登交給里嘉圖．伊諾亞登的話，他們會自行決定如何處置。因此貝勒傑特應該趁這時候退出……」

「我剛才不是叫你們閉嘴了嗎？」

最終，伊克西翁憤怒地大吼出聲。停下步伐的他身上釋放出的強大的異能氣息，導致周圍的一切開始劇烈晃動。

被這股力量壓制的長老們，頓時全都像啞巴般沉默不語。

「如果現在將希莉絲．伊諾亞登交給里嘉圖．伊諾亞登的話，不久後十之八九會傳來她病逝或死於意外的消息。」

伊克西翁毫不掩飾自己的憤怒，咬牙切齒地說道。

「雖然伊諾亞登那些傢伙表面上說他們一定會照顧和看管希莉絲，但其實他們連應付唯一擁有異能的直系繼承者的餘力都沒有。」

儘管希莉絲的異能已經幾乎消失殆盡，只剩下最後一點而已，但光是這樣就足夠讓伊諾亞登畏懼了。更何況長久以來一點存在感都沒有的伊諾亞登長老們，如今也站在里嘉圖那一邊。

「除了狄雅各．伊諾亞登所在的王之宮殿外，沒有其他合適的地方了。他們肯定會把她囚禁在那裡，再尋找適當的時機消滅她。你們該不會連這都沒有想過，就開口勸我不要干涉吧？」

如果希莉絲．伊諾亞登死了，她留下的異能自然就會由唯一剩下的直系繼承者里嘉圖．伊諾亞登繼承。

儘管狄雅各．伊諾亞登和里嘉圖．伊諾亞登以前也嘗試過在不殺死希莉絲的前提下轉移異能，但如今情況變得如此極端，誰知道他們會做出什麼事？

「你們明知如此，卻還打算聽從他們的意見嗎？」

在這種情況下回到伊諾亞登的話，希莉絲只會被敵人重重包圍而已。

「所以閉嘴吧。我正在忍耐不把眼前的一切全都推翻。」

伊克西翁向那些似乎還有許多話想說的長老們吐出這句話後，留下一地的寒意，轉身離去。

他努力壓抑自己的怒火，前去查看希莉絲的情況，然而到她的房門口後，卻又忍不住怒火中燒。

「這道鎖是怎麼回事？」他出門前明明不存在的鎖，如今卻扣在希莉絲的房門上。

傭人們被伊克西翁充滿威脅性的低沉嗓音嚇得瑟瑟發抖。

「那是，長老們命令……」

一聽見這句話，低頭盯著門鎖的藍眸立刻燃起熊熊烈火。

匡啷！喀喀喀……！門鎖三兩下就被伊克西翁打碎了。

「我明明說過，要好好照料住在這間房間裡的貴客，不能讓她感到任何不適吧？這就是你們對待貴客的態度嗎？」

令人感到如坐針氈的冰冷斥責聲在走廊上迴盪。

「非、非常抱歉，家主大人。」

「如果你們覺得長老的話比我的命令更重要，那就打包行李滾出去。貝勒傑特不需要這種人。」

「是我們錯了，家主大人……！」傭人們嚇得連忙跪地謝罪。

事實上，伊克西翁知道他們這麼做也是身不由己。不過就算理智上能夠理解，他仍無法徹底壓抑內心的情緒。伊克西翁冷冷地看了一眼跪在地上瑟瑟發抖的傭人們，便推開房門。

一進到房裡，空氣中瀰漫的獨特氣味隨即撲鼻而來。看來她今天也整天都點著醫生說有益於鎮靜身心的香氛。

房間裡除了床之外，沒有其他家具或物品。伊克西翁看著冷清的房間，一下子就找到希莉絲了。

「小姐服用了安眠藥後，很快就入睡了。」

原本守在希莉絲身旁的傭人從地上起身，走向伊克西翁。

無論希莉絲再怎麼失控，伊克西翁也無法放任她獨自待著，因此派了一位傭人隨時待在房間裡。而這名傭人從希莉絲初到貝勒傑特起，就一直待在她身邊照顧她。

如今其他人都像對待瘟疫般處處提防希莉絲，只有她仍自願繼續陪在希莉絲身旁。即使她親眼看見希莉絲勒住維奧麗塔脖子，她的態度仍堅定不移。只是她看起來滿臉倦容，或許獨自照顧希莉絲還是太辛苦了。

「我會在這裡待到凌晨，妳去休息吧。」

傭人安靜地退下後，房門再次被關上。

伊克西翁低頭凝視著希莉絲。她用被子把自己從頭到腳包裹得緊緊的，不是躺在床上，而是蜷縮在牆角的地上。

看見這一幕的伊克西翁緊咬著下唇，隨後便邁開腳步向希莉絲走近。當他小心翼翼地掀開被子，她蒼白的臉上，還隱約殘留著些許淚痕。

「不、不要……不要看。嗚嗚、呃、不、不要看我……不要！不要啊……！」

絕望的尖叫聲鮮明地刻在記憶中，再次在他耳邊響起。

自從在卡利基亞發生那件事後，希莉絲便強烈拒絕和他人接觸，甚至會因此鬧脾氣。就連他人不經意看向她的視線，都令她備感壓力。幸好她不抗拒原本就待在她身旁的傭人，所以伊克西翁才決定繼續讓她待在希莉絲身邊。

希莉絲對伊克西翁也表現出了強烈的抗拒。她總是像現在一樣，躲在被子裡顫抖，連伊克西翁的臉都不願看一眼。因此伊克西翁只有趁希莉絲入睡時，才能安心地看著她。究竟是什麼讓她感到如此恐懼？

伊克西翁溫柔地替希莉絲整理覆蓋在臉上的凌亂髮絲，隨後又小心翼翼地輕撫被淚水浸濕的削瘦臉頰。

此時，希莉絲突然聳了下肩，伊克西翁立刻停下動作。他擔心會不小心吵醒希莉絲，但在安眠藥的作用下，希莉絲依然在熟睡，並沒有睜開雙眼。

伊克西翁就這樣盯著希莉絲的臉好一陣子，隨後又垂下視線。他將包裹著希莉絲雙腳的棉被稍微拉開，輕輕握住她雪白的腳。

在清空房間裡的物品前，她因為踩在碎玻璃上而受傷，腳被繃帶包了起來。如今繃帶上一點血漬都沒有，應該是傭人趁希莉絲睡著時，請醫師來幫她換過藥了。

伊克西翁抱起仍蜷縮在地上的希莉絲，走到床邊。從被子裡露出的長髮沿著伊克西翁的手臂垂落。

「呃……」

希莉絲的身體輕輕蠕動了一下。熟睡的希莉絲不像清醒時那般抗拒伊克西翁，反而乖順地靠在他身上。看見希莉絲彷彿貪念著他的溫度，下意識鑽進自己懷中的模樣，伊克西翁感覺到內心的某處更加動搖了。

他將希莉絲抱到床上，仔細替她蓋好被子。不過才剛和自己的身體分開，希莉絲便皺了下眉，雙手摸索著，彷彿正在夢中尋找什麼。而她露在睡衣袖子外的手腕則是纖細得令人心疼。

直到伊克西翁握住希莉絲的手，她緊緊皺著的眉間才終於舒展開來。

伊克西翁吻了下手中緊握的溫度，在希莉絲的身旁躺下。接著伸出手臂，連同被子將她的身體擁入懷中。希莉絲則和剛才一樣，再次在伊克西翁的懷中熟睡。

她似乎仍會作噩夢，偶爾會在無意識的狀態下試圖離開房間。每當這時，伊克西翁便會抱著她，輕聲安撫她「沒關係」、「別害怕」，直到她再次入睡。

不久前，他發現乾脆在希莉絲發作前像這樣緊抱著她，與她分享彼此的體溫更有用。從那時起，每當希莉絲睡著時，伊克西翁便會在一旁守候她。

伊克西翁輕拍她的背，只見希莉絲在他懷中熟睡並發出安穩的呼吸聲。

就只有在希莉絲服用安眠藥入睡後，才能暫時擁有如此平靜的時光。他希望在這段短暫的時間裡，希莉絲也能忘卻現實，安心地休息。

而他也只有趁希莉絲熟睡時，才能如此靠近她。要是醒來就看見伊克西翁的話，希莉絲一定又會非常抗拒，因此他必須在她醒來前離開。

「希莉絲・伊諾亞登現在就像顆不定時炸彈，貝勒傑特沒有理由繼續保護她。」

或許是因為剛從喧鬧的地方來到如此安靜的場所，剛才聽到的話才會再次在耳邊響起。

伊克西翁緊閉著雙唇，正如同卡利基亞和伊諾亞登所言，這是伊克西翁無法介入的事情，然而他還是無法放任不管。

「不久前，伊諾亞登也寄來了一封正式信函。」

「信中表示，將會任命里嘉圖·伊諾亞登為下任家主，而非有變異風險的希莉絲·伊諾亞登。」

怎麼能這麼做呢？光是現在感受到各方對希莉絲施加的不正當待遇，便讓他覺得方才好不容易壓抑的怒火，又重新沸騰了起來。

她只是個無依無靠的女人。難道非要連她最後能立足的地方都完全消滅，人們才會滿意嗎？尤其是那封由里嘉圖·伊諾亞登寄來的荒謬信函，更讓他的內心產生了極大的殺意。

狄雅各·伊諾亞登也是，他們怎麼能對希莉絲做到這種地步呢？再怎麼說她也是他們的女兒和妹妹不是嗎？聽說他們對一點血緣關係都沒有的加百列反而疼愛有加……他們連做人最起碼該有的一點憐憫之心都沒有嗎？

一想到在他到來前，希莉絲的房門上一直掛著鎖，便讓他感到更加憤恨不平。

雖然大家都視希莉絲如瘟疫，戰戰兢兢地對待她，可是現在滿臉倦容、在他身旁熟睡的只是不過一個可憐的平凡女人而已。希莉絲壓根不該因為他人的恐懼和揣測而被監禁。

這樣的情況根本不比在伊諾亞登時好吧？伊克西翁暗自咬牙，就算想否認也否認不了。

正是這次在卡利基亞發生的事，才讓不久前終於再次鼓起勇氣振作的希莉絲，如今又再次瀕臨崩潰。然而這一切的導火線，終究還是在審判場上發生的事件。

「就結果看來，這樣不是正好嗎？」

這時，芝諾的話突然閃過腦中，伊克西翁低下頭湊近希莉絲，閉上雙眼緊緊地抱著她。

內心的怒火不斷在燃燒、沸騰，胸口因為陌生的無力感和罪惡感悶得彷彿快要爆炸。伊克西翁被前所未有的情緒風暴所吞噬，使他徹夜未眠。

在黎明之際，伊克西翁趁希莉絲醒來前離開了房間。接著便前往地下監獄所在的王之宮殿。那裡囚禁著和此次事件有關的狄雅各·伊諾亞登、泰爾佐·卡利基亞以及黛博拉·蒙德納三人。

颼颼颼——

在與王之宮殿第四十四扇門相連的地下監獄中，傳來一陣風吹過懸崖的凜冽聲響。事實上，那不是真正的風聲，而是將整座監獄與外界隔絕的異能波動。

由於這裡平常幾乎不會有人經過，所以並沒有安排守衛。現在負責監視這裡的正好是貝勒傑特的人。

「家主大人，您來了。」

他們一看見伊克西翁便向他打招呼，同時將路讓開。

「監獄生活過得還習慣嗎？」

不久後，伊克西翁透過鐵柵欄看向某個男人。

「我覺得現在這副模樣挺適合你的。」

一聽見伊克西翁的話，監獄裡的泰爾佐．卡利基亞抬起了頭。

「你這麼高貴的人，來這種破爛的地方做什麼？」

長得足以遮擋視線的髮絲下，露出一雙平靜的綠眸。他似乎許久沒有睡好覺了，凹陷的雙眼周圍一片黯淡，臉龐也消瘦得連顴骨都異常凸出，身上的衣服自然也已經老舊破爛。

雖然外表寒酸得完全無法和往日相提並論，但是泰爾佐的聲音和神情依然出奇地平靜。

「雖然我也想邀請你坐下來和我一起喝杯茶，但如你所見，這裡沒有任何能招待客人的東西。如果覺得可惜的話，就盡情享受兩側傳來的噪音再離開吧。」

正如泰爾佐所說，兩側的監獄中傳來了和他一起被關在此處的人們的尖叫、啜泣和吶喊聲。

他們每個人不是主張自己無罪、請求原諒，就是不停呢喃著難以理解的話，讓人不禁覺得如果整天聽這些巨大的噪音，或許真的會發瘋。

然而伊克西翁只是用毫無一絲憐憫的冷淡語氣大聲斥責泰爾佐：

「我不是來聽你開玩笑的。看你還這麼會耍嘴皮子，似乎是嫌監獄裡的待遇太好了吧？」

當然，地下監獄的環境再怎麼樣也好不到哪裡，可見伊克西翁一點都不同情他。

「我再問你最後一次。到底要怎麼治療變異者？」

不久前他也問了黛博拉・蒙德納一樣的問題，然而兩人的回答一模一樣。

「我都已經說好幾次了，沒有那種東西。」泰爾佐的嘴角掠過一絲嘆息般的微笑。

黛博拉・蒙德納在被問到同樣的問題時也嘲笑了伊克西翁，而泰爾佐・卡利基亞則是對一再重複的問題感到厭倦。

關於讓變異者恢復正常的辦法，他們已經遭受了多次拷問。然而每當這種時候，他們的回答卻始終如一。

「好吧，這次你們的回答還是一樣。」

伊克西翁用冰霜般冷冽的眼神低頭看向泰爾佐，接著毫不猶豫地伸手觸碰鐵柵欄上的鎖。

匡啷！緊鎖的大門被開啟，伊克西翁大步走向裡面。

「你這是在做什麼？」

泰爾佐歪著頭瞇起了眼睛，無法理解伊克西翁此刻的舉動。

伊克西翁解開束縛著泰爾佐四肢的鐐銬，抓住他的後頸將他向外拖。他的身上還留有先前受到嚴刑拷問的痕跡，而且又在如此惡劣的環境下被囚禁了好一段時間，使他的雙腳無法直行，搖搖晃晃地彷彿隨時都會摔倒。

外面還有被伊克西翁命人一起拖出監獄的黛博拉．蒙德納。她也一臉困惑，完全不曉得伊克西翁為何要將自己拖出監獄。兩人就這樣被伊克西翁帶著從地下監獄移動到另一個地方。

啪！

嗅到異能殘香的變異者們用力地抓住了鐵柵欄。

「啊！」

黛博拉差點被他們抓住，連忙後退逃開。然而伊克西翁再次抓住她的後頸，將她帶到變異者面前。

王之宮殿的地下監獄面積廣大，因此不用擔心囚犯數量飽和。雖然單純監禁他們不成問題，但光是這種程度的數量就已經讓人很頭痛了。

變異者們發瘋似地將手伸出柵欄，不斷地發出「去死」或是「殺了你」這種強烈的咒罵。

「伊克西翁．貝勒傑特，你現在到底想做什麼？」

黛博拉用嫌惡的眼神看著變異者，試圖和他們保持距離，接著又惡狠狠地瞪向伊克西翁。

「為什麼要帶我們來這裡？事到如今，如果你還以為我們會受到良心的譴責……」

「我不會對不是人的傢伙抱有這種期望。」

伊克西翁冰冷地打斷黛博拉的話。

「看清楚，這就是你們之後的模樣。」

「什麼？」

「立刻把卡利基亞之血拿來。」

伊克西翁果斷而冷漠地下達命令。

儘管四大家族這段時間無數次對他們施以各種酷刑，但也從未直接對他們施打過卡利基亞之血。即使他們是造成現今局面的罪魁禍首，對他們這麼做也很不人道。

然而對現在的伊克西翁而言，這種道德層面的顧慮一點意義都沒有。

嘩啦啦！無數顆閃耀著奇異光芒的紅色寶玉從箱子中滾了出來。

那些都是從實驗場地收集而來的卡利基亞之血。

其實，在知曉卡利基亞之血功效的人之間有個不成文的規定，那就是一旦發現便要立刻銷毀。然而在發現變異者後，他們想著或許會有助於治療，因此偷偷將寶玉收集起來。

伊克西翁再次將泰爾佐和黛博拉綁起來，讓他們跪在騷動的鐵柵欄前。

「久違地看見寶玉，應該覺得很開心吧。」

黛博拉．蒙德納一臉困惑，無法分辨伊克西翁究竟是認真的，還是在虛張聲勢地威脅他們。她咬了下乾燥的嘴唇後，開口道：

「你把我們帶到變異者面前威脅我們，如果以為我們會因此感到害怕，你就大錯特……」

「餵下去。」

伊克西翁毫不猶豫地下令。

「給、給我放開，呃呃！」

儘管黛博拉不停掙扎，但聽從伊克西翁命令的傭人們依然沒有停止動作。紅色寶玉被強行塞入她驚聲尖叫時張開的嘴中，黛博拉頓時震驚地瞪大雙眼。

由於伊克西翁並沒有下令停止，因此黛博拉的口中又繼續被塞入了好幾顆卡利基亞之血。

「就算餵給我也不會有任何作用。」

泰爾佐連看都沒看一眼在一旁掙扎的黛博拉，而是一直盯著伊克西翁。儘管已經知道接下來自己會遭遇什麼事，他的臉上仍沒有絲毫波瀾。

聽見泰爾佐小聲嘀咕的內容後，伊克西翁的嘴角勾起了一抹淺笑。

「是嗎？最近外界的人相信就算是四大家族的人，只要吃下血液也會變異。看來你的法想不太一樣呢？」

嘰咿。

伊克西翁坐在椅子上，稍微傾斜身軀，椅背處傳來了輕微的聲響。

「其實我也不太認同這個主張，心裡正覺得不是滋味。但是又沒有其他合適的證明方法，為此感到很苦惱。」

帶著手套的手指緩慢地敲了敲椅子扶手。

「但我也不能因此拿其他無罪又無辜的四大家族成員來做實驗，不是嗎？」

敲打著扶手的手指停了下來。與此同時，伊克西翁冷若冰霜的藍眸聚焦在泰爾佐的臉上。

「所以你親自吞下血液來證明看看吧。」

他緊接著無情地下達了命令。

「餵他。」

傭人們就像對待黛博拉一樣抓住泰爾佐，將卡利基亞之血倒進他的口中。

和黛博拉不同，泰爾佐並沒有做出任何抵抗。

「她服用了卡利基亞之血長達一年的時間，但我可沒耐心等這麼久。」

不知是否對流過喉嚨的異物本能地感到排斥，泰爾佐也開始扭動身體掙扎。

「所以一開始先餵十倍左右的量，接下來每天都讓你們服用，同意嗎？」

泰爾佐和黛博拉．蒙德納只發出喘息聲，並沒有做出任何回應。伊克西翁用冷冽的目光看著眼前的畫面，隨後輕輕點頭。

「沒有回答就當作是同意了。」

不過，他並沒有就此收手。

「除此之外，其他因素也要相同才行。從今天起，也要將寶玉注入手臂的血管中。注射吧。」

伊克西翁接連下達殘忍的命令，並且雙眼直直盯著眼前的兩人看，內心卻靜如止水。

如果狄雅各．伊諾亞登逃獄後沒有陷入瘋狂的話，他也會對他做一樣的事。事實上，他還想將里嘉圖．伊諾亞登綁來，讓他承受希莉絲所遭受過的一切，為了忍住這股衝動，他幾乎耗盡了僅存的最後一點耐心。

伊克西翁只覺得內心的憤怒比自己想像的更加猛烈，甚至在與日俱增。

「這麼說來，柯黛莉亞．蒙德納……」

片刻後，從伊克西翁口中吐出的名字使黛博拉的掙扎減弱了。

「雖然維奧麗塔用真實之眼證明了她的清白，但我還是很懷疑。維奧麗塔很重感情，或許是她不忍心看見相識已久的摯友承受如此強烈的痛苦，而選擇原諒和縱容也不一定。」

當然，伊克西翁並非真的這麼想。黛博拉．蒙德納極為珍惜女兒，因此應該不會將她牽扯進這種骯髒事。況且無論維奧麗塔再怎麼重感情，她也絕對無法原諒任何傷害馬格的人。

「如果我讓柯黛莉亞．蒙德納吞下卡利基亞之血，妳也會繼續像鸚鵡般重複說著『沒有解藥』嗎？」

話雖如此，柯黛莉亞．蒙德納的確是無辜的，因此伊克西翁並不是真心想對她出手。

「柯、柯黛莉亞……」

然而黛博拉．蒙德納似乎誤以為伊克西翁是認真的。

「不准對我的女兒動手……！」

她掙扎著放聲大喊。本就充滿殺意的雙眼變得一片血紅，散發出炯炯的光芒。

事到如今她仍不說出治療變異者的方法，看來是真的沒有辦法。

即使如此，伊克西翁也不打算停下現在正在做的事。

「別想要自殺，黛博拉．蒙德納。」

也許他只是想藉此發洩情緒而已，但這又有什麼關係呢？

「如果妳在找到解藥前死了，下一個就很有可能輪到妳的女兒。」

黛博拉一邊發出野獸般的吼叫聲，一邊不斷掙扎。

「呵……」

這時，一陣不合時宜的微弱笑聲從旁邊傳來，伊克西翁將視線轉向泰爾佐。

泰爾佐被一旁的人架著，身體無法動彈，他只是低頭笑著，肩膀微微顫抖。

「泰爾佐．卡利基亞，有什麼好笑的？」

伊克西翁口中發出了冰冷的質問。

「現在的情況看起來很有趣，所以當然要更享受其中才行啊。」

伊克西翁再次無情地下令餵他吃下血液。傭人們也將泰爾佐抓得更緊了。

就算泰爾佐的頭髮被粗魯地抓住，並強行被餵入卡利基亞的血液，他也沒有停止抖著肩膀發笑。

「當然……很有趣啊。」

在斷斷續續的笑聲中，傳來一個略微沙啞的說話聲。

「這個情況怎麼可能會不有趣呢？」

泰爾佐．卡利基亞此刻就算處於如履薄冰的情況也絲毫不退縮，他灑脫地說道。

「伊克西翁．貝勒傑特，原來你真的一無所知。真是可惜，現在能對你的無知有所共鳴，和我一起嘲笑你的人只有蒙德納家主而已。」

抓著泰爾佐的人們一邊大喊要他閉嘴，一邊持續往他嘴裡倒入血液。監獄裡再次傳來他的乾嘔聲。

伊克西翁用極為冰冷的眼神盯著泰爾佐，隨後，他命令抓著泰爾佐的人鬆手。

嘰咿……

伊克西翁從椅子上起身，靠近趴在地上的泰爾佐。

「泰爾佐．卡利基亞，你說說看，我對什麼一無所知呢？」

至今為止，泰爾佐．卡利基亞無論面對任何拷問都默不吭聲。然而不知為何，此時他竟主動打開了話題。

當然，無論原因為何，都無法緩和伊克西翁現在極度敏感的情緒。從聽見泰爾佐笑聲的那刻起，他的不悅就幾乎達到忍耐的極限了。

「你……」

如果泰爾佐再晚一點開口，伊克西翁不知道自己還會對他做出什麼事。

「似乎以為貝勒傑特是在這件事裡唯一無辜的家族。」

就在那瞬間，一股寒意從伊克西翁的後頸直衝他的大腦。耳邊傳來的低沉嗓音讓他的心臟狂跳。

雖然這句話很奇怪，但伊克西翁的反應並不像是因為聽見意料之外的話而感到驚訝，反而更接近於一股嚴重的抗拒感，彷彿有人硬是揭開了至今為止無聲地盤踞在他內心某處的不安一樣。

「等等，不要說……！」

這時，批頭散髮的黛博拉猛然抬起頭。她用焦急的眼神看向泰爾佐，並粗聲喊道。

「你想說什麼？要是不立刻閉上嘴，我就殺了你……！」

不知為何，黛博拉慌忙地張口阻止泰爾佐繼續說下去。

「黛博拉．蒙德納，妳還有可能失去的東西，所以看起來很害怕呢。」

泰爾佐抿唇笑了一下，彷彿連這種絕望感對他而言也不過是種娛樂罷了。

「好吧。我會主張沒有其他共犯，所以妳就好好拜託那個人代替被關在監獄裡的自己，照顧好妳的女兒柯黛莉亞吧。這是妳當時開出的條件對吧？反正那個人也說了，不管妳說不說都沒差。」

泰爾佐越是說下去，伊克西翁就越是感到一股寒意爬上他的背脊。因為他總覺得，他可能知道泰爾佐口中提到的人是誰。

「伊克西翁．貝勒傑特。」

泰爾佐隨後抬起頭，緊盯著伊克西翁的雙眼。深綠色眼眸如同寂靜無風的樹林，映照出伊克西翁的臉龐。

最後，泰爾佐．卡利基亞再次張開嘴。而伊克西翁也終於聽見了他一直在尋找的真相，同時也是他最不想知道的殘酷現實。

＊＊＊

匡噹！伊克西翁衝進了芝諾的家中。

宅邸的外圍被佈下好幾層嚴密的結界，芝諾的力量被伊克西翁限制，無法使用異能。她不能隨心所欲行動，就算從房裡踏出一步，總是跟在她身旁的監視者也會立刻跟上去。因此事實上，她可說是和被軟禁在家中沒兩樣。

「妳到底做了什麼？」

現在正是旭日東昇的清晨時分。

芝諾正坐在搖椅上，靜靜欣賞著窗外的黎明景色，卻被闖進房間的伊克西翁粗魯地抓住肩膀。

「為什麼……」

伊克西翁的眼眸中閃爍著強烈的情緒。他像是差點喘不過氣般，深呼吸了一口氣後再次開口。

「為什麼我會從泰爾佐．卡利基亞的口中聽見妳的名字？」

芝諾看向伊克西翁，毫無血色的臉龐上，只有那雙藍色的眼眸如同火焰般熊熊燃燒著。

「拜託跟我說不是妳。」

伊克西翁更大力地抓著芝諾的肩膀，彷彿要將它捏碎般並大聲喊道。

「告訴我，我現在聽到的一切都是謊言……！」

伊克西翁對芝諾發出懇切而絕望的請求，芝諾卻只是用如同清晨般昏暗的眼神靜靜地看著兒子的臉。就這樣沉默了一陣子，她才緩緩開口：

「真奇怪，我還以為就算你發脾氣，我也不會介意。」

低沉的聲音被窗外的晨光浸濕，將空氣染成一片雪白。

「可是現在看著你這種表情，卻讓我感到不自在。你父親過世時，我也是這樣。」

芝諾口中說出的話令伊克西翁感到窒息。她就如同掉光了樹葉的晚秋枯樹般靜靜地坐著，嘴中繼續輕聲嘟囔著不知是在對伊克西翁說的話，還是在喃喃自語。

「他在身旁時我雖然很珍惜，但我還以為即使他不在我也不會多在意。沒想到等到他真的死了，我卻感到很火大。」

伊克西翁的父親出身自貝勒傑特的旁系，血統從幾代前就被分支、稀釋。他和芝諾或伊克西翁不同，一丁點異能都沒有，只是個普通人。他在變異者開始出現時，不幸地被捲入其中遭到殺害。

「我一直都活得很無趣。因此當黛博拉說要讓我看見全新的世界時，我才產生了說不定會很有趣的想法。」

芝諾知道黛博拉打算做的事會完全地打破現今的世界秩序。儘管如此，她也不在乎。不，是她原本不在乎。

然而，實際面對的現實並不有趣，也沒有令人感到愉快。相反地，只有疲憊感日益增加。有時心中還會充滿無以名狀的憤怒和破壞欲，讓她難以忍受。這些症狀是從她的丈夫因為她的愚蠢而過世後才開始出現。

「因此我才會放任、旁觀，甚至還稍微介入其中。」

伊克西翁聽著芝諾的話，心情彷彿從高處墜落。

他的母親……到底在說什麼？他明明要她否認泰爾佐．卡利基亞說的話，為什麼她卻反而承認了呢？

他的雙唇像是被塗上了蠟，僵硬得無法開口。抓住芝諾的手冰冷到無法動彈，因此也無法遮住自己耳朵不去聽這些不想聽見的話。

「伊克西翁，你沒有懷疑過，為什麼只剩貝勒傑特的血液中還流淌著神聖的力量嗎？」

伊克西翁感覺自己從頭到腳都被淹沒在深海中，逐漸喘不過氣。是因為這樣嗎？他完全無法理解芝諾此刻在說什麼。

「隨著時間流逝，受到祝福的高貴血液逐漸被稀釋，其中的力量也從卡利基亞開始漸漸消失。然而只有貝勒傑特還維持著如此純正的血脈。」

伊克西翁的頭腦從剛才起就拒絕聽進她所說的話。儘管如此，那道乾澀且平靜的聲音卻不停地傳入他的耳中……

「其實卡利基亞的人之所以會短命，不只是因為近親通婚。」

伊克西翁像是被固定在芝諾面前，只能一動也不動地默默聽她說下去。

「這個給你。」

接著，芝諾遞給伊克西翁一把散發著微妙氣息的鑰匙。

「既然你問了我真相，我就告訴你吧。這把鑰匙是……」

一種彷彿在未知世界裡使用的陌生語言在他的耳邊響起。他的胃裡翻江倒海，好像隨時會吐出來。耳邊也傳來尖叫般的尖銳噪音。

最終，伊克西翁伸出了僵硬的雙手，接過芝諾遞來的鑰匙。一時之間，他不知道那麼小把的鑰匙怎麼會令他感到如此沉重。

為了親眼確認自己現在聽到的話，他動身前往芝諾告訴他的地點，並且打從心底為自己窺探這個祕密的行為感到後悔。

＊＊＊

希莉絲服用的藥量逐漸增加。這既是出於她個人的意願，也是為了配合其他人的想法。

因為只要疲憊不堪、失去意識後，她就不用被那些來自四面八方且令人窒息的視線和指責追著跑了，所以希莉絲那段時間的記憶也有許多空白。殘留的記憶在腦海中糾纏不清，讓她分不清楚夢境和現實。

傭人偶爾會在希莉絲服藥入睡前，輕拍她的頭或背。就像母親對待年幼的女兒，或是姐姐對待妹妹一樣。

有時那雙手會變成更厚實的男人的手。奇怪的是，那雙手不像父親、哥哥，或是克里斯蒂安的手讓她感到恐懼。儘管不知道原因，但只要那雙手碰觸到她，她便能安心地入睡。

「……」

某天當她醒來時，感覺頭腦比平常清晰許多。她明明記得自己在地上睡著，睜眼後卻發現自己躺在床上。窗簾被拉上了，因此她無法分辨現在是白天還是晚上。

希莉絲的手中充滿了溫暖的氣息，緊閉的眼皮緩緩向上抬起。她從模糊的視線中看見某人坐在她的床邊。

啊，看來這只是場夢。

希莉絲從一片空白的腦海中得出這個結論。畢竟如果不是夢的話，伊克西翁不可能如此平靜地握著她的手。

「我對妳……」這時，一直默默看著希莉絲的伊克西翁緩緩開口。

「就連道歉的話都說不出口，這該如何是好？」

一道微弱的低語如清晨的微光般，傳入希莉絲的耳中。

「妳是個善良又溫柔的人，因此說不定妳能原諒一切。

「但是我做不到。」

聽見最後這句低聲說出的話，希莉絲覺得這真是場奇怪的夢。

雖然不懂伊克西翁現在在說什麼，但她希望他不要再擺出那種表情了。希莉絲想伸手輕撫眼前那張比之前消瘦了許多的臉龐，手臂卻使不上力。

跪坐在床邊的伊克西翁卻彷彿讀懂了她的心思，主動將她的手拉近自己。希莉絲像是在欣賞一幅畫作，看著他的頭向前傾，直到他的嘴唇終於觸碰到希莉絲的手背。那副模樣就好像在許諾崇高的誓言，讓希莉絲感到虛幻。

所有感官都模糊不清，唯獨從他的手和嘴唇傳來的觸感如火燒般滾燙。

「妳害怕的那些，還有讓妳變得脆弱的事物……」

時間彷彿停止流動，伊克西翁吻著希莉絲的手背，一股情感的波動從他身上緩緩傳來。

「如果妳允許，我可以……」

他閉上眼，極力壓抑情感。

「我可以將它們全部從這世上徹底抹去。哪怕只是偶然，也不會再讓妳見到任何一次。」

伊克西翁將希莉絲的手握得更緊，並且貼上自己的臉頰。

「所以妳能對我笑一笑嗎？」

希莉絲的手中傳來一道苦苦哀求的聲音。

「求妳。」

沸騰般懇切的聲音使她的內心一緊。希莉絲輕輕地動了下指尖後，伊克西翁將她的手握得更緊了。儘管只是在夢裡，希莉絲也想如他所願，然而不知從何時起，她已經忘了該如何微笑，嘴角再也無法隨心所欲地揚起。

希莉絲為了向伊克西翁傳遞她想說的話而掀動嘴唇。

我跟你說喔。謝謝你每晚都到夢裡來找我。多虧有你，讓我最近變得不再害怕入睡了。但是不知為何，你的臉色變得越來越黯淡，讓我很擔心。如果是為了我而勉強自己的話，我沒事的……所以不用再來我的夢裡找我也沒關係。

可惜的是，這一次她也只是微微動了動下唇，一點聲音都沒有發出來，沉重的眼皮也總是緊閉著。最終，希莉絲緊緊抓住伊克西翁的手，又再次睡著了。

在非常久以後……她才為這天沒有關心伊克西翁的狀況而感到後悔。

那天伊克西翁的表情讓她始終難以忘懷。如此強悍的人，為什麼會用彷彿世界崩塌般的眼神盯著她看呢？

不過當時的希莉絲連照顧自己的餘力都沒有，所以也誤以為那晚只是一場夢，便送走了伊克西翁。

接著，那次人生的最後一天終於到來了。

「怎麼可以……大人不在時做出這種……」

那天房間外異常地吵鬧。

「如果之後……知道的話，該如何面對他的怒火……！」

「你明知現在的情況，還做出那種……」

門外傳來了異能的波動。按照伊克西翁的命令守在門外的人們似乎跟某人起了爭執。

突然間，嗒喀一聲，門被打開了。

「請等一下，長老們……！再怎麼樣也不能這麼做！應該找找其他辦法……」

「妳現在到底在說什麼啊？難道妳和希莉絲．伊諾亞登產生感情了嗎？還是現在才開始感到害怕？清醒一點。為了讓她能更輕易地被控制，至今為止一直親自餵她吃鎮靜藥的不正是妳們嗎？這麼做都是為了貝勒傑特好，所以別妨礙我們，滾開！」

爭吵聲再次傳來。然後，終於有個熟悉的人從敞開的房門走了進來。

「對不起。小姐，對不起……」

照顧希莉絲的傭人跪在她的身前不停哭著道歉。她的臉看起來像是被誰打過，令人感到擔心。然而希莉絲現在一點力氣都沒有，也說不出話。

「真的很對不起……」

耳邊傳來的道歉伴隨著哭泣聲，其他人也闖進了房間裡。他們將希莉絲的眼睛遮住、手腳綁住，把她帶往某處。

希莉絲當時也吃了藥，因此很慢才意識到發生了什麼事。她只知道自己被載上馬車送往某處，不久後便感覺到自己被拖下馬車，隨意地丟在地上。

濃郁的土壤氣味撲鼻而來，耳邊也悠悠傳來草木搖曳的聲音。周圍零零散散的人們所發出的喧鬧聲也直衝她的耳膜。

當空氣中熟悉的香氣飄過鼻頭時，希莉絲終於發現這裡是哪裡了。儘管雙眼被遮住，什麼都看不見，她還是判斷得出來。直到那時，她也才終於理解，為什麼貝勒傑特的傭人要向她道歉。

啊，看來這裡是伊諾亞登。

而且……她現在就要死在這裡了。

隨著拂過臉頰的末夏微風，希莉絲感知到自己的生命即將結束。奇怪的是，她反而感到安心。

這段艱難的人生終於要結束了。幸好最後那個人不在，不用再讓他看到自己更醜陋的模樣了。

啊……要是這次真的能讓一切結束該有多好？那該會是……多麼燦爛的喜悅呢？

然而這次她也本能地清楚知道，就算現在死了，也只是再次回到過去而已，不過總比繼續現在的生活要好得多。

希莉絲聽著樹葉搖晃的沙沙聲閉上雙眼。很快地，一陣短暫的疼痛襲來，打斷了她的思緒。

就這樣，希莉絲的第五次人生結束了。

——《無法親近的千金04》完

SU014
無法親近的千金 04

접 근 불 가 레 이 디

作　　者　Kin
譯　　者　莊曼淳
封面設計　allelopathy.
封面繪者　후 배
責任編輯　胡可葳

發　　行　深空出版
出 版 者　星巡文化有限公司
地　　址　臺北市中正區重慶南路一段57號3樓之5
法律顧問　泓準法律事務所 孫瀅晴律師
電　　話　(02)7709-6893
傳　　真　(02)7736-2136
電子信箱　service@starwatcher.com.tw
官網網址　www.starwatcher.com.tw
初版日期　2025年06月

總 經 銷　聯合發行股份有限公司
地　　址　新北市新店區寶橋路235巷6弄6號2樓
電　　話　(02)2917-8022

國家圖書館出版品預行編目(CIP)資料

無法親近的千金 / Kin 著 .
-- 初版 . -- 臺北市 :
星巡文化有限公司出版 : 深空出版發行 , 2025.06
冊 ;　公分
ISBN 978-626-74125-6-5(第 4 冊 : 平裝). --
862.57　　114003408